제주랩소디

제주랩소디

초판발행일 | 2021년 10월 23일

지은이 | 강준
펴낸곳 | 도서출판 황금알
펴낸이 | 金永馥

주간 | 김영탁
편집실장 | 조경숙
인쇄제작 | 칼라박스
주소 | 03088 서울시 종로구 이화장2길 29-3, 104호(동숭동)
전화 | 02) 2275-9171
팩스 | 02) 2275-9172
이메일 | tibet21@hanmail.net
홈페이지 | http://goldegg21.com
출판등록 | 2003년 03월 26일 (제300-2003-230호)

값은 뒤표지에 있습니다.

ISBN 979-11-6815-000-3-03810

*이 책 내용의 전부 또는 일부를 재사용하려면 반드시 저작권자와 황금알 양측의
  서면 동의를 받아야 합니다.
*잘못된 책은 바꾸어 드립니다.
*저자와 협의하여 인지를 붙이지 않습니다.

제주랩소디

강준 장편소설

황금알

제주를 사랑하는 사람들에게

젊은 시절 동네에 중국 음식점을 하던 화교 친구가 있었다. 제주에 처음 정착한 중국 난민선 해상호의 선주가 그의 외조부라 했다. 제주 화교는 해상호로부터 시작되었고, 지금 제주의 전통 있는 중국 음식점은 입도 3세대인 선주의 후손들이 대를 잇고 있다. 이 소설은 그 우 사장의 도움을 많이 받았다.

제주도가 국제자유도시를 추진하고 외국인 무비자 입국이 허용되면서 중국인에 의한 부동산 투기 열풍이 불기 시작했다. 아름다운 섬이 중국 자본에 의해 침식되면서 토착민 간의 갈등이 시작됐다. 이 과정에 토호 세력과 위정자들이 개입하면서 각종 부조리한 사건이 일어났다. 이 작품의 주인공인 세 젊은 친구는 저마다의 꿈을 꾸며 성장하지만, 서로 다른 입장으로 얽히게 되면서 애증의 전선이 형성된다.

인생은 지난한 여행이다. 그 여행을 즐기는 사람에겐 인생이 아름답다. 이 소설을 쓰면서 화교와 조선족, 그들과 네트워크 관계에 있는 많은 사람을 만났다. 이국에서의 생은 고달프고 팍팍했으나 수레

바퀴에 깔리고도 일어서는 우엉처럼 그들의 삶은 파란만장하면서도 의지적이었음에 인생의 깊이를 느끼는 시간이었다.

제주는 이제 이주민과 외국인이 많은 명실상부한 국제도시다. 제주를 사랑하는 사람들에게 이 작품을 바친다. 코로나19로 힘든 시기를 보내고 있는 사람들에게 이 작품이 위안이 되고 희망의 빛을 보일 수 있었으면 좋겠다.

이 작품은 원주 토지문화관에서 초고를 쓰고, 이천 부악문원에서 다듬었으며 제주 한라일보의 인터넷판에 고재만 화백의 삽화로 1년 간 연재를 했다. 소설의 제작과정에 도움을 주신 분들, 어려운 상황에도 출판을 선뜻 제안해 주신 황금알 김영탁 대표님과 직원들에게도 감사의 마음을 전한다.

2021년 10월
제주에서 강준 올림

차례

1. 강하의 새벽안개를 헤치고

만약 태어나는 모든 인간들에게 배터리처럼 똑같은 시간이 주어졌다면 세상은 어떻게 변했을까? 좀 더 혼란스럽고 각박해졌을까 아니면 안정되고 인정이 넘쳤을까? 그러나 인간은 불행스럽게도 자신에게 주어진 생존의 시간을 알지 못한다.

그리스 신화에 보면 제우스가 시간의 신 크로노스를 죽임으로써 올림포스의 신들은 불멸의 시간을 살게 되었지만, 인간에겐 시간의 지배를 받아 늙고 죽게 되는 운명의 족쇄가 채워졌다. 이를 안타깝게 여긴 제우스의 아들 카이로스는 인간에게 절대적인 시간을 상대적으로 늘릴 수 있는 기회를 주었다. 그러나 이 기회는 누구에게나 주어지지만 아무나 붙잡을 수 있는 것은 아니다. 오늘날 전해지는 카이로스의 모습에서 기회의 속성을 알 수 있다. 앞과 옆머리는 길어서 쉽게 알아볼 수 없고 알아본 자만이 붙잡을 수 있지만, 뒷머리는 대머리여서 지나고 나면 붙잡지 못한다. 오른손에는 칼, 왼손에는 저울을 들고 있고 양발에는 날개가 달려 있다. 기회가 왔을 때 재빨리 판단해서 결단하라는 의미다.

　인간이 카이로스를 붙잡았을 때 안락과 행운이 따르지만 거기엔 욕
망도 꿈틀댄다.

　창문으로 스며든 교교한 달빛마저 잔망스러웠다. 자리에 누워 눈
을 감았으나 왕치관은 도무지 잠을 이룰 수가 없었다. 여름이 지났는
데도 푹푹 찌던 습기 많은 공기는 한밤이 되어서도 사그라들지 않고
금방 샤워한 몸을 데웠다. 밤 깊은 시간인데도 거리의 부산스러운 사
람들의 발걸음과 수런거리는 말소리가 몹시 신경에 거슬렸다. 붕대
감은 팔마저 욱신거렸다. 오늘따라 예약하지 않은 손님들이 갑자기
몰려드는 바람에 정신줄 놓고 웍을 놀리다가 기름이 튀는 바람에 생
채기가 났다.

　비몽사몽 간에 문 두드리는 소리를 들었다. 다급한 여자의 목소리
는 링링이 분명했다.

　불을 켜고 시계를 보니 2시가 넘은 시각이었다. 치관은 황급히 바
지를 꿰고 밖으로 나가 문을 열었다.

　"이 밤중에 무슨 일이야?"

　링링의 얼굴은 붉게 물들어 있었고 숨이 거칠었다. 그녀는 문안으
로 들어서자마자 치관의 손을 잡으며 다급하게 말했다.

　"치관 큰일 났어. 우리 여길 떠나야 해. 그것도 날이 밝기 전 당장."

　"아니 무슨 일인데?"

　"공산당 군대가 몰려오고 있대. 가만히 앉아 개죽음당할 순 없잖
아? 우린 이미 피난 준비를 끝냈어. 넌 어떻게 할 거야?"

'드디어 올 것이 왔구나' 치관은 갑자기 가슴이 뛰며 머릿속이 환하게 비어감을 느꼈다. 마오쩌둥(毛澤東)이 이끄는 공산당이 득세해 대륙의 넓은 지역을 접수해 나가면서 국민당원들을 숙청해나가자 장제스(蔣介石)를 비롯한 국민당 간부들과 추종세력들은 본토에서 떨어진 큰 섬 타이완(臺灣)으로 본부를 옮겼다는 것을 왕치관도 소문 들어 알고 있었다.

링링의 아버지 양수이핑 씨는 국민당 요녕성(遼寧省) 간부였다. 강하(康河)에 살면서 열 척의 화물선을 운영하는 갑부였다. 그런 부르주아를 공산당원들이 가만 내버려 두지 않을 것이란 걸 알고 미리부터 타이완으로 건너갈 계획을 세우고 재산을 정리하고 있다는 걸 링링에게 들었었다.

"왜 대답이 없어? 같이 안 갈 거야?"

생각에 골몰해 있는 치관을 보며 링링이 물었다.

"아버님께 말씀드렸더니 막무가내야. 그 연세에 어디 가서 무슨 영화 누리겠다고 고향을 뜨냐고…."

"그럼 우린 이게 마지막이야?"

금세 링링의 눈가엔 그렁그렁 물기가 맺히기 시작했다. 어렸을 적부터 한동네에서 자라면서 쌓아온 우정은 사랑으로 변했고 결혼까지 약속한 링링이었다. 링링의 아버지는 부잣집 사위를 염두에 두고 치관을 무시했지만 링링의 마음은 치관을 벗어난 적이 없었다. 그런 링링을 놓치고 싶지 않았지만 노쇠한 아버지와 병든 어머니, 어린 동생을 두고 떠날 수는 없었다. 치관은 링링을 껴안으며 어렵게 입을 열었다.

"미안해. 어디 가서든 잘 살아. 운이 좋으면 언젠간 만날 수 있겠지…."

"차라리 내가 남을까?"

"아니야. 공산당 패거리들이 가만 놔두지 않을 거야. 난 링링을 지킬 힘이 없어."

링링이 치관을 밀치며 떨어져 나갔다.

"우린 살아도 함께 살고, 죽어도 함께 죽기로 맹세했잖아?"

"링링, 그건 맞는 말이지만 지금 형편으론 같이 갈 수 없어."

"그럼 배 속의 아이는 어떻게 할 건데?"

갑자기 치관은 머리카락이 곤추서는 것을 느꼈다.

"뭐라고? 지금 그 말… 임신한 거야?"

"그래. 아빠한테도 말했어. 함께 가도록 허락도 받았단 말이야."

"이걸 어쩌지? 미안해, 정말 미안해. 어디 건 살아만 있어. 내 꼭 찾아갈게."

"그런 무책임한 말이 어디 있어? 나 혼자 어떻게 하라고? 난 몰라."

링링은 눈물로 얼룩져 엉망이 된 얼굴을 치관의 가슴에 묻고 떨며 울었다. 치관은 갈피를 잡을 수 없어서 아무 말도 못 하고 링링의 등만 가만히 쓸어내렸다.

그렇게 망연자실한 채 서 있는데 뒷문이 열리며 누군가 들어왔다. 둘이 놀라며 떨어져 섰다. 치관의 아버지였다. 링링은 부친을 보자 인사도 없이 '난 몰라'를 연발하며 문밖으로 뛰쳐나갔다. 치관이 따라가지 못하고 뻘쭘한 자세로 서 있을 때 아버지가 식탁 의자를 빼내 앉으며 무거운 분위기를 깼다.

"네 얘기 듣고 많이 생각했다. 창창한 네 앞길을 막는 게 애비의 도리가 아니라는 게 결론이다. 어서 짐을 챙기고 따라가거라."

생각지도 못한 말에 치관은 귀를 의심했다.

"예? 우리 식구들은 어쩌구요?"

"너도 이제 독립해야지. 우린 걱정 마라, 동생 있잖니. 치영이가 내년이면 졸업이니 그놈이 식구들 밥 굶기진 않을 거다. 링링 같은 애를 어디서 만나겠니. 눈에서 멀어지면 끝이야."

그러면서 부친은 안으로 들어갔다. 치관의 마음이 요동치기 시작하면서 기어코 눈물 두 줄기가 떨어졌다. 사내는 눈물을 보여서는 안된다는 아버지의 말이 떠올랐지만, 장남으로서 가족과의 생이별이라는 사실은 받아들이기 어려웠다. 부친이 두 손에 물건을 들고 들어왔다.

"남자 자식이 그렇게 함부로 눈물 흘리는 거 아니라고 했지? 우린무슨 일이 있어도 고향을 지키고 있을 테니 세상 좋아지면 찾아오너라."

그러면서 들고 온 도마 칼과 웍을 내밀었다.

"자 이거 가지고 가거라. 내가 줄 수 있는 건 이것뿐이다. 어디 간들 네 실력이면…."

평생 뜨거운 불 옆에서 쇠를 다루어온 아버지가 직접 만드신 게 분명했다. 치관의 얼굴에선 다시 왈칵 눈물이 쏟아졌다. 내미는 물건을받아들며 슬쩍 훔쳐본 아버지는 무덤덤한 척했으나 검은 얼굴이 불그죽죽한 것으로 보아 울음을 참고 있다는 것을 느낄 수 있었다.

"어서 짐을 챙겨라. 어머닌 자고 있으니 깨우지 말고 가거라. 나중에 내가 알아듣도록 얘기하마."

"아버지. 고맙습니다."

치관은 아버지를 와락 껴안았다. 품에 와 닿는 앙상한 뼈마디가 안타깝게 느껴졌다. 멀리서 뱃고동 소리가 길게 울렸다. 부친이 살며시 몸을 뺐다.

"어서 가거라."

치관이 안으로 들어가자 부친은 기어코 흘러내리는 눈물을 손등으로 쓰윽 훔치며 걸음을 옮겼다.

행장을 꾸리고 밖으로 나오는데 물끄러미 치관을 바라보는 검은 물체를 발견했다. 치관은 도둑질하다 들킨 것처럼 가슴이 철렁했다.

"형! 가지 마."

자세히 보니 동생 치영이었다. 잠도 안 자고 부친과 나누는 이야길 엿들은 모양이었다.

치관은 안쓰러운 마음을 숨기기라도 하듯 치영의 손을 덥석 잡았다.

"치영아, 미안하다. 부모님 잘 부탁한다. 꼭 다시 돌아올게."

치영은 혼자 떠나는 형을 야속한 눈으로 쳐다보며 대답 대신 눈물 두 줄기를 뚝 흘렸다.

치관은 그 눈물 자국을 엄지손가락으로 닦으며 동생을 와락 끌어안았다.

뱃고동 소리가 걸음을 재촉했다. 커다란 배낭을 둘러맨 치관은 거리의 자욱한 안개를 헤치며 숨이 턱에 닿도록 달렸다. 부둣가에 다다르니 링링네 커다란 배 세 척이 안개 속에서 사람들을 삼키고 있었다. 링링을 찾아서 이리저리 한참을 부산하게 움직이는데 맨 앞에 세워진 해상호 갑판 위에서 치관을 부르는 소리가 들렸다. 링링이었다.

1949년 9월 무덥던 날, 해상호(海祥號)를 비롯한 세 척의 배는 기다란 뱃고동을 남기고 짙은 안개 속을 헤치며 강하를 떠났다.

해상호에는 링링네 가족과 친척 등 30여 명이 타고 있었다. 갑판 위에는 쌀가마니를 비롯한 살림 도구들과 짐들이 쌓여 있었고, 2층에는 주방시설이 있는 식당과 연회장, 고급 손님들을 위한 특실이 있었다. 1층은 대여섯 명이 생활할 수 있는 방이 여러 개 있었다. 배 안의 사람들은 인척간이어서 저들끼리는 화기애애하게 소통하면서 새로운 세상에 대한 기대를 드러냈지만 치관을 소 닭 보듯 했다. 치관은 가장이 된다는 기쁨보다도 미래에 대한 불안이 가슴을 짓눌렀다. 장인의 배려로 침대 있는 방을 링링과 함께 쓰면서 식당 취사를 자원했다.

아침과 점심을 각자가 해결하고 저녁이 되어서야 식사가 준비되었다. 사람들이 처음으로 한자리에 모여 들었다. 링링의 아버지는 주위를 환기하며 치관과 링링을 일으켜 세우고는 타이완에 도착하면 결혼식을 올릴 거라고 공식적으로 발표했다. 사람들은 그제야 치관을 왕 서방이라고 부르며 살갑게 대했다.

밤이 되면서 바람이 강해졌다. 술잔을 기울리고 춤을 추며 흥에 겹던 분위기가 배가 몹시 흔들리면서 두려움으로 변했다. 사람들이 술에 취하기도 했지만 멀미를 느끼는 사람들이 몸을 가누지 못하고 쓰러지고 휘청거리며 자리를 떠났다. 접시들이 바닥에 떨어져 깨지는 소리에 사람들은 비명까지 질렀다. 곧 선장이 내려오더니 태풍이 올라오고 있다고 선주인 양수이핑에게 보고했다.

"9월에 태풍이라니?"

양수이핑은 너그러운 인품만큼이나 태연했다. 그러면서 좌중들을 진정시킨 후, 가장 가까운 한국의 항구를 물었다.

"금방 지나친 인천이 가장 가깝습니다."

"그래? 그럼 배를 돌려 인천으로 가자. 거기는 우리 배가 드나들던 곳이고, 우리 한족 마을이 있는 곳이다."

인천 항구에 세 척의 배를 정박시키고 양수이핑은 측근들과 잠시 내려 마을을 정찰했다. 한족 마을(차이나타운)에는 중국식 건물도 많았다. 오래전 터를 잡은 화교들이 지나가는 동족 일행을 반갑게 맞이해 주었다.

양수이핑은 바다가 내려다보이는 언덕바지에 임시 거처를 마련하고 각자 자리를 잡아 짐을 풀라고 했다. 그제야 신양호에는 링링의 외가 쪽 사람들, 대양호에는 국민당 사람들이 타고 있었다는 것을 알았다. 배에서 내린 사람들은 아이들을 포함해서 족히 백이삼십 명은 되어 보였다.

돈이 있는 사람들은 세내어 집을 얻었고 집을 구하지 못한 사람들은 선상 생활을 했다.

인천에 있는 화교들은 옷감, 피혁 제품, 수입품 잡화 등을 본토에서 구입해 와서 판매하고 있었다. 조선 토산품을 중국에 수출하거나, 정기 여객선을 이용해 행상을 하기도 하고, 음식점을 하거나 농사를 짓는 등 여러 가지 직업을 가지고 생활하고 있었다.

배를 타고 온 일행 중에 운 좋은 사람들은 화교가 운영하는 가게에 취업했지만, 건설 현장이나 뱃일, 농사일, 허드렛일, 행상 등 돈이 되는 일은 가리지 않고 했다.

링링은 화교소학교에 취업해 아이들을 가르쳤다. 치관은 화교가 운영하는 음식점에 주방 보조로 들어갔다. 그때 한국 사람들이 춘장에 볶은 짜장면을 좋아한다는 사실을 알게 되었고 장을 담그는 기법과 요리 기술을 습득했다.

어느 볕이 좋은 가을날, 치관과 링링은 화교 사람들의 축복을 받으며 결혼식을 올렸다. 양수이핑은 화교협회에 가입해서 기회가 있을 때마다 미국, 호주, 유럽 등에 뿌리내린 한족의 강인함을 설파하고 상부상조하며 살아갈 것을 권유했다.

사람들은 질경이처럼 용케도 매서운 겨울 바닷바람을 잘 견뎌냈다. 봄이 한창이던 5월 장미꽃 향기를 타고 인천 산 아기가 태어났다. 양수이핑은 외손자의 출생을 기뻐하며 '고향을 잊지 말고 강하의 용이 되라'는 뜻에서 왕강룽(王康龍)이라고 이름을 지어주었다.

그렇게 피란생활이 안정을 찾아가던 6월 말에 전쟁이 났다는 소식이 들려왔다. 38선 이북의 인민군들이 쳐들어왔다는 것이었다. 양수이핑은 강하에서 온 사람들 중 어른들을 불러 모아 긴급회의를 했다. 그들의 의견은 극명하게 갈렸다.

"우린 국민당과 관계없으니 중국으로 돌아가겠습니다."

"우리도 고향으로 돌아가겠습니다. 설마 죽이기야 하겠소?"

"원래 목적지인 타이완으로 갑시다."

"우린 죽든 살든 그냥 인천에 남겠습니다. 이제 겨우 자리를 잡았는데….'

"공산당이 지긋지긋한데 차라리 일본으로 갑시다."

"한국 사람들 따라 부산으로 가는 게 어떻겠습니까?"

잠자코 의견을 듣던 양수이핑이 결론을 내렸다.

"배 세 척을 다시 띄우겠소이다. 타이완은 배가 낡고 멀어 갈 수 없소. 대양호는 고향 강하로 가도록 하고 나머지 두 척은 부산으로 행선지를 정하겠습니다. 필요한 살림살이만 정리하여 오늘 자정까지 배에 오르도록 하시오."

강하로 가는 대양호는 재회를 약속하며 먼저 떠났다. 해상호와 신양호는 자정을 지나 인원을 확인하고 부산으로 향했다.

다음 날 해가 떠오르자 사람들은 곤한 잠에서 깨어 아침을 맞이했다. 갑판 위에서 구름을 뚫고 바다 위로 솟은 해를 처음 보는 사람들은 소리 지르며 좋아했다. 그런 와중에 제트기 소리가 들렸다. 사람들의 시선이 모두 하늘 위로 향하는데 제트기 여러 대가 지나갔다. 순간 사람들이 탄성을 질렀다. 잠시 후 그중 한 대가 다시금 돌아왔다. 사람들이 다시 손을 흔들고 환호성을 지르며 좋아하는데 제트기 날개에서 불꽃이 일더니 총알이 날아왔다. 제트기는 배를 향해 계속해서 기총을 쏘아댔다. 순간 아수라장이 됐다. 사람들은 아우성을 지르며 혼비백산하여 쓰러지고 넘어진 사람들을 밟고 기면서 배 안으로 들어갔다. 잠시 후 포탄 떨어지는 소리도 들렸다.

객실 안은 총에 맞은 사람 가족들의 비명과 울음으로 가득 찼다. 링링의 품에 안겨 젖을 빨던 강룡이도 놀랐는지 울음을 그치지 않았다. 링링은 불안해하면서도 아이를 안아 얼렀다. 계속되던 포격 소리가 잠잠해졌다. 치관은 갑판 위로 올라갔다. 피 흘리며 신음하는 사람들과 주검이 되어 미동도 하지 않는 사람들이 여럿 있었다. 앞서 가던 신양호는 포탄을 맞아 크게 부서진 채 불에 타고 있었고 바다 위에는 구조를 기다리는 사람들이 부유물에 매달려 울부짖고 있었다. 잠시 후 사람들이 갑판 위로 올라와 부상자를 치료하고 바다에 둥둥 떠 있는 신양호 사람들을 구조했다. 그런데 갑자기 격앙된 소리가 주위를 잠잠하게 만들었다. 해상호 선장이었다.

"누가 공산당 기를 달았어? 여기 신양호 갑판장 없어?"

옹기종기 모여 있는 무리들 중에서 갑판장이 머리를 긁적이며 일어섰다.

"죄송합니다. 제가 착각해서 죽을죄를 졌습니다."

제트기가 나타나자 소련 미그기인 줄 알고 잽싸게 청천백일기를 내리고 오성홍기를 바꿔 달았는데 그 제트기는 미국 공군기였다. 전쟁 물자를 실어 나르는 중공군 배인 줄 알고 공격을 한 것이었다.

갑판 위는 신양호에서 옮겨온 사람들로 북적였다. 부상당한 환자들의 신음 소리, 가족을 잃은 사람들의 울음소리로 어수선했다. 설상가상으로 해상호도 기관이 고장 나 멈춰 섰다.

사람들이 망망한 바다만 바라보며 망연자실해 있는데 누군가 배가 온다고 소리쳤다. 배 안에 있던 사람들까지 갑판으로 올라와 손을 흔들며 살려달라고 아우성을 질렀다. 성조기 휘날리며 쏜살같이 미국 군함이 다가왔다. 커다란 대포를 매단 위풍당당한 모습에 갑판 위는 또 한 번 술렁거렸다. 미군 병사들이 해상호로 올라와 사건 경위와 실태를 조사하고서 향방을 물었다. 지금 부산은 피난민들로 넘쳐나서 발붙일 곳을 찾기 어렵다고 했다. 항해사가 가까운 곳에 제주도라는 섬이 있다고 했고 경험 많은 선장이 풍광이 수려한 곳이라고 거들었다. 그곳으로 피난민들이 많이 들어갔다고 미군 통역사도 말했다. 양수이핑이 결단을 내렸다. 우여곡절을 겪은 해상호는 미국 군함의 꽁무니에 매달린 끝에 동터오는 새벽이 되어서야 제주 산지항에 도착했다.

제주의 하늘은 드높고 푸르렀다. 햇살은 부드러웠고 공기는 청량해서 사람들은 저마다 바람을 마시며 즐거워했다. 배에서 내린 사람들은 어린애를 포함하여 81명이었다. 죽을 고비를 넘기고 낯선 땅에 상륙한 사람들은 눈 앞에 펼쳐진 이국적인 모습에 잠시 긴장했다. 양수이핑은 일행들을 모이도록 했다. 그의 얼굴에는 결연한 의지가 돋보였다.

"이곳은 한국의 제일 남쪽 끝에 있는 제주라는 섬입니다. 여기에는 의지할 수 있는 화교도 없고 우리가 개척하며 살아야 할 곳입니다. 배는 고장이 나서 더 이상 운항할 수 없으니 여기에 뼈를 묻을 각오로 일합시다. 여러분도 알다시피 고국은 인민공화국이 들어서서 오갈 수도 없습니다. 우리 선조들은 아주 오래전부터 외국에 이주하여 억척스럽게 발판을 닦아 뿌리내렸어요. 커쿠나이라오(克苦耐勞)는 우리 화교들의 정신입니다. 우리도 개척자의 정신으로 열심히 살아갑시다. 자 따라 하시오. 커쿠나이라오."

사람들은 '커쿠나이라오'를 세 번이나 복창했다.

고통을 이기고 인내하며 일하자는 말은 어디에서건 어떤 상황에서도 꺾이지 않는 화교들의 끈질긴 생명력을 상징했다. 일행은 일자리를 찾아 뿔뿔이 흩어졌다.

여유가 있는 사람들은 가게를 얻어 중국에서 가져온 비단 등 수입 직물을 팔거나 화장품, 장신구 등 수입 잡화를 팔기도 했고, 남의 집 가정부나 행상도 마다하지 않았다.

호떡을 만들어 팔거나 만둣가게를 하는 이들도 있었고 중화요리점을 내기도 했다.

나이가 들어 일자리 얻기 힘든 사람들과 부모가 없는 아이들은 해상호에서 생활을 했다. 먹을 것은 걱정하지 않아도 됐다. 바다와 민물이 만나는 산지천에는 사시사철 솟아오르는 용천수가 있었고 고깃배들이 매일 오고 갔다. 제주 사람들은 돔, 북바리, 고등어, 갈치 같은 고급 어종의 고기들만 먹고 상품 가치가 없는 어종들은 버렸다. 아침이면 선창에 나가 그것들을 주워다 요리해서 먹을 수 있었다. 농사를 짓던 사람들은 밭을 세내어 농사를 지었고, 형편이 안 되는 사람들은 사라봉 기슭 공터에 텃밭을 만들어 각종 채소를 가꾸고 그걸 팔아 밀가루를 샀다.

화교들의 농사는 특이했다. 당시 제주에 채소라고는 배추, 무, 당근, 감자가 대부분이었지만 화교들은 가지, 파, 양파, 오이, 시금치, 마늘, 고추, 호박, 상추들의 종자를 중국에서 수입해 와 계절별로 운작했다. 좁은 면적을 넓게 사용했으며 부지런했다. 그들은 해가 뜨면 일어나 밭에 가서 해질녘까지 몸을 아끼지 않고 일을 했다.

동네를 돌아다니며 아궁이에서 나온 재를 모으고 관청의 변소에서 인분과 오줌을 싼값에 구입하여 퇴비를 만들었다. 이렇게 마련된 유기질 비료를 풍부하게 사용하니 작물의 품질도 좋아 제주 사람들에게 인기가 있었다.

그들은 경작물을 광주리에 이고 부잣집을 방문하여 판매하거나 손수레를 이용하여 식당에 배달을 했고, 남은 채소는 거리에 좌판을 놓고 염가로 팔았다.

양수이펑은 한천교 옆 땅을 사서 소학교를 지어 아이들을 교육시키도록 했다. 그는 단결과 염치, 예의를 강조했다. 그러면서 계를 만들어 화교들이 사업을 할 때나 큰돈이 필요할 때는 십시일반으로 서로 돕도록 했다.

링링은 소학교가 완성되자 학교를 맡아 운영했다. 그 사이 강룽의 여동생도 태어났다. 치관은 산지항 부근의 식당 주방에서 일을 했는데, 봉급도 신통치 않고 주인이 중국인이라고 얕잡아보고 자주 트집을 잡았기 때문에 1년도 못 채우고 그만뒀다. 그래서 가족들과 의논 끝에 장인과 화교들의 협찬을 받아 음식점을 내기로 했다.

시청, 경찰서, 우체국, 은행 등 관공서가 밀집된 번화가 초입에 건물을 임대하여 중국 식당을 열었다. 가게 이름은 장인이 강릉까지 대대로 번창하라는 뜻에서 대룡반점으로 명명해 주었다. 같은 배를 타고 온 동족들이 식당일을 도왔다. 주방과 허드렛일을 거들고, 화농(華農)들이 경작한 채소를 공급받고, 배달통을 운반했다.

시내 여러 곳에 중국 음식점이 생겼지만 대룡반점의 짜장면은 사람들의 입맛을 사로잡았다. 장사는 잘되었다. 손님들은 주변의 공무원뿐만 아니라, 피난민들 중 꽤 이름 있는 문학인, 예술인들이 단골이었다.

이승만 정권과 박정희 군사 정권이 이어지면서 화교들의 삶의 여정은 험난했다.

자유당 정부는 6·25 직전 전국에 창고 봉쇄령을 내렸다. 이에 창고를 사용하는 화교 무역상은 큰 타격을 입었다. 이어 내려진 외국인에 대한 외화 사용 규제책은 화교의 무역업에 족쇄를 채운 격이었다. 이로 인해 화상(華商)들은 한국 기업과의 경쟁을 감당하지 못하고 점차 문을 닫게 되었다.

그중에서도 가장 타격을 입은 것은 통화개혁이었다. 현금 소지를 선호하는 화교들이 가진 화폐는 자유당 정권과 군사 정권에서 시행한 두 번의 통화개혁을 거치면서 휴짓조각으로 변하고 말았다. 양수이핑은 마지막 통화개혁에 큰 충격을 받아 끝내 일어나지 못하고 숨을 거두었다.

이승만 정권은 유독 중국음식점에 대하여 불리한 세율을 적용하고 음식값을 통제하여 많은 어려움을 줬다. 박정희 정권이 들어선 1961년에는 외국인 토지 소유 금지법의 시행에 따라 토지를 소유하려면 정부의 승인을 받아야 했다.

훗날 대룡반점을 운영했던 왕강룽 씨는 독재 정권은 외국인을 차별하며 핍박이 아주 심했다며 다음과 같이 말했다.

"우리 화교들은요 아무리 돈이 많아도 땅 한 평 제대로 가질 수 없었어요. 1970년에야 「외국인 토지 취득 및 관리에 관한 법」이 제정되었는데, 그때야 비로소 1가구에 1주택 1점포만 허용되었어요. 하지만 그것도 제한이 있었죠. 주택 면적은 200평 이하로 하고, 점포는 50평 이하만 허락되었어요. 또한 몸이 아파 장사를 할 수 없게 돼도 취득한 토지와 건물은 자신만 사용하고 타인에게 임대할 수도 없었죠.

논밭이나 임야의 취득도 불가능했어요. 채소 경작은 우리 화교들의 주요 생업 중 하나였는데, 밭의 소유가 불가능하게 되니 일부는 편법을 썼죠. 화교 농민들은 더러 그 소유권을 한국 국적을 가진 한국인 아내나 한국인 친구의 명의로 해두고 경작을 계속했어요. 그 과정에 탈도 많이 생겼죠. 한국인 마누라가 이혼을 하거나, 믿었던 친구가 몰래 그 땅을 팔고 도망을 가버리는 경우엔 경작지의 소유권을 잃어버리게 됐으니까요.

그것뿐이겠어요? 외국인 거류 제도에 의해서도 고통을 받았죠. 당시 한국에는 영주권 제도가 없어서 화교들은 「외국인 출입관리법」을 따라야 했어요. 외국인 거주자는 2년에 한 번 비자를 갱신받아야 했는데 그것이 아주 번거로웠어요. 갱신 때가 되면 육지에 나가 있다든지 꼭 일이 생기더라구요. 1997년이 되어서야 갱신 기간이 5년으로 바뀌어 다소 사정이 나아졌어요. 그래도 한국 사람들을 상대로 장사

해서 세 아이들 키우고 공부시켰으니 한국에 감사하죠."

제주에 살던 왕강룽 씨는 대만으로 유학 가서 대학을 다녔다. 대학에서 만난 한족 출신의 여학생과 졸업과 동시에 결혼하고 한국으로 돌아왔다.

여동생은 화교의 중매가 있어 일찍 부산으로 시집갔는데 그 매제 부친이 무역상을 경영하고 있었다. 강룽 씨는 일을 도와달라는 매제의 권유로 부산에서 직장을 얻었다.

강룽 씨가 아들 둘을 낳고 알콩달콩 재미있게 지내고 있던 어느 날 제주에서 급한 전화를 받았다. 대룽반점에 불이 났다는 소식이었다.

제주에 내려와서야 강룽 씨는 모친이 화재로 숨졌고 부친은 화상을 입어 병원에 입원해 있다는 사실을 알았다. 초상을 치르고 나서 집 정리를 하는데 이웃 사람들한테서 이상한 소리를 들었다.

방 안에서 잠자던 부인이 질식해 죽어가고 있는데도 치관 씨는 정신없이 웍과 도마 칼만 부둥켜안고 나왔다는 것이었다. 아버지가 원망스러웠지만 날마다 처절하게 회한의 눈물을 흘리는 환자에게 차마 따질 수도 없었다. 아무리 효도를 다 하는 일등 자식이 있어도, 평생을 구박하는 악처라도 남편에겐 부인이 있어야 한다는 사실을 강룽 씨는 그때 알았다.

대룽반점은 강룽 씨가 앞장서서 새 단정을 하고 문을 열었다. 그리고 모친이 죽은 지 삼 년째 되던 해 시름시름 앓던 부친도 돌아갔다. 왕강룽 씨는 제주에 눌러앉아 가업을 이어야 했다. 그 해에 귀염둥이 딸 리화가 태어났다.

2. 청춘들의 우격다짐

노을이 아름답게 구름을 물들이는 하늘에 갈매기 서너 마리가 한가롭게 날아다녔다. 파도가 밀려왔다 살며시 부서지는 해운대 해변 위 도로를 스쿠터가 달렸다. 청년은 헬멧도 없이 안동장이란 붉은 글씨가 선명한 철가방을 매달고 휘파람을 불며 바람을 가르고 있었다. 이국적인 모습의 젊은이는 덩치가 컸지만 王金山(왕금산)이란 이름표가 달린 교복을 입고 있었다. 그가 큰 건물을 돌아 골목길에 막 들어섰을 때 불량기 넘치는 네댓 명의 패거리들이 기다렸다는 듯이 스쿠터를 막아섰다.

패거리 중 한 명이 각목을 든 손을 길게 뻗으며 앞으로 나섰다.

"일단정지."

스쿠터는 멈출 듯하더니 재빠르게 핸들을 돌려 뒤돌아가려 했다. 그러자 패거리들이 재빨리 막아서며 발길질을 해댔고 금산은 스쿠터와 함께 쓰러졌다.

"야, 이 짱꿰 새끼야. 어딜 도망쳐."

"저 새끼 어제 토낀 놈 맞아. 안동장."

금산은 일어서며 그들을 노려보았다. 그러자 머리카락이 긴 사내가 침을 찍 갈기더니 주먹을 쥐고 위협적인 자세로 다가섰다.

"야, 뭘 꼬나봐 이 뙤놈의 새꺄?"

금산은 눈을 부릅뜨고 칠 테면 쳐보라는 듯이 마주 섰다.

"너희들 뭐꼬? 와 일하는 사람 방해 하노?"

"야 임마, 우리 구역에서 돈 벌면 통행세는 내야 할 것 아냐?"

"짱꿰 새끼야 세금 바치라고."

금산은 싸우지 않으려고 흙이 묻은 교복을 털면서 그들의 시선을 피했다.

"우리 사장 세금 꼬박꼬박 잘 내고 있다. 그만하자."

각목을 든 사내가 질겅질겅 껌을 씹으며 철가방을 내리쳤다.

"이 짱꼴라 새꺄. 아직도 한국말 몰라?"

경쾌한 소리와 함께 배달통이 찌그러졌다. 금산은 얼굴을 일그러뜨리며 주먹을 불끈 쥐었다.

"감히 누가 내 앞길 막아서?"

말을 마치기도 전에 금산이 날아올라 각목을 든 사내를 옆차기로 넘어뜨렸다. 패거리들이 달려들었다. 하지만 그들은 애초에 금산의 상대가 되지 못했다. 한 명씩 제압해 나가는데 지나가던 순찰차가 이들의 싸움을 발견하고 경고음을 울리며 멈춰 섰다.

권용찬이 왕 씨 가족들을 만난 건 시골에서 제주시 고등학교로 진학하면서였다. 당시 용찬은 어머니가 구해준 동향 출신 장석규 씨 집에 셋방을 얻고 자취를 하고 있었다.

해녀인 어머니는 바다에서 채취한 톳, 청각, 미역이나 전복, 해삼, 소라 등 싱싱한 해물들을 정기적으로 주인집에 납품했고, 사글세 대신 장 씨 집안의 허드렛일을 도와주고 있다는 것을 나중에야 알았다.

집주인의 부친 장동철 씨는 토지와 건물을 많이 가진 부자였는데 대룡반점도 아들에게 넘겨주기 전에는 그의 것이었다. 대룡반점에는 다른 곳에서는 볼 수 없는 특이한 물건이 있었다. 사람들이 잘 보이는 벽면 유리 진열장 안에 기름칠 잘 된 웍과 도마 칼이 보관되어 있었다. 그 아래 붙은 설명서에는 '대룡반점의 창업주 왕치관 씨 부친이 중국에서 직접 만든 가보'라고 적혀 있었다. 중앙 벽면에는 붉은색 바탕에 황금색으로 '克苦耐勞(극고내로)'라 쓰인 액자도 희뿌연 먼지를 뒤집어쓰고 걸려 있었다.

대룡반점은 주변의 관공서 사람들이 단골손님이었지만 학생들에게도 인기가 있었다. 주말이면 축구 좋아하는 학생들끼리 모여 내기 시합을 하고 들리는 곳이 대룡반점이었다.

그런데 용찬이 짜장면을 공짜로 먹게 된 것은 왕 씨 집안과의 특별한 인연 때문이었다.

어머니는 시내에 오면 꼭 용찬을 대룡반점으로 데리고 가서 짜장면을 사주었다. 그날도 어머니와 함께 대룡반점에 갔는데, 여자 주인이 흘러나오는 음악에 맞춰 노래하는 어린 딸을 야단치고 있었다.

"아이 정신 사나워. 그거 좀 꺼. 너 맨날 노래만 부르면서 이러고 어떻게 중학교 간다고 그래?"

딸애는 워크맨의 스위치를 끄며 당찬 표정으로 대들었다.

"왜 못가? 부산 보내줘. 가서 열심히 공부하면 되잖아?"

"밤낮 서태진지 동태진지 노래만 부르는데 무얼 믿고 육지에 보내
냐구?"

그 말에 용찬을 힐끗 바라보더니 딸은 당차게 대들었다.

"엄마, 오빠들은 갔는데 왜 난 안 된다는 거야? 은산이 오빠도 공
부 못 했잖아? 부산 고모도 오랬단 말이야. 난 갈 거야. 안 보내주면
도망이라도 간다구."

말을 끝낸 딸은 워크맨을 낚아채고 횡하니 밖으로 뛰쳐나갔다.

"리화야. 아니 저것이?"

그때 조리실에 붙은 음식 배출구에서 '짜장' 하는 소리가 들렸다.
리화 어머니는 짜장면 한 그릇을 쟁반에 받쳐 들고 오며 불평을 늘어
놓았다.

"에고, 어린 것이 뭐가 되려고 저러는지?"

상황을 지켜보던 용찬의 어머니가 빙그레 웃으며 응답했다.

"따님이 예쁘게 생겨서 얼굴값 하겠네요."

리화 어머니가 식탁 위에 음식을 내려놓으며 용찬을 찬찬히 바라보
았다.

"다 저 생각해서 하는 말인데… 아드님은 참 똑똑하고 착하게 생겼
네요."

리화 어머니는 쟁반을 옆 식탁 위에 놓고 의자에 걸터앉아 용찬의
모친과 담소를 나눴다. 용찬이 짜장면을 골고루 잘 비비고는 입가에

잔뜩 흔적을 남기며 정신없이 먹고 있는 사이 몇 마디 얘기가 오가더니 흥정이 이루어졌다.

주말에 한 번씩 용찬이 리화의 공부를 도와주면 언제든지 짜장면은 공짜고 용돈도 주겠다고 했다. 어머니가 의향을 물었지만 용찬은 쑥스럽다고 한발 물러섰다가 리화 어머니의 성화에 못 이기는 척 승낙을 했다. 그래서 고등학교 1학년 학생이 초등학교 6학년 어린이의 영어, 산수 선생님이 되었다.

리화는 '선생님' '선생님'하며 잘 따랐다. 한데 용찬은 학생 신분에 선생님 소리가 남사스러워 그냥 오빠라 부르라고 했다. 여동생이 없는 용찬은 리화가 마냥 귀여웠다.

용찬은 야간 자율학습이 있어서 식당이 문 닫는 저녁 늦게 귀가했기 때문에 그 좋아하는 짜장면을 자주 먹지 못했다. 그러나 토요일 오후 교습이 끝나면 리화 아버지는 짜장면에 군만두, 때로 탕수육도 만들어 주었다.

리화는 적극적인 성격이어서 용찬이 가르쳐주는 것을 곧잘 이해했고, 내주는 숙제는 열심히 풀어왔다. 리화의 성적은 금세 쑥쑥 올라갔다. 시험 본 날은 자랑하고 싶어 동그라미가 그려진 시험지를 들고 늦은 밤까지 자취방 앞에서 기다렸다. 용찬도 보람을 느끼며 뿌듯해했다. 성적이 오를 때마다 리화의 부모는 두둑하게 용돈도 주었다.

리화는 화교 3세지만 의식은 한국 학생과 다름없었다. 여느 한국 소녀들처럼 아이돌 그룹을 좋아했다. 용돈이 생기면 테이프는 물론 브로마이드를 구입해 자기 방을 도배했다.

리화는 틈만 나면 자신의 노래 실력을 뽐냈다.

"오빠, '서태지와 아이들' 멤버 이름 다 알아?"

용찬은 고개를 가로저었다. 시골서 갓 올라온 촌놈은 음악에 관심 둘 기회가 없었다. 부잣집 아이들은 마이마이다, 워크맨이다 노래를 들을 수 있는 도구들을 가지고 다니면서 음악을 즐겼지만 용찬은 그럴 형편이 못됐다.

"이 오빠가 리더 서태지고, 이 오빤 이주노, 그리고 요 오빠가 양현석이야."

그는 브로마이드의 얼굴들을 하나하나 짚어가며 멤버들을 소개했다.

"작년에 방송국 모든 음악상을 휩쓸었어. 오빠 이 노래 들어 봐. 최신 나온 '하여가'란 노랜데 아주 재미있어."

리화는 워크맨을 틀어놓고 율동까지 하며 노래를 따라 불렀다.

어린 애의 입에서 사랑이니 이별이니 하는 가사가 나오는 것이 생경했지만 사실 용찬은 그때 리화 덕에 음악에 관심을 갖게 되었다.

대다수의 중국음식점이 그렇듯 공무원을 상대하는 대룡반점은 점심시간이 대목이었다. 리화의 가정집은 대룡반점 맞은편에 있었다. 한데 어느 날, 용찬이 리화의 집으로 들어서려는데 대룡반점 안에서 소란스런 소리가 들렸다. 열린 문 안으로 언뜻 리화의 모습도 보였다. 토요일인데도 손님이 가득했다. 용찬은 무슨 일인가 궁금해 식당 안으로 들어갔다.

음식을 나르며 분주하게 움직이는 도우미들이 용찬과 눈이 마주치자 웃음으로 반가움을 드러냈다. 식당을 드나들며 한두 번씩 보았던 화교들이었다. 용찬을 본 리화가 반갑게 맞으며 앞치마를 건넸다.

무슨 상을 받은 분이 친지들을 초대하여 자축연을 여는 자리였다.

그런데 잠시 후에 중년 남녀 두 사람이 문을 열고 들어왔다. 그들은 예상 못 한 눈앞의 상황이 마뜩잖은 듯 서로 바라보며 눈짓을 했다. 리화 어머니가 그들을 알아보고 난처한 표정을 지으며 다가갔다.

"점심 좀 먹으러 왔는데. 안 되나요?"

"과장님. 어쩌지요? 좀 소란스러워도 괜찮으시다면 저리 앉으세요."

그들이 좌중을 살피며 비어있는 구석 자리에 앉자 축하객 중 한 사람이 다가와 깍듯하게 인사했다. 동반한 여인이 인사하는 사람의 시선을 피하는 것이나 나이 차가 있는 것으로 보아 부부 사이는 아닌 것 같았다. 그들은 '삼선 짬뽕' 두 그릇을 시켰다.

인사했던 사람의 제안으로 축하연 자리가 잠시 조용해지기는 했으나 술병이 늘어나고 시간이 지날수록 장내는 다시 소란스러워졌다. 왕 사장은 시킨 음식 외에 탕수육과 맥주 두 병을 서비스로 내놓았다. 용찬이 음식을 탁자 위에 내려놓고 돌아서는데 과장이라는 사람이 불러 세웠다.

"너 몇 살이지?"

용찬은 초면에 반말하는 것이 언짢았으나 내색하지 않았다.

"열일곱입니다."

"미성년자 구만? 언제부터 여기서 일해?"

말본새로 보아 트집 잡으려는 게 분명했다.

"오늘만요. 손이 부족해 도와주고 있어요."

"그래? 너희 사장 좀 오라고 해."

그는 명령조로 말했다. 용찬은 주방 일에 바쁜 왕 사장에게 전달했다. 음식 배출구를 통해 홀을 잠깐 바라보던 왕 사장은 그들이 음식을 다 비울 즈음 음식 자국으로 얼룩진 앞치마에 손을 닦으며 나왔다.

"늦어서 죄송합니다."

왕 사장이 늦게 나타난 게 못마땅해선지 과장이라는 사람은 볼멘소리를 했다.

"삼선 짬뽕값이 언제 이렇게 올랐어?"

"아이구 홍 과장님, 우린 몇 년째 천팔백 원 받다가 금년 3월에야 이백 원 올렸어요."

왕 사장의 말을 들은 과장은 미간에 바늘을 세우면서 찡그렸다.

"당신 엿장수야? 누구 맘대로 올려? 당장 옛날 가격으로 내려요."

"어휴, 이천 원 받아도 식자재비도 오르고 인건비 제하면 남는 게 없습니다. 과장님."

왕 사장은 나이 어린 과장 앞에 굽신거리며 비굴한 표정을 지었다.

"못 내리겠다는 말이오?"

"홍 과장님 제발 저희 입장 좀 생각해주십시오."

"두고 봅시다."

그는 그악한 표정으로 일어서서 계산대로 가더니 만류에도 불구하고 서비스로 가져온 탕수육과 맥주까지 외상 장부에 달아놓고 나갔다. 왕 사장 부부는 안절부절못했다.

음식점을 관장하는 도청의 과장이었다. 이런 왕 사장의 심기도 모르고 축하연 자리에서 커다란 박수 소리가 터졌다. 왕 사장은 망연자실 서 있는 애꿎은 부인에게 화풀이하듯 소리쳤다.

"뭐 하고 있어. 얼른 저 그릇이나 치워."

왕 사장에게 제일 무서운 사람은 아이러니하게도 단골손님인 공무원들이었다.

입간판을 밖에 내놓으면 경찰이 들어와서는 불법이라고 호통을 쳤고, 식당에서 싸움이 벌어지면 술을 판 주인 잘못이라며 힐난을 했다.

음식값을 올리면 세무서에서 들이닥쳐서 세무 조사한다고 난리였다. 변변한 장부도 없으니 날마다 들러 수금하는 은행원들이 기록해 준 입금 통장만 보고서 감당하기 어려운 세금을 때렸다.

바빠서 위생교육에 빠지거나 검사에 걸리면 영업정지가 내려왔다. 사정이 이런데 직속 과장의 심기를 건드렸으니. 일어날 후폭풍을 두려워하며 왕 사장은 며칠을 전전긍긍 잠도 제대로 못 잤다.

과장의 몽니는 며칠 뒤 드러났다. 한창 바쁜 점심시간에 위생검사 나왔다며 세 사람이 주방으로 들이닥쳤다. 음식을 조리하던 왕 사장은 왜 하필 바쁜 시간이냐고 따졌지만, 그들은 막무가내로 주방 곳곳을 사진 찍고 도마를 칼로 긁어내 병에 담아가고 쓰던 행주를 압수해

갔다.

죄인처럼 마음 졸이며 판결을 기다렸다. 체념하며 잊힐 만 할 때쯤 계고장이 날아들었다. 왕 사장은 부들부들 손을 떨면서 계고장을 펼쳤다. 식중독 등 여러 가지 균 검출, 위생 불결이라는 판정과 함께 영업정지 15일이 내려졌다. 왕 사장 가슴이 덜컥 내려앉았다. 영업정지를 맞으면 장사 못 해 손해도 크지만, 식당 이미지가 나빠질 것을 생각하니 나오는 것이 한숨이었다. 왕 사장이 낙담하는 걸 지켜보던 부인이 계고장을 빼앗아 내용을 확인하고는 덤덤하게 말했다.

"뭘 고민해요. 돈으로 해결해야지요. 돈 싫어하는 놈 있어요?"

왕 사장은 부인이 마련해준 봉투를 들고 수소문하여 늦은 시간 홍 과장 집을 찾아갔다. 그의 나이에 맞지 않게 집은 크고 정원은 넓었다. 단호한 표정을 짓던 홍 과장은 왕 사장이 내미는 봉투를 보고는 태도를 바꿨다.

"위생검사하고 나면 결과 보고서가 남기 때문 어느 누구도 빠져나올 수 없어요. 방법이 아주 없는 건 아닌데….”

홍 과장은 말을 흐리며 왕 사장의 얼굴을 바라봤다.

왕 사장은 무조건 잘못했다고 빌라는 부인의 말이 생각났다.

"예. 제가 잘못했습니다. 영업정지만 피하도록 해주십시오.”

"그럼. 내가 벌금으로 돌릴 수 있도록 할 테니 대신 음식값은 마음대로 하시오.”

"아이고, 고맙습니다.”

왕 사장은 결국 뇌물 주고 음식값 올린 격이 되어 떤적스러웠지만 납작 엎드려 절까지 했다.

그리고 며칠 후 200만 원의 벌금이 떨어졌다. 두 달 치 수익에 상당하는 금액이었지만, 부인은 가게 닫고 노는 것보다 낫다고 왕 사장을 위로했다.

그해 봄이 끝나가는 무렵이었다. 용찬이 리화에게 영어를 가르치는데 방 밖이 소란스러웠다. 열심히 공부하던 리화가 소리 나는 곳으로 얼굴을 돌리더니 '오빠다' 하며 일어서서 나갔다. 열린 문틈으로 보니 덩치가 큰 청년을 마루에 앉혀놓고 왕 사장이 닦달하고 있었다.

"아니 이놈아 하라는 공부는 않고 무슨 싸움질이여? 아버지가 어떻게 벌어서 학비랑 용돈 보내는 줄 알기나 해?"

얌전히 고개 숙이고 있던 아들이 문 열고 나온 리화를 보자 잊혔던 자존심을 되찾은 듯 고개 세우며 부친에게 따졌다.

"아니 날 뙤놈, 짱꼴라라고 놀리는데 나가 병신이라 참으란 말여요?"

분위기가 심상치 않은 것을 눈치챈 리화는 감히 다가가지 못하고 우두커니 서서 상황을 지켜보았다.

"이놈아, 그 말이 어떻다고 그래? 뙤놈은 대국 사람이란 뜻이고 짱꼴라는 중국 아이라는 말인데 뭐가 어때서? 이놈아 남의 나라 살면서 고맙습니다 해야지. 그걸 못 참고 무슨 싸움질이여? 참아야 인을 이룬다는 공자님 말씀 안 배웠냐?"

부친의 말이 끝나기 무섭게 금산이 대꾸했다.

"아버지. 지금이 어느 시댄데 그런 소리예요? 아버진 세계화 말도 못 들어 봤어요? 몇 년 전에 중국과 한국이 수교도 했단 말이에요. 이젠 우린 할아버지 고향으로 갈 수도 있다구요. 까짓것, 아니꼬우면 중국으로 가버리면 되잖아요?"

왕강룡 씨는 갑자기 고개를 돌려 리화를 보고 씩 하고 웃었다. 리화도 얼떨결에 미소를 지었다. 아들이 대견스럽게 생각되었다.

'그래도 육지 보내 놓으니 귀 뚫렸다고 들은 건 있구나. 싸움질만 하는 줄 알았더니 키운 보람 있네.' 그러나 왕 사장은 다시 금산을 보며 정색했다.

"중국 가면 누가 공짜로 먹여준대? 잔소리 말고 학교나 열심히 다녀."

"싫어요. 나 학교 안 다닐 라요."

"학교 그만두고 나처럼 짱꿰 짓 할 거여?"

"아버진 못 배워서 면발이나 두들기고 있어요? 이리저리 뜯기고 외상값 못 받아서 장사 못 해 먹겠다면서요?"

"이 녀석아, 그만큼 힘들다는 소리지. 그래도 짜장 팔아 너희들 키우고 공부시켰어. 이놈아."

"난 싫어요. 나 일찌감치 기술 배워 돈 벌 거예요."

"돈이 '나 잡수소' 하고 거리에 굴러다니냐? 공부 싫으면 여기서 배달이나 뛰어. 용돈 줄 테니까."

"서울 가서 기술 배운다니까요."

"그런 소리 하려면 썩 꺼져. 앞으로 무슨 일을 하든 고등학교까진 나와야 괄시 안 받고 사람 행세할 수 있는 거여. 이 덜된 놈아."

용찬은 부자간의 대화를 들으면서 왕금산이 동년배들보다 일찍 사회 돌아가는 이치를 깨우친 놈이란 걸 알았다.

그 후로 금산은 부산으로 돌아가지 않았고 육지로 가기 전까지 철가방을 들고 식당 일을 도왔다.

금산은 동생을 가르친다는 사실보다 시골 출신이라는 순박함에 끌려서 용찬을 좋아했다. 동갑이라는 걸 알고 둘은 금방 말을 놓았다.

금산은 가끔 일을 끝내고 수금하다 빼돌린 돈으로 빵이며 아이스크림이며 과자를 들고 밤중에 용찬의 자취방에 들렀다. 그는 자신의 집인 양 편안하게 누워 부산에서 싸움하던 이야기며 자기 집안 사정도 얘기했다. 왕금산은 대륙의 핏줄을 타고나서 그런지 배포도 있고 주관도 뚜렷한 시쳇말로 까진 놈이었다.

그런데 문제는 항상 장종필 때문에 생겼다.

종필은 용찬의 자취방 주인 아들이었다. 고3인데 워낙 꼴통에다 싸움하기를 좋아해서 집안의 기대에도 불구하고 진학은 진즉에 포기한 듯했다. 게다가 세 들어 사는 용찬에게도 삥 뜯는 치사한 놈이었다. 용찬은 시골에서 온 놈이라고 봐줘서 한 번으로 끝났지만, 항상 현금을 가지고 다니는 금산은 돈을 빼앗긴 적이 한두 번이 아니었다.

중간고사를 앞두고 늦게까지 책을 붙들고 있던 밤에 금산이 잔뜩 부어서 용찬을 찾아왔다.

"아이 쓰벌, 더러워서…."

"뭐가 그렇게 불만이냐? 아버지께 야단이라도 맞았어?"

"종필이 새끼 말야. 개새끼. 한두 번도 아니고 말야?"

홍정은 붙이고 싸움은 말리랬지만 이 기회에 종필의 나쁜 버릇을 단단히 고쳐 주어야 한다고 용찬은 생각했다.

"야. 넌 덩칫값 못하고 매번 당하냐? 한 번 붙어 봐. 아무리 집주인 아들이라도 이거 너무 하는 거 아냐? 있는 집안의 자식이 말이야. 세 들어 사는 불쌍한 사람들 호구로 알잖아?"

금산의 얼굴에 금세 화색이 돌았다. 그러면서 주먹을 불끈 쥐어 올렸다.

"맞아. 한 주먹 감도 안 되는 새끼가 주인집 아들이라고 봐 줬더니. 이 새끼 두고 봐. 다음 한 번 건드리면 죽사발 내버릴 거야."

그 말은 사실이 되었다.

며칠 뒤 종필은 배달 다녀오는 금산의 스쿠터를 정지시키고 담배 심부름을 시켰다.

"야 넌 발이 없냐 손이 없냐? 남은 땀 흘리며 일하는데. 돈 없으면 담배 끊던지. 네 돈으로 사서 펴."

금산이 마음 단단히 먹고 강하게 나오자 종필은 금산이 타고 온 스쿠터 배달통을 걷어찼다.

"어쭈 이 자식, 많이 컸네? 너 지금 개기냐?

"그래, 개긴다. 어디 한 번 맞짱 뜰래?"

"이 어린 새끼가. 너 몇 대 맞고 피똥 쌀래?. 따라와."

둘은 사람들 통행이 뜸한 사라봉 공동묘지로 가서 힘을 겨뤘다. 종필은 양아치들과 어울려 다니며 싸움 잘한다고 소문났지만, 어려서부터 무술 도장에 다니며 덩치 키운 금산의 적수는 못 되었다. 몇 번을 때리고 차고 부둥켜안고 뒹굴다가 종국에는 코뼈가 부러져 피로 만신 창이 된 종필이 더 이상 대항하지 못하고 뻗어서야 싸움이 끝났다.

하지만 종필은 폭력 조직의 똘마니였다. 종필이 당했다는 소식을 들은 패거리들은 방방 뛰었다. 대낮에 야구방망이, 각목 등 도구를 들고 몰려들었다. 미처 대비하지 못한 금산은 순식간에 당했다. 골목 길을 지나는 금산을 붙잡아놓고 죽지 않을 만큼만 패 놓았다.

리화에게 소식을 듣고 용찬은 병문안 갔다. 금산은 온몸에 붕대를 감고 퉁퉁 부은 얼굴로 병상에 누워있었다. 용찬이 다가서자 금산이 부르튼 입술을 억지로 벌려 하얀 이를 드러내며 웃었다.

"괜찮아?"

금산은 발음도 제대로 못 하고 '좃필이 새끼'란 말만 반복하며 오른손 엄지손가락을 세웠다가 아래로 돌리며 연신 만족한 웃음을 보였다.

붕대를 풀고 근질근질하던 몸을 움직일 때쯤 병원으로 종필이 찾아 왔다. 남의 힘 빌어 금산을 작살 낸 게 부끄러웠는지 종필은 미리 와 있던 용찬을 보며 어색한 미소를 지었다.

"미안하다. 우리 사나이 아니가? 내가 졌다. 우리 친구 먹자."

병문안도 이외였지만 친구 하자는 종필의 제안에 금산의 굳게 달혔 던 마음이 빗장을 풀었다.

"친구? 그럼 나 말 놓는다?"

"네가 언제 나한테 말 올렸나? 너네 나라에선 항상 그렇나?"

"그렇다. 중국에선 마음만 맞으면 나이 상관없이 금방 친구 된다."

그로부터 금산은 두 살이나 연상인 종필과 말을 트고 지냈다. 그때 용찬은 정글의 세계에선 나이나 이력보다 힘이 우선한다는 걸 알았다.

습기를 머금은 무더위는 밤이 되어서도 사그러지지 않았다. 여름방학이 가까운 어느 날 샤워하고 잠잘 준비를 하는 용찬에게 대룡반점으로 오라는 기별이 왔다.

부모님이 모임을 갔다고 금산이 군만두를 튀겨놓고 기다리고 있었다. 금산이 사투리를 쓰며 과거 부산 살던 이야기에 한참 열을 올리던 중인데 불청객이 나타났다. 장종필이었다.

"너들도 잠 안 오냐? 너무 덥다."

그는 주류 진열대로 가더니 빼갈(白干儿)을 꺼내 금산이 말리기도 전에 뚜껑을 땄다.

"어 영업 끝났는데?"

"돈 주면 될 거 아냐. 가서 짜장이나 퍼와."

금산이 팔다 남은 짜장을 그릇에 담아오자 종필은 분위기를 제압하더니 제안을 했다.

"야, 너네 서울 구경해 봤어?"

용찬과 금산은 서로 바라보며 고개를 저었다.

"우리 방학 때 서울 구경 가자."

서울이라는 말에 금산의 귀가 쫑긋했다.

"난 부산은 살아 봤지만 서울은 못 가 봤다. 그러잖아도 서울로 튈 생각이었는데 난 좋아. 내 꿈을 위해서 사전답사하겠어."

"용찬이 넌?"

용찬은 비용 마련할 자신도 없고, 학생 신분으로 제주 섬을 벗어 난다는 게 두려워 고개를 가로 저였다. 핑계를 댈 말이 즉흥적으로 떠올랐다.

"난 가을에 수학여행 있어."

말은 그렇게 했지만 수학 여행비 마련 때문에 감히 어머니에게 말 도 꺼내지 못한 일이었다.

"야 붕신아, 수학여행 존나 재미없어. 꼰대들에게 목줄 묶여 끌 려다니는 개꼴이야. 내가 가 봐서 알아."

"보충 수업도 받아야 하고….."

용찬이 구차한 변명을 들이대자 몸이 달은 금산이 채근했다.

"방학하면 며칠 쉬는 기간 있잖아? 용찬아. 비용은 내가 댈 테니 같이 가자. 응?"

용찬은 더 이상 거부할 명분이 없어 고개를 끄덕였다. 그러자 종필 과 금산은 박수치고 탁자를 두들기며 좋아했다.

흥이 오른 종필이 마시다 둔 빼갈병을 들어 유리잔에 부으며 말 했다.

"야 우리 이참에 의형제 맺자."

의형제란 말에 용찬도 의기투합했다.

"수업시간에 삼국지를 재미있게 말해주는 선생이 있거든. 유비, 관 우, 장비가 도원에서 의형제 결의를 했어. 우리도 삼총사 하자."

종필이 주머니에서 커트 칼을 꺼내더니 자신의 왼손 새끼손가락 끝 을 싹 그었다. 금세 붉은 피가 배어 나왔다. 그는 그 피를 짜내어 술이 담긴 잔에 떨어뜨렸다. 그리고는 재빨리 손가락을 입속으로 집어넣었다가 빼고는 곁에 있는 화장지로 감아쥐었다.

진지하게 지켜보던 금산과 용찬도 같은 의식을 행했다. 유리잔은 금세 벌겋게 변했다. 세 사람의 피가 하나의 잔에 합쳐지자 종필이 잔을 들며 말했다.

"절대 배신 않기다. 삼총사 파이팅!"

금산과 용찬도 주먹을 올리며 파이팅을 외쳤다. 종필이 진지한 표정으로 술을 한 모금 마셨다. 술을 마셔본 경험이 많은지 아무렇지도 않게 손등으로 입술을 훔치고는 군만두를 씹었다. '삼총사 파이팅'을 외치며 금산과 용찬도 술을 나눠 마셨다. 리화의 꼬임에 빠져 빼갈을 마셔 본 경험이 있는 용찬도 술을 마신 후 얼굴을 찡그리지는 않았다.

그렇게 대룡반점 결의를 한 삼총사들은 새로운 경험을 위해 섬을 탈출할 계획을 밤늦도록 논의했다.

3. 꿈 그리고 별

장대비 한 번 시원하게 내리지 않고 장마가 끝났다. 낮 동안 달구어진 도시는 한밤 습한 바닷바람에도 식을 줄 몰랐다. 사람들은 열대야로 잠을 설쳤지만 삼총사는 섬을 탈출할 설렘으로 잠을 이루지 못했다.

용찬이 방학하는 뒷날을 거사일로 잡았다. 그들은 약속한 시간에 각자 백팩을 하나씩 둘러메고 목포행 대합실에 나타났다. 종필은 와이셔츠, 마이(양복)에 구두를 신고 무스로 머릿발을 세워 한껏 멋을 냈다.

3등실 칸에 들어서자 퀴퀴하고 역겨운 냄새가 후각을 강하게 자극했다. 삼총사는 일찌감치 자리 잡고 듬성듬성 누워있는 사람들을 건너서 구석에 자리 잡았다.

배는 항구를 벗어나자마자 심하게 흔들렸다. 신나게 떠들던 종필은 객실 바닥에 드러눕더니 꼼짝을 안 했다. 금산과 용찬도 어지러움을 느끼며 바닥에 몸을 뉘었다.

이윽고 웩하는 소리와 함께 종필이 속에 있는 것을 게워냈다. 곁에 있던 사람들이 코를 막고 얼굴을 찡그리며 자리를 피했다. 용찬은 휘청거리는 몸을 가누며 화장실에서 막대 걸레와 쓰레받기를 가져다 토사물을 치웠다.

"촌놈, 너 배 처음 타보지?"

금산이 웃으며 묻자, 종필은 눈 감고 벽에 기댄 체 고개만 끄덕였다. 용찬이 걸레질을 하며 말했다.

"난 어렸을 적 갱짜구(건착선) 타고 놀고, 땜마(거룻배) 낚시하며 자라서 멀미 같은 건 안 해."

"나도 4년이나 부산항 드나들어서 끄떡없다."

제주 바다를 벗어나자 배의 흔들림은 잦아들었다.

종필이가 정신이 드는지 눈을 뜨고 멋쩍은 표정으로 웃었다.

"머린 아프지만 속은 시원하네."

금산과 용찬이 안쓰럽게 바라보는데 종필이 의외의 반전을 만들었다.

"고백할 게 있는데 사실 나 서울에 여자 친구 만나러 가."

금산은 어처구니없는 표정으로 종필을 나무랐다.

"허풍 떨지 마라. 니가 여자 친구가 어디 있어. 임마?"

여유를 찾은 종필이 배시시 웃으며 상체를 세웠다.

"한 달 전에 이호 해수욕장 갔다가 수학여행 온 여학생을 만났거든. 우리 친구들 몇 명이 즉석 미팅을 했어. 그래서 내 짝이 서울 오게 되면 연락하라고 주소를 줬어."

그 말에 금산의 얼굴빛이 달라졌다.

"그래서 연락했어?"

"응. 세 명이 가니까 친구들 데리고 나오라고 편지했지. 내일 광화문 이순신 동상 앞에서 만나자고 했으니까 기대해."

엉큼한 종필이 얄미웠지만 자신들을 배려한 마음에 용찬도 너그러워졌다.

"정말 서울 여학생들이랑 미팅하는 거야?"

종필은 고개를 끄덕이며 자랑하듯 말했다.

"정아, 그년 웃을 때 보조개가 죽여줘. 흐흐흐."

한참 재미있게 이야기하는데 옆에 누워있던 중년의 아저씨가 벌떡 일어나더니 인상을 쓰며 노려봤다.

"거 좀 조용히 해. 시끄러워서 잠 못 자겠네.

그 말에 삼총사는 재빠르게 바닥에 몸을 뉘었다.

정박해 있는 고깃배들 호위를 받으며 여객선은 개선장군처럼 항구로 들어갔다. 날이 저물어서야 목포항에 도착했다. 하나둘씩 불을 켜는 가로등을 따라 목포역에 가 보니 서울행 기차는 3시간 뒤에나 있었다.

기차표를 끊고 저녁을 먹기로 했다. 배 안에서 도시락을 사 먹었지만 한창 먹을 나이라 성이 찰 리 없었다. 역전 식당가로 걸음을 옮겼다. 종필이 앞장서서 걷더니 맛집을 정했다.

"야, 목포 하면 홍어와 세발낙지 아니가? 가출한 기념으로 쐬주도 한잔 빨아야지."

식당 문을 여니 지렁내 같은 홍어 삭은 냄새가 마중을 나왔다.

탁자가 대여섯 개 놓인 자그만 홀에는 먼저 온 일행이 있었다. 웃고 떠드는 모습이 평범한 사람들 같지 않았다. 팔에 세긴 문신이며 깍두기 머리, 우락부락한 근육질이 영락없는 조폭 똘마니들이었다.

구석 자리에 앉아 식사를 주문하자 종필이 소주도 시켰다. 쾌쾌하면서도 톡 쏘는 홍어가 맛있다며 종필과 금산이 소주를 세 병이나 비웠다. 그게 화근이었다. 옆자리 일행들의 목소리가 높아지자 알코올에 이성이 마비된 종필이 목소리를 돋우어 호기를 부렸다.

"이 집 전세 냈나? 좀 조용히 합시다."

용찬이 놀라 옆 테이블의 동정을 살폈다. 일행 중 키가 제일 작은 사람이 의자를 소리 나게 밀치며 일어서서 노려봤다.

"야, 아그들아 니들 몇 살인데 술 쳐먹음서 성님들한테 개기냐. 응?"

"좀 조용히 하자는 게 무사 잘못 됐수가?"

사투리가 섞여 나온 게 우스웠지만 용찬은 위기감을 느끼며 얼른 일어서서 넙죽 허리를 굽혔다.

"아이구. 죄송합니다. 신경 쓰지 마십시오."

그러자 금산이 일어서며 용찬을 나무랐다.

"야, 시끄러워서 시끄럽다고 했는데 뭐가 죄송이냐?"

그 말에 상대편 일행 네 명이 모두 일어섰다.

"느그들 어디서 왔으까?"

종필도 일어서서 반격 자세를 취하며 대꾸했다.

"제주에서 와수다. 무사(왜)?"

"이런 섬 촌마니들아, 눈탱이는 섬에 두고 왔냐?."

"어떤 씹새가 잠자는 사자의 코털을 건드려 싸스까이?"

지켜보던 주인이 달려와 막아섰으나 이미 상황은 수습할 수 없는 지경에 이르렀다. 소주병을 던지면서 일행들이 달려들었다. 용찬은 겁이 나서 후다닥 화장실로 내뺐다. 이런 일은 처음이었다. 화장실 문을 잠그고 벌벌 떨었다. 홀에서 한창 깨지고 부서지는 소리가 나더니 이내 잠잠해졌다.

용찬이 슬며시 나가봤더니 험상궂은 손님들은 사라지고 없었다. 금산은 앉아서 코피를 닦으면서 대짜로 누워있는 종필을 흔들었다. 종필이 일어나 두리번거리다 용찬을 발견하고는 어이가 없는지 씩 웃었다.

주인은 이런 일이 다반사인 듯 태연하게 부서진 물건과 깨진 식기들을 정리하며 투덜거렸다.

"에고 초저녁부터 무슨 재수 대가리여? 신고했는디 이놈의 경찰은 왜 안 온당가?"

그 말에 금산이 눈치를 주더니 빽을 들고 뛰쳐나갔다. 종필도 주인이 주방으로 들어간 틈을 타서 소지품을 챙기고 후다닥 문밖으로 나갔다. 용찬도 빽을 메고 눈치를 보며 슬금슬금 뒷걸음질 치는데 주인이 불러 세웠다.

"학생, 그냥 가려고? 이 난리 친 거 안 보여? 부서진 유리창에 의자도 두 개나 나가고, 깨진 그릇에 양쪽 식삿값은 물어줘사 쓰지. 안 그런가?"

용찬은 얼른 지갑을 꺼내 여행비로 거둔 돈에서 적당히 반쯤 꺼내 건넸다. 액수를 확인한 주인은 당최 말도 안 된다는 듯 고개를 저었다.

"우리도 먹고살려고 이짓까리 허는디 이것 갖고는 택도 없어야. 응. 보아하니 학생이구만. 정 그렇다면 경찰서에 같이 가야?"

용찬은 경찰서에 가면 혼자만 집으로 돌아가야 한다는 생각이 들었다. 할 수 없이 전부를 건네고 사정을 하고선 겨우 만 원 한 장을 돌려받았다.

'돈도 없는데 어떻게 하지? 서울 구경 포기해야 하나?' 용찬은 착잡한 마음을 안고 역으로 발길을 옮겼다.

역 대합실 입구에서 종필과 금산이 기다리고 있었다. 종필은 붉은색 반팔 티로 갈아입고 금산의 얼굴에 반창고를 붙여주고 있었다.

"쓰발 객기 부리다 새 됐다. 장소만 넓었으면 붙어 볼 만했는데. 한 놈은 줄행랑쳐 버리고."

금산이 얼굴을 만지며 웃었다. 종필은 턱이 아픈 듯 입을 벌렸다 다물기를 반복했다. 용찬은 그들의 시선을 피하며 지갑을 꺼내 속을 까발렸다.

"미안하다. 노잣돈 다 털리고 이거 하나 남았다."

그 말에 금산의 얼굴이 굳어졌다.

"이 미련 곰탱아, 돈이 없으면 어떻게 서울 가?"

"그럼 어떡해? 경찰서에 가자는데?"

"배 째라고 나자빠지지, 미성년자에게 술 팔면 영업정지 먹는다는 걸 몰라?"

그제야, 용찬은 '아 그 생각을 왜 못 했을까' 탄식하며 고개를 뒤로 젖혔다.

종필이 자책하는 용찬의 등을 툭 치며 말했다.

"짜식, 걱정 마. 서울에 우리 이모 살 거든. 부자니까 용돈 두둑이 줄 거야."

철거덕 거리는 기차 바퀴 소리가 두근거리는 심장과 함께 뛰놀았는데 소리의 감흥은 금세 사라졌다. 수다를 떨다가 피곤했는지 종필이 먼저 잠에 곯아떨어지고 의자에 깊숙이 기댄 금산이도 곧 코를 골았다.

기차는 어둠 속을 달렸고 창밖으로 스쳐 지나가는 불빛만 간간이 보일 뿐이었다. 객차 안 사람들은 약속이나 한 듯 모두 눈을 감고 있었다. 용찬은 난생처음 타는 기차였다. 눈을 감았지만 서울 여행에 대한 기대감에 쉬 잠이 오지 않았다.

"여기는 용산, 용산역입니다. 다음은 이 열차의 종착역인 서울, 서울역입니다."

어느 틈에 잠이 들었는지 스피커 소리에 눈을 떴다. 기차는 서서히 멈춰 섰다.

객차 안 사람들이 여기저기서 기지개를 켜고 하품을 하며 깨어났다.

서울은 콧속으로 스미는 냄새부터가 달랐다. 역사를 나오니 거리는 싱그러운 아침 빛을 받아 출렁거리고 있었다. 텔레비전에서만 보던 빌딩과 거리의 모습이 그림처럼 눈앞에 펼쳐졌다. 각양각색의 자동차들과 종종걸음으로 오가는 인파들, 웅장하게 펼쳐진 빌딩들이 서울임을 확인시키며 감탄사를 만들어 냈다.

입을 다물지 못하고 눈이 동그래진 종필이 혼잣소리처럼 중얼거렸다.

"와 서울 사름덜 어마저프게 하다이(놀랄 정도로 많다)."

금산과 용찬은 사투리가 촌스럽게 생각되었는지 마주 보며 웃었다.

종필도 무의식중에 뱉어낸 제주말이 쑥스러웠는지 용찬의 팔을 툭 치며 웃었다.

금산은 깨우침이라도 얻은 듯 사뭇 표정이 진지해졌다.

"우리 학교 꼰대가 말하는데 앞으로 누구나 자가용 타고 다니는 시대가 온대. 그 말이 참말인가 보다. 억수로 차가 많네."

"거 봐, 서울 오기 참 잘했지?"

종필의 공치사에 용찬이 고개를 끄덕이며 동의했다.

사투리를 쓰거나 사소한 일에도 서로 마주 보며 깔깔거렸다. 사람들과 부딪히고, 길거리 설치물에 걸려 넘어져도 웃음이 솟아났다. 그렇게 쉬며 놀며 물어물어 광화문에 도착했다.

시원하게 뚫린 도로를 따라 간간이 바람이 불어왔으나 아스팔트의 열기를 밀어내진 못했다. 그들은 거대한 이순신 장군 동상 앞에서 자신들의 첫 미팅이 잘되길 빌면서 경건한 마음으로 두 손을 모으고 허리를 굽혔다. 가만히 서 있어도 땀이 등줄기를 타고 흘렀다. 그들은 지하도 그늘에서 햇볕을 피하다 교보문고를 발견했다. 책하고 거리가 먼 종필이 먼저 들어가 보자고 제안했다. 넓은 객장의 시원함에 놀라고, 서가에 촘촘히 꽂혀 있는 엄청나게 많은 책에 놀랐다. 신기해서 이것저것 들쳐 보며 어슬렁거리다 약속이 1시간 남았는데 종필이 나가자고 채근했다. 양산을 쓰고 오가는 사람들이 동상 앞에서 까불대는 그들을 신기한 듯 바라보며 지나갔다.

시선이 마주치는 순간 용찬의 몸은 얼어붙어 눈썹 하나 까딱할 수 없었다.
하얀 드레스에 새하얀 피부. 얼굴 가득 웃음꽃이 핀 소녀는 동화 속에 나오는 선녀였다.

약속했다는 시간이 다가오자 종필의 얼굴이 붉게 달아올랐다. 나타날 여학생들에 대한 기대감에 용찬의 얼굴에도 송글송글 땀방울이 맺혔다.

기다리는 여학생은 쉽게 나타나지 않았다. 30분이 지나자 기대감은 초조감으로 바뀌었다. 종필은 연신 시계를 보면서 혼자 중얼거렸다.

'차가 막히나?' '여자들은 조금 늦는 법이다.' '집안에 무슨 일이 생겼나?' '편지를 못 본 건가?' 어색한 표정으로 금산과 용찬의 눈치를 살폈지만 서로 난감해서 시선을 마주하지 못하고 딴청을 부렸다.

땡볕에 피부가 적당히 익어 갈 무렵 금산이 종필을 불러 세웠다.

"종필아 종쳤다. 무슨 일을 이따위로 하노? 서울 년이 뭐가 부족해 촌놈을 만나겠냐, 이 문디 자식아. 그만 치아 뿔고 밥이나 묵자. 배고프다."

금산이 부산 사투리를 쓰며 의기소침해진 분위기를 수습하려 했다. 종필이 혀를 쩍 하고 차더니 청춘사업 종결을 선언했다.

"미안하다. 빵 사주며 잘 꼬셨는데 여우 같은 애한테 당했다. 우리 이모 집으로 가자. 가서 맛있는 거 사달라고 하게. 여기서 잠깐만 기다려. 전화하고 올게."

종필은 주머니를 뒤져 동전을 찾고는 전화 부스 있는 데로 황급히 걸어갔다. 땀에 젖은 그의 등짝을 바라보던 금산이 자책을 했다.

"저 미련 꼴통에 속아서 따라온 우리가 밥통이지."

그늘에서 땀을 들이고 있는데 종필이 싱글벙글 웃으며 쪽지를 들고 왔다.

"마침 해연이도 집에 있더라구. 너희들 얘기도 했어. 맛있는 거 만들어 놓을 테니 빨리 오래."

"어디 봐."

금산이 종필에게서 쪽지를 빼앗아 들고 살폈다.

"니들 지하철 처음 타보지? 부산에도 지하철 있거든. 내 다 아니까 따라와."

계단을 따라 지하로 내려갔다. 서울은 땅속에도 많은 사람들이 산다는 걸 알았다.

종필이 메모를 확인하며 출구를 찾아 나가서 다시 전화를 걸었다. 그렇게 십여 분을 기다리고 있는데 그들 앞에 검은 세단이 섰다. 문이 열리더니 '오빠' 하고 소리치며 한 소녀가 뛰쳐나왔다.

그녀와 시선이 마주치는 순간 용찬의 몸은 얼어붙어 눈썹 하나 까딱할 수 없었다. 하얀 드레스에 새하얀 피부. 얼굴 가득 웃음꽃이 핀 소녀는 동화 속에 나오는 선녀였다. 심장은 텅텅 요동쳤고 얼굴은 화끈거렸다. 용찬은 기침하는 척 고개 돌려, 몰래 심호흡을 했으나 뛰는 가슴은 쉽게 가라앉지 않았다.

화려한 금빛 장신구로 무장한 이모가 선글라스를 낀 채 차창 밖으로 손을 흔들자 종필이 친구들을 소개했다.

"해연이 너도 인사해. 오빠 친구들이야."

"안녕하세요? 장해연이라고 합니다."

"덥다. 어서 타라."

차에 오르며 금산이 용찬에게 소곤거렸다.

"와우. 종필이랑 종자가 다른 거 같은데? 예쁘지?"

승용차 안은 냉방이 잘되어 있었지만 용찬의 얼굴은 식을 줄 몰랐다. 해연의 뒷모습도 바라보질 못해 고개를 숙였다. 그걸 눈치챈 금산이 용찬의 옆구릴 쿡 찌르며 주책을 부렸다.

"야, 용찬아 너 어디 아프냐?"

그러고는 심술궂게 용찬의 얼굴을 만졌다.

"얘 봐, 아침에 먹은 김밥이 체했나? 얼굴에서 열이나."

그 말에 해연이 돌아다 봤다.

"집에 급체약 있어요. 조금만 참아요. 거의 다 왔어요."

체하면 원래 손발이 찬 법이다. 그런데 소화된 지 오랜 김밥까지 동원하며 난처하게 만든 금산이 얄미웠다. 용찬은 졸지에 급체 환자가 됐고, 금산은 고소해서 차창으로 고개를 돌리고 혼자 키득거리며 숨죽여 웃었다.

연못가에 핀 온갖 꽃들을 보며 현관문을 열고 안으로 들어섰다. 거실은 영화 속 장면처럼 화려했다. 하얀 양털 가죽이 깔린 소파에 앉았으나 마음은 편치 못했다. 냉장고에서 주스를 꺼내 온 해연에게 이모는 환영의 곡을 요청했다. 마치 준비라도 한 것처럼 해연이 피아노를 연주했다. 길고 가느다란 손가락이 옥처럼 빛을 내며 건반 위에서 춤을 추면 그녀의 얼굴에서 소리가 울려 나오는 것 같았다. 심취한 듯 살포시 눈을 감은 그녀에게서 감히 범접 못 할 예술가의 정취가 느껴졌다.

저녁을 맛있게 먹은 후 다시 거실에 모여 앉아 TV를 시청했는데 영화관처럼 큰 컬러 티브이에 모두 놀랐다.

늠름한 중년의 사진이 걸려 있는 2층으로 올라갔다. 서재에는 외국 서적들과 미니어처 술병들이 장식장을 채우고 있었다. 이모가 장롱에서 꺼내준 이부자리를 배정받고 나란히 누웠다.

"이모부는 안 계셔?"

금산이 집에 남자 없음을 이상하게 생각하며 물었다.

"이모부는 무역업을 하는데 자주 해외에 나가신대. 이모가 애를 못 낳는가 봐. 그래서 해연이 이모랑 같이 살게 된 거야."

"난 우리 선조들이 호령했던 중국엔 꼭 한번 가보고 싶어."

그런데 금산이 뜬금없는 소릴 했다.

"난 행복하게 살 거야. 그래서 돈을 벌어야 해."

삼총사는 각자의 꿈을 이야길 했다. 금산의 꿈은 등치답지 않게 소박했다.

"자동차가 저렇게 많으면 차 수리하는 정비공이 필요할 거 아냐? 난 정비를 배울 거야. 이담에 너희들 차 고장 나면 공짜로 고쳐 줄게."

용찬은 과연 자신이 자동차를 운전하게 될 것인지 의심하면서도 기분은 좋았다.

종필은 아버지 건설 회사를 이어받겠다고 했다.

"난 중국에 가서 집을 지을 거야. 사람이 많잖아? 그러니까 집도 많이 필요할 거고."

가만히 듣던 용찬이 초를 쳤다.

"형, 중국은 사회주의 나라여서 모든 집은 나라에서 지을걸?"

그러자 금산이 재판관처럼 평결을 내렸다.

"용찬이 말이 맞아. 헌데 개방이 되어서 사업은 할 수 있대."

"그래, 건설 사업 한다구. 임마."

"나도 돈 벌면 중국에 가서 장사할 거야. 인구가 13억이거든? 10원씩만 팔아도 130억 원이나 되는데 운만 좋으면 떼돈 벌 수 있어. 앞으로 나 중국 놈이라고 무시하지 말어."

종필이 용찬에게 꿈이 무어냐고 물었다.

"난 아직인데, 우리 선조들이 호령했던 중국엔 꼭 한번 가보고 싶어."

그런데 금산이 뜬금없는 소릴 했다.

"난 행복하게 살 거야. 그래서 돈을 벌어야 해."

그들은 밤늦게까지 수다를 떨다가 전등 스위치를 내렸다. 에어컨이 시원해선지 금방 코 고는 소리가 이중창으로 들렸다. 용찬도 눈을 감았으나 해연의 얼굴만 떠오를 뿐 도통 잠이 오지 않았다. 한참 뒤척이다 오줌이 마려워 주섬주섬 바지를 찾아 입고 계단을 내려갔다. 그런데 화장실 앞에 잠옷 차림의 선녀가 서 있었다. 고개를 옆으로 젖히고 수건으로 머리의 물기를 말리던 해연이 눈이 마주치자 앙증맞게 웃었다. 용찬은 발이 바닥에 붙은 듯 움직일 수 없었다. 해연이 수건으로 머리를 감싸며 다가왔다.

"오빠, 화장실 찾으세요?"

리화가 부를 때는 아무런 감흥을 못 느꼈는데 해연에게서 듣는 오빠라는 소리는 가슴에 파문을 일으켰다. 목 언저리에 레이스가 달린 잠옷이 해연에게 잘 어울린다고 생각했다.

"잠이 안 와서요. 촌놈이 서울 오니 설레는가 봐요."

"어머 말씀 낮춰요. 오빠 친군데."

"실은 나 고1이에요."

"어머, 어쩐지 두 오빠랑 안 어울린다 생각했어요."

"안 어울린다니요?"

"두 오빠는 날라리티가 나는데 오빠는 얌전하고 잘 생겼잖아요."

용찬의 심장이 물레방아처럼 뛰놀았다.

"저기 앉아요. 마실 것 갖다줄 테니 티브이 보면서 잠을 청해 보세요."

말을 하면서 해연은 주방으로 갔다. 용찬은 아랫도리가 묵직함을 느꼈다. 화장실에서 돌아와 보니 탁자 위에 주스 한 잔과 티브이 리

모컨이 놓여 있을 뿐 해연은 보이지 않았다.

다음날, 그들은 덕수궁에 갔다. 부모와 같이 온 어린애들도 많았다. 덕수궁에선 '한국 근대 회화 백선' 작품 전시회를 하고 있었는데 해연은 그림에도 관심이 많은 듯했다. 종필과 금산은 그냥 쓱 한 번 훑고 다른 방으로 이동했지만 용찬은 해연의 뒤만 졸졸 따라다녔다. 장미꽃 무늬의 원피스가 나풀거릴 때마다 풍겨오는 향긋한 향기에 취해 그녀의 그림자가 되었다. 용찬이 잠시 생각에 빠져 멍하니 서 있었는데 해연이 그의 팔목을 잡아당겼다. 순간 몸에 전류가 흐르는 것 같이 짜릿했다.

"아이, 오빠 징그럽게 왜 이래요? 이리 와요."

정신을 차리며 그림을 보았는데 웬 벌거벗은 여인이 용찬을 보며 잔잔하게 웃고 있었다. 용찬은 무안해서 고개를 숙였다.

"깜빡 무슨 생각하느라고…."

"피이, 무슨 생각?"

감각에 겨워 용찬이 대답을 못 하자 해연이 손을 획 뿌리쳤다. 그리고는 '이 오빠들 어디 갔지' 하면서 후다닥 뛰어갔다. 해연의 얼굴이 붉게 변하고 있는 것을 용찬은 보았다.

그때 해연은 중학교 3학년이었고 피아노 렛슨 받으며 예술고등학교 입시를 준비하고 있었다. 그 여행으로 용찬의 가슴 속엔 별 하나가 생겼다.

4. 어쩌다 그런 인연

바람이 부드러워지더니 메마른 들판에 샛노란 유채꽃이 무더기로 피어났다.

2학년이 되자 자율학습 시간이 늘었고 용찬의 마음도 바빠졌다. 금산은 자동차 정비를 배우기 위해 부친과 담판하여 기어코 서울로 갔고, 종필은 졸업 후 부친의 건설회사에서 일했다.

그해 시·도의원을 뽑는 전국동시지방선거가 있었다. 지방의 소소한 정책과 예산까지 대통령과 중앙정부가 관장하던 시대에서, 주민들이 직접 뽑은 도백과 의회 의원들이 주민들의 의견을 모아 조례를 만들고 행정을 집행하는 풀뿌리 민주주의가 시작된다 해서 대대적인 홍보와 교육이 펼쳐졌다.

종필의 할아버지 장동철 씨가 고향 지역구에 출마했다. 그는 경찰 출신으로 상원읍 읍장을 지낸 지역유지였는데, 여당 후보가 되려고 출사표를 던진 국회의원 보좌관 출신 청년과 경합 중이었다.

그때, 대룡반점은 여당 유력자의 비밀 아지트였다. 그곳 VIP 룸에서 공천 작업이 이루어졌다. 정보를 입수한 장동철 씨가 기회를 놓칠리 없었다. 왕강룡 씨를 조용히 불러 심부름을 시켰다. 왕 사장은 기회를 엿보다 화장실에서 나오는 공천심사위원장을 만나 돈 봉투를 건넸다.

"이거 폭탄 아니지?"

"부담 갖지 말고 수고비로 쓰시라고 했어요."

"애는 써 보겠는데, 안 돼도 나중에 다른 소리 말라고 전해. 그리고자네도 이걸 발설하면 어떻게 되는지 알지?"

그렇게 전달은 되었지만, 보좌관 출신 젊은 후보가 공천을 받았고장동철 씨는 무소속으로 나섰다.

주말에 용찬은 고향 다녀올 준비를 하는데 저녁이나 같이 먹자는리화 어머니의 기별을 받았다. 부산 중학교에 진학한 리화도 온다니용찬도 선뜻 응했다. 어떻게 변했을까?

장사 끝나는 늦은 시간에 맞춰 대룡반점 문을 열었더니, 리화가 달려와 용찬의 팔을 낚아챘다. 아이들은 부모 곁을 떠나면 성장이 빠른가 보다. 또래들보다 조숙했던 리화는 키도 커졌고 어른스러워진 모습이었다.

"오빠, 인사해. 내 선생님이야."

코 밑에 검은 털이 보송보송한 학생이 일어서며 꾸벅 인사를 했다.

"안녕하세요. 왕은산입니다. 리화에게 말씀 많이 들었습니다."

"아 금산이 동생이구나. 반가워."

용찬은 손을 내밀어 그의 손을 맞잡았다.

"어서 와요. 거기 리화 옆에 앉아요."

리화 어머니가 음식을 들고 오며 용찬을 맞이했다. 둥그런 식탁에는 처음 보는 음식들이 달콤한 냄새를 풍기며 품평을 기다리고 있었다. 배에서 꼬르륵 소리가 났다. 왕 사장이 앞치마를 벗으며 주방에서 나오자 리화가 숨겨놓았던 케이크를 가지고 왔다.

"사실 오늘, 우리 아빠 왕강롱 사장님 마흔다섯 번째 생신이거든. 오빠는 부담 갖지 말고 즐기기만 해."

그러자 리화 어머니가 어색한 웃음을 지었다.

"밖에서 소갈비를 먹자고 했는데, 주인공이 부득부득 우기는 바람에…."

"갈비는 무슨? 내 요리가 더 맛있지. 안 그래? 리화야?"

"그럼요. 우리 아빠 요리는 언제 먹어도 맛있어요. 오늘은 고기로 특식까지 만들었네. 우리 아빠 최고!"

신이 난 리화가 손뼉을 치며 좋아했다.

"금산이는 하필 내일 무슨 자격시험 있대나? 대신 선생님을 부른 거야."

리화 어머니는 용찬의 요리 접시에 음식을 떠주며 가족처럼 살갑게 대했다.

리화가 축가를 부르며 분위기가 한창 무르익고 있었는데, 문이 열리며 손님들이 들어왔다.

분위기가 깨지는 것이 아쉬운 듯 은산이 말했다.

"오늘 영업 끝났는데요?"

그런데 일행 중에 반짝거리는 얼굴이 있었다. 해연이었다. 순간 용찬은 가슴이 철렁하더니 오금이 저렸다. 종필네 가족 네 사람이었다. 왕 씨네 가족 사이에 끼어 있는 자신을 오해할까 봐 쥐구멍에라도 숨고 싶은 심정이었다.

"우리가 조금 늦었지? 해연이가 늦게 도착하는 바람에 말야. 간단하게 요기할 것만 만들어줘."

난감한 표정을 지으면서도 왕 사장은 집주인의 부탁을 거절할 수 없었는지 자리에서 일어섰다.

"요즘 고생 많으시죠? 선거 치르느라 식사도 제때 못하시고. 거기 앉으세요."

"해연이가 탕수육 먹고 싶다 해서. 짜장과 짬뽕 두 개씩 만들어주고, 빼갈 한 독구리 줘."

"예. 금방 만들어 드릴 테니 잠깐만 기다리세요."

왕 사장은 옆자리 의자에 걸쳐두었던 앞치마를 다시 메고 주방으로 들어갔고, 리화 어머니도 빈 그릇을 챙겨 들고 일어섰다. 생일 파티는 그것으로 끝났다. 리화가 자기네 집으로 가서 놀자고 했지만, 용찬은 결코 그럴 기분이 아니었다. 어쨌든 자리를 벗어나야겠다는 일념으로 고개 숙이고 현관으로 향하는데 종필이 다가왔다.

"야, 권용찬. 오랜만이네?"

사회 초년생이었지만 넥타이에 양복 차림이 제법 세련돼 보였다.

"아, 형. 신사 다 됐네. 멋져요."

용찬은 종필이 내민 손을 잡으며 어색하게 웃었다.

"여긴 어쩐 일이야?"

변명할 말이 떠오르지 않아 망설이는데, 해연이 자리에서 일어나 인사했다.

"안녕하세요? 저 기억하세요? 작년 서울에서 뵀죠?"

용찬의 심장이 요동치기 시작했다. '내 마음속에 뜬 아스라한 별인데 잊을 리 있겠습니까?' 작년 서울 여행 이후, 해연을 향한 마음을 일기로 기록했던 용찬이었다.

"아, 예. 기억나요. 맛있게 먹으세요."

겨우 한마디 하고서, 넙죽 고개를 숙이고는 도망치다시피 밖으로 나왔다.

"에고 멍청이, '맛있게 먹으세요'가 뭐냐?"

용찬은 제 머리를 세게 쥐어박았다.

몰입하고선 표현하지 못한다고 했던가? 용찬은 가슴이 벅차 일기마저 쓰지 못했다. 잠자리에 누웠으나 설레는 가슴은 좀처럼 사그라들 줄 몰랐다.

용찬은 해연을 다시 만나야겠다고 생각했다. 다음날이 일요일이라는 사실에 생각이 미치자 종필네 가족이 교회에 다닌다는 기억을 곱씹었다. 이전 성탄절 날 급우의 성화에 못 이겨 동네 교회에 간 적이 있었다. 그때 교회 앞에서 종필의 부모가 가슴에 띠를 매고 사람들을 안내하는 것을 보았다. 그렇고 보니 할아버지 때부터 기독교 집안이라는 걸 종필이 말한 것도 생각났다.

만날 수 있다는 확신이 들자 잠은 저만치 도망갔다. 두뇌는 빠르게 연상작용을 했다. 서울 여행 때 신세 졌던 보답을 해야겠는데, 무슨 선물이 좋을까? 음악가의 꿈을 키우고 있는 여학생이니 아무래도 시집이 좋겠지? 그런데 서점은 이미 문을 닫았고, 어떻게 하지? 그러다가 궁하면 통한다고 문대호 생각이 났다.

문대호는 중학교 때부터 신문사 3월 학생문예에 당선되는 등 이름을 날린 문학청년으로, 같은 학교에 다니는 고향 후배였다. 자정이 가까운 시간이었지만 용찬은 대호의 자취방을 찾아갔다. 자고 있는 그를 깨워 책꽂이에 수두룩하게 꽂혀 있는 시집 가운데서 하나를 얻어 집으로 돌아왔다.

'작년 여름의 서울을 기억하며, 해연에게. 용찬 오빠가'라 쓰고, 곱게 포장을 해놓고서야 마음이 놓였다. 그렇게 자는 둥 마는 둥 날이 밝자 고양이 세수를 하고 교회에 열심인 급우를 찾아갔다.

"예배 시간이 몇 시야?"

"너 무슨 일 있냐? 그렇게 가자고 꼬셔도 끔쩍 않던 놈이, 하나님께 회개할 일이라도 생겼어?"

"회개가 아니라 소원을 빌어 볼 일이 생겼다."

용찬은 지난여름 남대문 시장 갔을 때 해연이 골라준 남방과 청바지를 차려입었다. 거울 속에서 눈이 퉁퉁 부은 영화배우가 어색한 윙크를 보냈다. 아무래도 세수를 다시 해야겠다고 생각했다. 꺼칠한 수염이 꽤 굵어져 면도기가 징징 울었다. 그렇게 거울과의 면담을 통과하고서 교회로 갔다.

선거철인지라 교회 앞에는 색색의 어깨띠를 맨 운동원들이 교인들에게 명함을 나눠주고 있었다. 장동철 씨와 해연의 부모도 나란히 서서 열심히 허리를 숙이고 있었다. 하지만 주변을 아무리 살펴보아도 종철과 해연은 보이지 않았다.

예배 시간 알려준 친구가 오더니 용찬의 팔을 끌고 교회 안으로 인도했다. 예배당 안 사람들 뒷모습을 샅샅이 살폈지만, 거기에도 해연은 없었다. 경건한 찬송가 소리와 함께 예배가 시작됐다. 목사님은 목소리를 깔며 예배를 진행했으나, 용찬의 귀에는 한마디도 들어오지도 않았다. 혹시나 늦게라도 해연이 들어올까 하여 용찬은 고개를 돌려 자꾸 뒤만 바라보았다.

상원리는 제주시와 가까운 곳에 있는 읍사무소 소재지 마을이다. 마을은 해안가에 조성되어 있으나 면적은 넓어서 한라산 자락까지 맞닿아 있다. 밭에서는 보리, 취나물, 양배추, 양파 등의 농작물이 자라고, 여유 있는 사람들은 과수원을 만들어 밀감을 재배했다. 여인들은 제주의 여느 해안가 마을처럼 밭농사와 바다 농사를 겸업했다.

용찬의 어머니도 해녀였다. 눈 내리는 추운 겨울에도 물에 들며 홀로 두 아들을 공부시켰다.

시간은 망각이라는 약을 주지만 때로는 착각이라는 병도 준다.

선거가 한창일 무렵, 용찬은 할아버지 기일을 맞아 상원에 갔다.

날이 저물자 친척들이 하나둘 모여들어 파제 시간을 기다리며 담소를 나누었다. 늘 제사 때면 초등 교장 출신인 고모할아버지와 공무원 퇴직자인 작은할아버지가 언쟁했는데, 그날도 다르지 않았다.

화제가 선거 이야기로 접어들었을 때, 고모할아버지가 이번 선거에서 장동철 후보를 뽑아야 한다고 역설했다. 이에 작은할아버지가 대뜸 어깃장을 놓으며 격론이 벌어졌다.

"매형은 장동철이 어떤 사람인지 알암수가?"

"우리 동네에 그만헌 인재도 없다. 나와 종친이래서가 아니라 젊은 사람보단 경륜 많은 사람이 도의원이 되어사 한다는 말이주."

고모할아버지는 고집스럽게 장동철 씨를 감쌌다.

"허 참! 그런 얘긴 장 씨 괸당집에나 강 고릅써(말합서). 우리 성님이 어떵허연 객지에서 죽고, 용찬이 아방이 누게 때문 비명에 간 줄 몰란 허는 소리우꽈?"

용찬이 아주 어렸을 적 부친이 돌아갔다고만 들었을 뿐, 그 죽음에 대해선 누구도 말해주지 않았다. 아버지 존재 자체를 몰랐기 때문에 죽음에 대해서 의문을 품지도 않았다. 그런데 머리가 커지면서 가끔 아버지의 빈 자리가 크게 느껴졌다. 고등학교 입시원서를 쓰면서 부친의 부재 사연에 대해 알고 싶었지만, 할머니도 어머니도 시원한 답변을 해주지 않았다. 아파서 일찍 돌아가셨다고 해서, 그런 줄만 알았다.

그런데 작은할아버지 입에서 할아버지와 아버지의 죽음에 관한 이야기가 나오자 용찬은 감기는 눈을 비비며 귀를 쫑긋 세웠다.

"그 얘긴 무사 꺼냄수가? 난 지금도 그 생각만 허민 섬찌그랑(섬찟) 허연 몸이 떨렴수다. 설릅서(그만 둡서). 누게가 들엉 심어가카부댄(잡 아갈까 봐) 겁 남수다."

긴 담뱃대를 물고 뻐끔거리며 연기를 뿜어내던 할머니가 끼어들었다. 할머니는 일본에서 오래 살아 신식 물이 들어서 담배를 피우

신다고 했다.

"형수님, 이젠 고를(말할) 때도 되어수다. 그 사건 조사허연 신문에 연재도 햄수게. 그때 죽은 사름덜, 행방불명된 사름덜 신고도 받암덴 마씸."

"하이고 사름덜 다 죽어부러신디 조사허믄 무신거 헐 거라? 경헌댄 (그렇다고 해서) 죽은 사름 살아올 거라?"

"이젠 시상이(세상이) 바뀌어수게. 문민정부라고 군인들 독재허던 시절 아니라 마씸. 대통령이 과거에 잘못된 일들 다 밝혀내 바로 잡으켄 허염수다."

"난 말다. 곧지도 말곡 듣지도 안 허켜. 아이고 선선허여."

할머니는 놋재떨이를 두둘기며 담뱃재를 털어내고는 일어서서 자리를 피했다.

"그 난리에 피해당하지 않은 집안 어디 이시(있나)? 저 웃드리(산간)에선 마을 전체가 어서져 부러신디(없어져 버렸는데)."

할머니가 만류하며 나갔지만 두 노인의 논쟁은 다시 시작됐다.

"게무로사(그렇게 한다고 한들) 아멩(아무리) 세상이 바뀌었젠 해도 공산당 빨갱이들이 저지른 사건이 아니라곤 못 허주."

"허어, 매형도 참. 그게 어디 4월 3일 하루 일어난 일을 고람수가? 예. 남로당 지령을 받은 이승진(김달삼)이 허고 이덕구가 앞장 섰댄 협주. 경헌디 그루후제(그런데 그 이후에) 죄 어신 사름들이 무사 경 하영(무엇 때문에 그렇게 많이) 죽어신디는 어떵 설명헐 거꽈?"

말문이 막히자 고모할아버지가 역정을 냈다.

"거 공무원이나 했다는 사람 입에서 무슨 소리고? 폭도들이 산에서 내려오란 불 부치고 대창으로 사람 찔런 안 죽였댄 말이가?"

"무장대가 죽인 사름이 하나면 양, 서북청년단, 군인, 경찰이 죽인 사람은 열 스물도 넘어 마씸. 동쪽 어느 마을에선 군인들이 사름덜 학교 운동장에 모이랜 해놓고 군인, 경찰 가족 아닌 사람들은 몬딱(모두) 총 쏘안 죽였잰 헌 말도 못 들읍디가?"

"그것도 먼저 군인을 건드려서 생긴 일이주. 이거 산사람들 펜만 드니, 느영 말 못 허켜."

작은할아버지는 논리적으로 고모할아버지를 제압하고 있었다. 고모할아버지는 깊숙이 벽에 기대어 눈을 감고 가만히 경청 자세를 취했다. 작은할아버지는 신이 나서 용찬, 친족 삼촌들과 눈길을 번갈아 마주치며 입가에 삐져나온 침을 닦지도 않은 채 열을 올렸다.

"나도 그 난리에 하마터면 죽을 뻔 했져. 우린 그때 무장대 침범을 막기 위해 잣담을 쌓고 순번 정해 불침번을 섰주. 경헌디 어느 날은 불침번 서고 집에 돌아완 세수하고 이신디(있는데), 순경이 집집마다 돌아댕기멍, 젊은 사람들은 지서 마당으로 모이랜 허는 거라. 난 밤새낭 추위에 독독 털어나곡 졸리언 그냥 뭉썬 자 버렸주. 경헌디 나중에 들어보난, 지서에 모인 젊은 사름덜 몬딱 도락꾸(트럭)에 싣고 갔젠 허는 거라. 그때 돌아온 사름이 호나도 어섯져(없었어). 아휴, 그때 생각허민 몸이 오싹 허주."

"왜 젊은 사람만 싣고 갔어요?"

용찬이 관심을 보이며 끼어들었다.

"그땐 제주에 태어난 게 죄곡, 젊은 게 죄랐주. 젊으민 몬딱 빨갱이 취급해시니까."

"거 무사(왜) 선거 얘기허단 삼천포로 빠점시니?"

고모할아버지가 무료했는지 다시 몸을 일으키며 끼어들었다.

"오늘 망인도 그 난리통에 일본으로 도망간 죽은 거 아니꽈? 이제야 골암수다마는 그게 다 장동철 때문이라 마씸."

"장동철이가 어떵 했단 말이고?"

"그 사름이 어떵 재산을 모아신디 알긴 햄수가?"

"무사 조상신디 물려 받은 거 아니라?"

"모르면 속심(조용)허영 이십서. 나가 호적계에 10년 근무해수다. 장동철 집안 이력을 훤히 꿰뚫고 이서 마씸. 그 사람 나이 세 살이나 줄인 건 알암수가? 정년 늦추젠 마씸. 원래 장동철 씬 우리 영일이 성님과 갑장 아니우꽈?"

장시간에 걸쳐 작은할아버지는 용찬의 집안과 장동철 씨와 얽힌 관계를 이야기했다. 그때야 용찬은 남의 얘기로만 알고 무심코 지나쳤던 4·3 사건이 자신의 집안을 처참하게 쓸고 갔다는 것을 알았다.

용찬은 작은할아버지가 들려준 자신의 가족사를 노트에 정리해 두고, 생각날 때마다 꺼내 보며 눈물을 훔쳤다. 그때부터 용찬은 세상에 대해 눈을 뜨게 되었고 정의와 진리를 밝히는 사람이 되겠다고 결심했다.

권정우 씨는 장동철을 찾아가 땅 반환을 요구했다. 그러나 권영일 씨가 북한을 지원하는 조총련에 가담했고, 아들이 일본을 오가며 간첩행위를 했다고 모함하여 권정우 씨를 구속해 버렸다.

1947년 3월 1일 삼일절 기념식장이 신탁통치를 반대하는 시위장으로 변했다. 시위 군중을 해산시키는 과정에서 기마경찰에게 어린애가 밟혀 죽는 사건이 일어났다. 이에 군중들은 연일 경찰서가 있는 관덕정 마당에 모여 경찰을 규탄하며 시위를 했다. 시위대를 향해 경찰이 발포하여 6명의 사상자가 생기면서 사태는 걷잡을 수 없이 번졌다.

진상규명과 발포자 처벌을 요구하며 학교, 각종 기관, 공무원까지 파업에 돌입했다. 경찰이 파업 참가자 검거에 나서자 젊은이들과 그 가족들은 한라산으로 피신했다. 미군정 치하에서 치안을 책임졌던 조병옥은 이들을 폭도 빨갱이로 낙인찍었다.

한편, 소련 치하의 북한에서 부르주아 반동으로 몰려 빈손으로 쫓겨나 남한으로 온 사람들을 모집하여 서북청년단을 만들었다. 빨갱이라면 학을 떼는 그들을 제주로 보내 빨갱이 소탕에 참여하게 했고, 나중에는 군대까지 파견했다.

산사람들은 남한만의 단독정부 수립을 저지하기 위해 1948년 4월 3일을 기해 도내의 지서, 관공서를 공격했다. 결국, 제주에선 국회의원 선거를 치르지 못했다.

그때 장동철은 경찰이었다. 그는 일제 강점기 막바지에 순사가 됐다. 해방 이후 친일파 청산에도 용케 살아남아 미군정 아래에서도 경찰이 됐다. 그는 유독 땅에 대한 욕심이 많았다. 경찰이라는 직책을 이용하여 일본인들이 버리고 간 재산, 4·3 사건 당시 가족 전체가 몰살되거나 행방불명된 사람들을 조사하여 그들 재산을 자기 이름으로 바꿔놓아 땅 부자가 됐다. 일본인이 재배하던 한라산 중턱의 초기(버섯) 밭을 몇 사람의 경찰 책임자들과 나누어 가지기도 했다.

할아버지 권영일 씨는 일본 유학을 한 엘리트 청년으로 해방이 되자 제주로 돌아왔다. 그 당시 일본 유학을 한 사람들은 사회주의에 대해 많은 관심을 가졌고, 그것이 세계적 풍조였다고 했다. 지식인들은 36년간 일본의 압제에서 해방된 나라가 못 사는 사람 없이 모두 행복한, 이상적인 국가 체제였으면 좋겠다고 생각했다.

권영일 씨는 지역을 위해 봉사할 요량으로 교사를 자원해서 학생들을 가르쳤다. 장동철 씨와는 어렸을 적부터 동네 친구였다. 그런데 조상 대대로 내려오던 중산간 지역의 땅이 장동철 씨 소유로 둔갑해 있었다. 그 땅의 반환을 요구하자 장동철 씨는 이런저런 핑계로 미루다가, 사건이 터지자 권영일 씨를 아이들에게 사회주의 사상을 주입하는 빨갱이로 몰았다.

결국, 권영일 씨는 일본으로 피신했고 거기서 할머니를 만나 아버지를 낳았다.

부친 권정우 씨는 일본에서 성장해서 고향에 돌아왔다. 그는 제주 시내에 여행사를 차렸다. 일본 관광객을 모집하고 가이드 역할까지 하면서 성공했다. 직원이었던 어머니와 결혼해서 두 아들도 낳았다.

군부 독재 타도를 외치며 시위가 한창이던 시절이었다. 권정우 씨는 장동철을 찾아가 땅 반환을 요구했다. 그러나 권영일 씨가 북한을 지원하는 조총련에 가담했고, 아들이 일본을 오가며 간첩행위를 했다고 모함하여 권정우 씨를 구속해 버렸다.

그때 권영일 씨는 사상에 염증을 느끼고 조총련에서 일찌감치 탈퇴한 후였고 투병 중이었다. 아들의 투옥 사실을 전해 들은 권영일 씨는 술로 세월을 보내다가 이른 나이에 숨을 거두었다. 그렇게 고향으로 돌아오고 싶어 했던 할아버지는 오랜 세월이 흐른 뒤, 할머니 품에 안기어 유골로 돌아왔다.

간첩 누명으로 십 년 형을 받고 옥살이를 하던 권정우 씨도 부친의 사망 소식을 듣고는 분함을 이기지 못하고 결국 감방에서 자결하고 말았다.

그때 용찬의 나이 세 살이었고, 동생 병찬이 태어난 해였다.

5. 사랑과 미움의 간극

나무는 바람에 흔들리면서 새잎을 만들고, 나이테 한 줄을 더한다.

집안 내력을 알게 된 용찬은 커다란 충격을 받고 흔들렸다. 해연을 생각할 때마다 가슴은 무너져 내렸다. 눈물로 일기장을 채우며 며칠 밤을 하얗게 새웠다.

결국, 해연을 잊어야 한다는 결론에 이르렀을 때 일기장을 불태웠다.

"당장 방을 옮기쿠다."

어머니는 말없이 고개만 끄덕였다.

고3이 되면 자취하기 힘들어 하숙집으로 옮긴다고 어머니는 종필이 어머니에게 말을 했다. 그러나 당장에 구한 곳은 예전보다 작고 누추한 자취방이었다.

그곳에서 용찬은 대입 준비에 매진했다. 사회정의를 밝히는 기자가 될 꿈을 가지고 신문방송과에 지원할 목표도 세웠다.

"용찬아, 오랜만이다."

자율학습을 마치고 돌아오는 늦은 밤에 자취방 부근에서 종필을 만났다. 순간 용찬은 고개 숙여 딴청을 부리다가 곧 어색한 미소를 지으며 종필을 바라보았다.

용찬은 아무 말 없이 그가 내민 손을 잡고 악수했다. 종필의 입에서는 술 냄새가 났다. 그는 무엇이 그리 신나는지 연신 두 팔을 올려 권투 하듯, 용찬의 몸을 툭툭 치며 자취방까지 따라갔다.

"아 아파요. 왜 기분 좋은 일 있어요?"

"흐흐흐, 한 방에 조져 버렸거든."

"싸웠어요?"

"아니, 보스에게 칭찬받았지. 수금 안 되던 가게에 찾아가서 빚쟁이를 왼발 돌려차기로 꼬꾸라뜨리고, 발로 몇 방 갈겼더니 금방 돈을 가져오더라고. 흐흐흐."

"아니 왜 사람을 패고 그래요?"

"이 세상에는 나쁜 놈이 너무 많아. 남의 돈을 떼먹고 말야. 말로 해서 안 되는 놈들은 매운맛을 보여줘야 해. 안 그래? 하긴 너 같은 범생이가 알 리가 없지. 흐흐흐."

나쁜 놈이라는 말에 그의 할아버지 얼굴이 떠올랐지만, 용찬은 입술을 지그시 깨물었다. 종필은 지난 선거 이후 더 과격해진 것 같았다.

"왜 이리 작은 곳으로 옮겼어? 우리 집터 안 좋다고 누가 얘기하던?"

"아니 그런 게 아니라, 공부도 안되고 그냥 환경 좀 바꿔 보려구요."

"야 임마, 우리 아버지가 생각해서 공짜로 빌려준 건데. 왜 그걸 걷어차?"

용찬은 어안이 벙벙했다. 사글세 대신 해산물을 공급하는 건 알았지만 왜 그랬을까?

그런 사실을 알면서 장 씨 집안에 자취방을 구해 준 연유를 따졌으나, 어머니는 대답 대신 눈물만 보였다. 경제적인 이유만이 아닌 무슨 곡절이 있을 것이라는 의심이 들었다.

열병을 앓고 나면 아이들이 부쩍 성장하는 것처럼, 용찬도 그 일 이후에 매사를 의구심으로 바라보는 습관이 생겼다. 그건 세상 이치에 눈떠 가는 과정이었다.

용찬이 머쓱하여 대답을 못 하는데 종필이 뜬금없는 말을 했다.

"이제, 너 볼 날도 얼마 안 남았다."

"왜? 어디 가세요?"

"그래, 중국 간다. 우리 부친께서 중국에 진출했거든."

예전에 그가 중국에서 사업하겠다던 말이 생각났다.

"형. 꿈이 이루어지겠구나?"

중국은 덩샤오핑(鄧小平)에 의해 1978년부터 개혁·개방 정책을 시도하면서 서구의 자본주의 시장경제 정책과는 다른 사회주의 국가경제체제를 이루었다. 내부적으로 국가 경제체제를 개혁했고 외부적으로 개방을 서둘렀다. 흑묘백묘(黑猫白描)론을 내세우며, 정치적으로는 사회주의 체제를 유지하면서 경제적으로는 자본주의 시장경제를 병행함으로써 혼합경제 체제를 유지했다.

이런 체제의 장점은 국가가 소유한 국유기업(국영기업)들의 직접 시장 참여를 조장함으로써 산업영역에서의 경쟁을 유발했다. 상당수 국유기업이 중국 및 해외 주식 시장에 상장해서 주주 자본을 적극 활용했다. 이는 자본주의 국가의 국영기업들이 석유, 통신, 전력, 철도 등 산업 분야에서 독점적 지위를 누리는 데 비해, 중국의 국유기업은 치열한 경쟁 관계에 있기 때문에 자생력이 강화되는 결과를 가져왔다.

1949년 10월 1일 중화인민공화국이 수립된 이후 잦은 내우외환으로 인해 당시의 중국의 국부(國富)는 서구 여느 나라에 비해 보잘것없었다. 하지만 1978년 개혁·개방 정책을 시행한 후 장쩌민, 후진타오 시대를 거치면서 연평균 10%의 높은 경제 성장을 이루어 불과 이십여 년 사이에 세계 2위의 경제 대국으로 올라서게 됐다.

1984년 중국은 경제특구를 설립하고 적극적으로 개혁·개방 정책을 가속화했다. 기존의 경제특구 외에도 국가 차원의 개발구를 설립하여 다롄(大連), 칭다오(靑島) 등의 몇 개 도시와 연해안을 따라 연해 경제개방구를 지정하여 개방했다.

그리고 개발 지역을 도시에서 해안으로, 점차 내륙으로 확대했다. 그 결과 다롄, 톈진(天津), 광저우(廣州) 등 10개의 개발구가 설립되고, 1985년 이후 푸저우(福州), 상하이의 민항(閩行), 홍차오(紅橋), 차오허칭에 개발구가 설립됐다.

이 시기 개발구에는 외자 유치와 기술도입 등의 자치권이 주어졌고 외국자본에 대한 우대조치가 이루어졌다. 1989년 이후에는 산둥반도, 요동반도, 환발해지구, 해남도를 경제특구로 지정함으로써 대외 개방의 범위가 넓어졌다.

그 시기 종필의 부친 장석규 씨는 중국에 땅을 임차했다. 장석규 씨가 땅을 임차하게 된 연유는 이랬다.

영국 왕실의 재정을 담당하는 무슨 위원회에서 중국에 진출해 사업을 했다. 그런데 부지 임차와 공사비를 위한 자금이 부족해 비밀리에 동업자를 모집한다는 소식을 들었다. 그 사업은 지하에 매장된 천연가스를 개발하는 일이었다. 지하에 천연가스가 무진장 매장되었다는 소문을 믿고 장석규 씨는 빚을 내면서 거금을 투자했다. 다롄 지역 당 서기와 계약하고 중국 정부로부터 50년간 땅을 임대했다.

"곧 시추작업을 하거든? 천연가스가 나오기만 하면 졸지에 갑부가 된단 말이다. 알겠냐?"

종필은 갑부가 되는 부푼 꿈을 안고 큰소리를 쳤다. 부친과 함께 중국으로 가서 종필이 연락책임자로 남는다고 했다.

종필의 말을 들으면서 장동철의 모습이 자꾸 어른거렸으나 용찬은 꾹 참았다. 털어놓아서 달라지는 것은 종필과 멀어지는 것뿐이다. 그가 중국으로 가버리면 볼 일도 없다고 생각했다. 그런 사연을 모르는 종필은 용찬을 붙잡고 오랜 시간 집안의 비사까지 늘어놓았다.

종필은 자신에게 양아버지가 있다고 했다. 장동철 씨는 부인이 여럿이었는데 배다른 작은 아버지가 있었다. 그는 부친 장석규 씨와 동갑이어서 군대도 같이 갔고 전방에 있는 같은 부대에 배치받았다. 숙부 장덕규 씨는 싸움을 잘했다. 그런데 그를 괴롭히는 고참병이 있었다. 고참병은 장덕규 씨를 고문관 취급했고 그는 늘 개겼다. 그러던 어느 날 장덕규는 고참병에게 결투 신청을 했다. 두 사람 중 누가 죽어도 이의 신청하지 않을 것을 각서하고 사내답게 맨주먹으로 한 사람이 죽을 때까지 싸우기로 했다. 나중에 알게 됐지만, 그 고참병은 합기도 유단자였다. 그런데 싸움은 형체를 알아볼 수 없이 만신창이가 된 고참병의 죽음으로 끝났다. 장덕규가 칼을 사용한 게 부검 결과 드러났다. 자괴감에 자책하던 장덕규는 현장검증을 마치고 돌아가는 헌병 호송차에서 오줌이 마렵다고 내렸다. 그리곤 절벽 아래로 떨어져 인생을 하직했다.

고등학교에 진학했을 때, 환경조사서를 쓰면서 종필은 장덕규의 양자로 입적되었음을 알았다. 그때야 부친이 그런 사실을 알려주었다.

"내가 숙부의 양자가 된 건 할아버지 유산을 물려받기 위한 아버지 꼼수야."

"형. 아버지가 아니라 큰아버지잖아?"

"그런가? 허허허"

종필은 그게 자랑스럽기라도 한 듯 잇몸을 드러내며 웃었다.

"그런데 말이야 우리 큰아버지 장석규 씨도 선거에 나가려나 봐. 지난번 선거 치르면서 사람들도 많이 알았고 좋은 경험을 해서 자신 있나 봐."

장동철 씨는 도의원에 당선되었다. 그는 초선임에도 도의회 부의장이 되었다. 그러나 믿었던 시골 이장 몇 명이 양심고백을 하는 바람에 돈 봉투를 돌린 게 들통났다. 고등법원까지 유죄를 받고 대법원 판결을 앞두고 있었다. 선거와 재판하면서 막대한 돈을 썼다. 땅은 많았지만 내놓아도 매매가 안 돼서 경제적으로 쪼들림을 받았다.

그 불똥이 대룡반점에도 튀었다.

선거 참모들이 무수히 드나들며 장부에 달아놓고 먹은 음식값이 엄청난 액수였다. 그러나 정산하면서 재료비도 안 되는 돈을 내밀었다. 나머지는 땅을 팔면 준다는데야 왕 사장도 어쩔 도리가 없었다.

용찬은 대학 입학원서를 내고 시골집에 내려와 초조하게 결과를 기다렸다.

배를 깔고 누워 소설책을 읽는데, 자동차 클랙슨 소리에 이어 자신을 부르는 소리를 들었다. 금산이라는 걸 직감했다. 금산이 면허증을 따려고 운전 연습을 할 때 시골집까지 데려다준 적이 있어서다. '육지에서 언제 왔지?' 용찬은 반가운 마음에 웃옷을 걸치며 밖으로 나갔다. 흰색 승용차 창밖으로 왕금산이 얼굴을 내밀고 손을 흔들었는데, 의외로 그의 옆에는 선글라스를 낀 젊은 여자가 앉아 있었다.

신년 휴가를 얻은 금산이 여자 친구를 자랑하고 싶어서 찾아온 모양이었다. 용찬은 그들을 해변에 있는 카페로 안내했다. 금산은 2급 정비기술자 자격증을 따서 인천에 있는 정비공장에 취직했다고 자랑했다.

"인천엔 차이나타운이 유명하거든. 화교들이 많이 도와주는 덕분에 나 월급 많이 받아. 우리 화교들 말이야, 단결력이 아주 강하거든.

뜻만 맞으면 십억 정도는 금방이라도 모아줄 수 있다고."

금산은 인천 토박이 대학생이라는 여자 친구에게 유세 떨며 웃었다.

"헌데, 종필이 아버지 웃기지 않니? 빚 갚을 생각은 안 하고 집세를 더 올리겠다는 거야. 그것도 빚진 돈에서 까는 게 아니고 현금을 달라니 나 원 참."

장 씨 집안 이야기가 나오자 용찬은 노골적으로 적개심을 드러냈다.

"장석규, 아주 나쁜 사람이네."

"99개를 가진 놈들은 백 개를 채우려고, 하나 가진 사람 것을 빼앗는 거야."

"백 개를 채우면 이백 개를 갖고 싶겠지. 사람 욕심 끝도 없어."

"맞아. 그러니 억울하면 돈을 벌어야지. 난 이참에 식당 건물 인수해버리라고 했어. 선거할 때 우리 아버지 돈도 많이 가져다 썼거든."

금산의 배포는 더 커져 있었다. 그는 이야기하며 여대생의 눈치를 자주 살폈는데, 그건 외국인으로서 느끼는 자격지심 때문이라고 생각했다.

"난 귀화해서 한국인이 되기를 원하지만, 아버지가 반대해서 못해. 순수 혈통을 위해 한족 여자와 결혼하라는데 난 중국인 3세야. 이 땅에서 살려면 한국 여자와 결혼해야 한다고 생각해. 독립하게 되면 난 귀화할 거야."

금산이 현실주의자처럼 말했지만, 이 말은 여자 친구를 위한 립서비스라고 생각했다. 대륙으로의 진출을 꿈꾸는 금산의 속마음을 용찬은 알고 있기 때문이었다.

1월이 끝나갈 무렵 용찬은 서울 지역 대학에 합격했다는 통지를 받았다. 학교 정문 앞에는 대학합격자 명단이 나붙고 들썩였지만, 용찬은 주체할 수 없는 기쁨을 억누르며 조용히 고향 집에서 보냈다.

합격 소식을 들은 어머니는 기쁨의 눈물을 보였다. 그 눈물 속엔 학비, 하숙비와 용돈 조달 등 걱정의 의미도 포함되어 있다는 것을 용찬이 모를 리 없었다.

원서를 쓸 때부터 어머니는 제주에서 대학을 배우면 안 되겠냐고 여러 번 권유했었다. 그때마다 용찬은 대책도 없으면서 자신이 다 알아서 할 테니 걱정 말라고 고집을 꺾지 않았다. 용찬은 무조건 서울로, 서울로만 생각했다. 대처에 가서 부딪치며 큰물에서 놀아야 자신의 꿈을 이룰 수 있다는 생각에서였다.

피부에 와 닿는 바람은 차가웠으나, 용찬의 마음은 이미 봄바람 꽃향기로 가득 찼다. 날아다니듯 발걸음이 그렇게 가벼울 수 없었다. 그때 해연을 다시 만났다.

짐을 정리하러 자취방에 들렀는데, 어떻게 알았는지 해연이 꽃다발을 들고 찾아왔다. 방학을 맞아 잠시 집에 내려왔는데 소식을 들었다고 했다.

고3이 되는 해연은 화사한 분홍색 외투 때문인지 완연한 여인네 풍모를 드러냈다. 일기장을 불태운 이후, 해연의 얼굴이 떠오를 때마다 고개를 여러 번 흔들며 부정했다. 그렇게 잊기로 마음 다잡았는데,

막상 해연이 생글생글 웃으며 퀴퀴한 방안에 꽃 냄새를 풍기니, 애틋하면서도 복잡스런 감정에 용찬의 마음은 헝클어졌다.

그런데 갑자기 환한 빛이 일더니 내면 깊숙한 곳에서 들려오는 소리를 들었다.

'그래 그건 할아버지, 아버지 때의 일이야. 나는 신시대를 살아갈 사람인데 조상들의 삶에 구속되어선 안 돼.'

술래가 숨어 있는 아이를 찾아낸 듯 마음이 한결 편해졌다. 인간은 합리화의 동물이란 걸 용찬은 그때 터득했다.

그런 속내를 모르는 해연은 용찬의 표정에서 느끼는 떨떠름한 분위기를 감지하고 선수를 쳤다.

"오빠 우리 저녁 먹고 영화 구경 가요. 합격 축하 턱으로 내가 쏠게."

대룡반점으로 갔다. 공부 핑계로 한동안 뜸했던 곳이지만 변한 게 없어서 편안했다. 왕 사장은 인사하는 해연을 건성으로 쳐다보다가 용찬에게 시선을 돌렸다.

"대학교 합격해서 서울 간다며? 축하한다."

"아니 어떻게 아셨어요?"

"여기가 뉴스 보급소다. 학생들 입에서 권용찬, 권용찬 하는 소릴 듣고 얼마나 반가웠는지. 리화와 금산이에게도 알렸다. 아주 기뻐하더라."

왕 사장은 자기 자식 일처럼 기뻐하며 환하게 웃었다.

"오빠, 작년 선거 때 교회에 갔었지? 헌데, 예배도 끝나기 전에 왜 먼저 나갔어?"

작년 해연이 제주에 왔을 때, 용찬이 그녀를 만나기 위해 부산을 떨었던 일이 떠올랐다. 교회에 갔으나 해연을 볼 수 없었던 실망감에 예배시간은 아주 지루했고 목사님 설교에는 하품이 나왔다. 그래서 친구에게는 소변이 마렵다는 핑계를 대고 교회를 나와 버렸다.

"그걸 어떻게 알았어?"

"난 위층 찬양대에 있었어. 교회에서 오빠를 보게 될 줄이야. 얼마나 기뻤는지. 노래를 부르면서도 오빠만 내려다 보았는걸."

"하나님께 경배드리는 시간에 그렇게 분심이 들면 쓰나?"

용찬은 옹졸했던 행동을 들킨 게 부끄러운 듯 점잖게 타박했다. 그런 용찬의 속마음을 아는지 해연은 생글거리며 곱게 흘겼다.

"그날 아침에 찬양대원이 부족하다고 지휘자 선생님이 교회 앞에서 선거운동하고 있던 나와 오빠를 끌고 갔어. 난 예배가 끝나기만 기다렸는데, 뒤만 돌아보던 오빠는 무슨 일인지 중간에 나가버리더라고. 얼마나 속상했는지."

"그때 친구가 하도 교회 가자는 바람에 마지못해 따라갔는데, 소변이 마려워 화장실을 찾느라 두리번거렸던 거야. 그래서 나왔는데 다시 들어가기도 뭐해서 그냥 집에 가 버렸지."

용찬은 거짓말이 술술 나오는 게 신기하다고 생각하면서도 애써 해연의 눈길을 피했다.

리화 어머니가 아니었으면 어색할 뻔했던 분위기가 다시 활기를 되찾았다.

짜장면에 시키지도 않은 탕수육까지 가지고 왔다.

"이건 사장님 서비스고. 오늘 밥값은 공짜야. 우리 리화 마음잡아서 공부 잘하는 게 선생님 잘 만난 덕분이잖아?"

"그러고 보니, 리화도 이제 고등학교 입시 준비해야겠네요?"

"좀 철이 들었는지 방학에도 내려오지 않고 학원 다니고 있어."

말을 하면서 리화 어머니는 주머니에서 흰 봉투를 꺼내 내밀었다.

"자 이건 합격 축하금. 서울 가면 돈 쓸 일도 많을 텐데 성의로 조금 담았으니 부담 갖지 말고 받아요."

용찬은 의례적으로 사양하다 해연의 부추김에 덥석 받아 주머니에 넣었다. 나중에 확인해보니 꽤 많은 액수였다.

브래드 피트가 나오는 '가을의 전설'이란 영화를 봤다.

제1차 세계 대전 중에 일어난 막내의 약혼녀 수잔나와 두 형제의 이야기다. 세 형제가 전쟁에 참여했다가 막내는 죽고, 형은 불구가 됐고 둘째인 트리스탄은 온전한 모습으로 돌아온다. 트리스탄(브래드 피트)은 동생을 지키지 못했다는 자책감으로 방황하다가 형이 수잔나를 좋아하는 것을 알고 바다로 떠나버린다. 세 형제 사이를 방황하던 수잔나는 트리스탄을 사랑하지만, 그가 떠나자 형 알프레드와 결혼을 한다. 트리스탄이 돌아오자 수잔나는 방황을 하고 결국 사랑하지 않는 사람과 살게 되는 자신의 처지를 비관하며 자살에 이르는 내용이었다.

엔딩 자막이 올라가는데 해연이 손수건을 꺼내 눈언저리를 닦았다.

"그게 우리나라 상황에선 가능한가요? 남자만 사는 가정에 나타나서 세 형제 사이를 왔다 갔다 하는 것 말이에요?"

영화관을 나온 후, 빵집으로 자리를 옮겼을 때 해연이 영화에 대한 감상을 얘기했다.

"그러니까 영화지. 그래도 브래드 피트가 제일 멋지지 않았어?"

"그런 터프한 개성 있는 성격의 주인공이라면 누가 연기하든 멋질 걸요."

"난 여자 주인공이 마음에 안 들어. 지조가 없잖아. 브래드 피트가 돌아올 때까지 기다린다고 했으면 기다려야지. 마음에도 없는 거짓 편지 하나에 마음을 바꿔 형과 결혼할 수 있는 거야?"

"여자는 이상형을 꿈꾸다가도 막상 결혼할 때는 현실적이 된데요."

"해연이도 그럴 거야?"

"뭐가요?"

"사랑하는 사람 따로, 결혼하는 사람 따로?"

"피이. 학생한테 별걸 다 묻네. 그건 상황에 따라 다르겠죠."

해연이 빵을 한 입 베어 물려다 용찬을 바라보더니 고개를 숙이며 웃었다.

"왜? 내 얼굴에 뭐라도 묻었어?"

그러자 해연이 장난기가 잔뜩 묻은 표정으로 고개를 들었다.

"아니요. 우리 이모가 한 말이 생각나서요."

"무슨 말?"

"이다음에 제주 남자하고는 결혼하지 말래요."

"헐!"

뜬금없는 소리에 용찬이 어이없다는 표정을 지었다.

"제주에서 태어난 게 무슨 잘못인가?"

"제주 남자들 바람둥이들이 많데요. 그래서 이혼도 제일 많이 하고. 투서도 1위라면서요?"

용찬은 그런 기사가 신문에 나왔다는 소식을 들은 적이 있다. 그러나 이건 일반화의 오류다. 더구나 아직 피어보지도 못한 젊음에 낙인찍히는 일은 더욱 억울했다. 해연의 웃음을 머금은 표정을 보니 약 올리려는 의도가 분명했다. 거기에 넘어갈 용찬이 아니었다.

"그게 제주의 역사와 관련 있어서 그렇대. 우리 사회 선생님이 그러는데 그게 다 반골 기질을 물려받아서 그렇다는 거야."

"반골 기질?"

"응. 제주가 옛날 죄지은 사람들이 유배 왔던 섬이잖아? 유배 오는 사람들은 다 머리 좋은 양반들이었거든. 시대를 잘못 만나 나라에 중죄를 지었단 말이지. 그들은 남 잘되는 걸 눈 뜨고 못 봐. 남 하는 일엔 항상 꼬투리 잡아 불평하고."

"시기 질투심 많은 후손이라서 투서도 많단 말이지?"

"응, 나쁜 유전자를 물려받은 거지. 그리고 제주는 여자들이 밭과 바다를 경작하면서 경제권을 쥐고 있었거든. 헌데, 남자들은 하는 일 없이 큰소리만 쳤지. 그리고 4·3 사건을 겪으면서 남자가 많이 희생됐어. 그래서 여자들이 많아지니 일부 한량들은 부인을 두고 다른 여자를 넘보기도 했지,"

"그래서 그런 꼴 못 참는 부인들이 이혼을 요구했구나?"

"그래. 제주 남자들이 바람둥이라고 소문난 것도 그 때문이래."

"그럼 오빠도 그런 유전자 물려받았어?"

그 말에 용찬은 뜨끔했다. 조부가 사회주의 운동하다 일본으로 밀항한 일이며, 부친이 국가보안법으로 옥사한 자신의 가정사 때문이다. 그러나 용찬은 난감한 질문을 애련의 감정에 호소하며 얼버무리었다.

"난 아버지 없이 자란 아픔을 겪어봐서 그렇게 살진 않을 거야."

아픔이란 말에 해연의 표정이 숙연해지더니 더는 캐묻지 않았다.

해연은 다음날 서울로 돌아간다고 했다. 서울서 만나기로 약속하고 집 전화번호까지 받았다. 짧은 시간이었지만 해연과 많이 친해진 것에 용찬은 가슴이 뿌듯했다.

이별을 아쉬워하며 골목으로 들어섰는데 해연네 집 앞에서 어슬렁거리던 웬 사내가 한참 노려보더니 인상을 쓰며 다가섰다. 해연이 위협을 느꼈는지 용찬의 팔을 꼈다. 어디서 많이 보던 얼굴이라 생각했는데 종필이 똘만이였다. 그가 아는 척 인사를 했지만, 해연은 인상을 찡그리며 용찬에게로 얼굴을 돌렸다.

"오빠 잘 가. 오늘 즐거웠어."

그리고는 황급히 도망치듯 대문을 열고 들어가 소리 나게 철문을 닫았다. 그와 동시에 그가 돌아서서 가는 용찬을 불렀다.

"야, 너 이리 와 봐."

용찬은 그 말을 무시하며 가는데 욕 소리가 들렸다.

"야 이 x새꺄. 쌩까냐?"

용찬은 돌이라도 날아올 것 같은 두려움을 느끼며 돌아섰다.

"왜 그러십니까?"

"너 해연이랑 무슨 사이야?"

"그건 내 사생활인데 무슨 상관이세요?"

"허어. 이 자식 봐라. 종필이가 알면 너 맞아 죽어 새꺄."

"맞아 죽든, 밟혀 죽든 내가 당할 일이니 상관 마세요."

"야 임마, 종필이 중국 가면서 부탁받은 몸이라서 그런다. 왜? 꼽냐?"

"우리 아무 사이도 아니니까 걱정 마세요."

그는 제압을 했다고 생각했는지 만족한 듯 능글맞게 웃었다.

"너 앞으로 한 번만 더 해연이 만나면 대구빡을 뿌사 버린다이. 알겠냐?"

용찬은 그 말에 대꾸도 하지 않고 뒤돌아서서 집으로 향했다.

"저 새끼가 대답도 없이. 저거. 저거. 야!"

뒤에서 소리가 들렸으나 용찬은 발걸음만 급하게 내디디었다.

밤이 늦어서 길은 컴컴했다. 대룡반점 앞을 지나치는데 누군가 식당에서 나왔다. 무심결에 뒤돌아보았는데 그는 종종걸음으로 골목 어귀를 돌아 사라졌다. 잠시 후 식당 안에서 검은 연기가 새어 나오더니 펑! 소리와 함께 불길이 솟구쳤다. 용찬은 직감적으로 불이 났음을 알고 황급히 남자의 행방을 쫓아 골목 어귀를 돌았다. 그가 해연의 집 대문을 열며 슬쩍 주변을 살피고는 안으로 들어가는 게 보였다. 그런데 대문 앞에 켜진 조명등 불빛에 드러난 얼굴은 분명 해연 아버지 장석규 씨였다.

'아니 이게 무슨 경우지? 자기 집에 불을 놓다니?'

가슴이 마구 뛰는데, '불이야'하는 소리가 들렸다. 달려가 보니 불은 이미 식당 전체로 번지고 있었으나, 용찬은 차마 가까이 가지 못하고 먼발치에서 바라보기만 했다.

동네 사람들이 하나둘 모여들며 발을 동동 구르는 모습이 보였다. 왕 사장은 허우적대며 안으로 들어가려고 했고 리화 어머니는 허리를 잡고 말리고 있었다. 왕 사장은 기어이 부인을 뿌리치고 불타는 식당 안으로 들어갔고 리화 어머니는 땅바닥에 퍼질러 앉아 울부짖었다. 한밤중 뛰쳐나온 동네 사람들이 두려움에 떨며 안절부절못했다. 그 중엔 해연네 가족도 있었는데, 장석규는 참 뻔뻔스럽게도 소방차가 왜 이리 늦게 오느냐며 화를 냈다. 요란한 사이렌을 울리며 소방차가 도착할 즈음에 왕 사장은 불길을 뚫고 진열했던 가보를 들고나왔다. 손뼉 치며 환호하는 사람도 있었다.

용찬은 우두망찰 서서 부르르 몸만 떨다가 그 밤에 걸어서 고향집으로 갔다. 그리고 며칠을 비몽사몽 잠만 잤다.

악몽이 계속됐다. 꿈속에선 해연이가 자주 등장했고, 리화 어머니가 축하금까지 줬는데 모른 척한다며 원망하기도 했다. 무서운 얼굴의 장석규, 방화범 잡으러 왔다는 경찰, 금산이, 종필이, 리화, 왕 사장, 심지어 그날 용찬을 협박했던 사내마저 번갈아 나타나 용찬을 괴롭혔다.

"야이 이거 몇 날 며칠씩 무슨 잠이고? 야 그만 일어나라. 이모 오라시녜."

어머니가 이불을 걷어 젖히고 마구 흔들어서야 용찬은 자리에서 일어났다. 며칠 밤낮을 잤는지 용찬은 묻지도 않았다. 땀이 베어 끈적한 냄새 나는 몸을 씻으러 욕실로 갔다. 수염이 덥수룩하고 초췌해진 거울 속의 자신의 얼굴을 보고 놀랐다.

샤워하고 나오니 이모가 걱정하는 표정으로 용찬을 쳐다보았다.

"무사 어디 아판? 얼굴이 반쪽 되어신게."

"그간 대학 시험 공부허젠 폭삭 속았주. 긴장이 풀려신지 먹지도 않고, 깨워도 자고 깨워도 자고. 원 이런 시상도 이시카."

어머니가 안도의 웃음을 지으며 저간의 사정을 이모에게 설명했다.

"축하한다. 이제 대학생이구나. 자 이거 얼마 안 되지만 학용품이나 사라."

이모가 두툼한 봉투를 내밀자, 리화 어머니가 준 봉투가 생각났다.

그건 돌려드려야 한다. 헌데, 차마 얼굴을 마주할 수가 없다. 지금이라도 가서 사실을 말할까? 그러자니 해연이가 눈에 밟혔다. 그녀를 위해서라도 발설해선 안 된다는 결론을 짧은 순간에 내렸다.

"용찬아, 아직도 잠 안 깨어시냐? 고맙수댄 허라."

용찬은 생각을 떨쳐내려고 고개를 좌우로 흔들고는 뒤로 젖혔다가 이모가 내미는 봉투를 받았다.

"고맙습니다."

"몸이 약 허연 잠을 이겨내지 못하는 거 담수다. 언니 서울 가기 전에 좋은 거 하영 멕입서."

"게무로사.(그렇게 하기로서니) 독 쏠망(닭 삶아서) 내놓아도 먹어사 말이주."

그 말에 용찬은 내장이 꼬이는 소리를 들었다. 갑자기 허기가 몰려왔다.

"어머니, 밥 줘."

"이제야 정신이 돌아오는 모양이구나."

어머니는 안도하며 벌떡 일어서서 전복을 곁들여 만든 삼계탕을 덥혀 식탁 위에 놓았다. 용찬은 허겁지겁 먹는 데 열중했다.

이모는 보험 영업사원이어서 늘 많은 정보를 가지고 다녔다.

어머니와 이모가 나누는 대화를 그냥 흘려듣는 중에 대룡반점 화재 얘기가 나왔다. 용찬의 귀가 안테나를 길게 세웠다.

"그거 전기 합선으로 결론이 났젠 헙디다."

"하이고, 그 중국집은 어떵 헐 거라게?"

"게매 양(글쎄요), 그 화재로 장 사장은 돈 벌어수게."

"그건 무신 말?"

"그 건물에 보험을 하영(많이) 들어 놓아시난 돈 번 거 아니우까?"

그 말에 꾸역꾸역 넘기던 음식물이 목에 걸리더니 컥 소리와 함께 역류해 나왔다. 어머니가 걱정스러운 표정으로 한마디 했다.

"헙지지(덤비지) 말앙 천천히 먹으라게."

6. 대륙에서의 며칠

위급한 상황을 닥쳐보면 사람들의 성향과 인간성이 드러난다. 누구는 피하고 누구는 체념하며 포기하고 누구는 맞서 이겨낸다.

화재 이후 왕강룽 씨는 모진 고통을 인내해야 했다. 모친을 화재로 잃은 후 영업장에 살림방을 두어서는 안 된다는 것을 깨닫고 살림집을 따로 얻어서 인명 피해는 면했다. 그러나 재산상 피해보다도 정신적 충격이 매우 컸다.

부인은 화교협회 부녀자들의 도움을 받아 며칠을 쾌쾌한 냄새 속에서 쓸 수 있는 식기나 조리 도구를 골라내어 씻어 내고 정리했다.

불난 집은 장사가 잘된다는 주변의 위로는 큰 위안이 되었으나 새롭게 단장하여 영업을 재개하기까지는 한참 시간이 걸리는 일이었다. 마작이라도 배워두었으면 화교 친구들과 어울릴 수 있었을 텐데. 왕 사장은 음식 조리 말고는 자신이 할 수 있는 일이 아무것도 없다는 것이 서글펐다. 주말이면 다니던 경마장도 한 푼이 아쉽기도 했지만 부질없이 생각됐다.

열심히 부어왔던 화재 보험금에 화교들의 위로금이 있었으나 리모델링을 하고 식당 가구 자재를 새롭게 장만하기엔 턱없이 부족했다.

그러나 왕 사장은 믿는 구석이 있었다. 출·퇴근 때마다 휴대하고 다녔던 외상장부 가방이었다. 외상장부는 저금통장과 같은 재산이었다. 가방 속의 자그만 장부들을 펼쳐 놓으니 10년이 넘은 것도 있었다. 대부분 주변의 도청, 교육청, 경찰서 등 공무원들 것이었다.

월급날 수금하러 가면 자리에 없거나, 이리저리 피해 다니는 사람들 때문에 제때 수금하지 못해 액수가 불어났다. 외상값을 대충 계산해보니 5년 치 집세였고 건물을 사고도 남을 만큼이었다. 그 보다 찾아가지 않은 시계며, 반지, 팔찌 등 불타 없어진 것이 안타까웠다.

왕 사장은 외상값을 받아내는 일에 전념하기로 했다. 그러나 장부를 들고 사무실을 찾아가 보면 외근이나 출장이고, 부서를 옮긴 이들이 많아서 허탕을 치는 날이 많았다. 개인보다 사무실별로 된 장부가 대부분이어서 총무를 맡은 사람이 전출해버리면 개인별로 계산을 해내기 어려웠다.

그나마 만나는 사람 중엔 안 됐다며 은행 계좌로 입금해주는 양심적인 사람들도 있었으나 내일, 모레 하며 자리를 피하는 사람이 많았다.

그러던 중 홍민태를 생각해 냈다. 언젠가 음식값 문제 때문에 영업정지가 내려졌을 때 돈으로 해결해 준 사람이었다. 그는 도청의 말단 공무원에서 시작해 인사담당관을 거쳐 현재는 도지사 비서실장 직위에 있었다. 왕 사장은 그를 이용하면 외상값을 쉽게 수금할 수 있으리라 확신했다.

점심시간이 끝나는 시간에 맞춰 비서실 앞에서 기다리는데 홍 실장이 특유의 아장걸음으로 계단을 올라왔다. 홍 실장은 복도에서 어슬렁거리는 왕 사장을 단번에 알아보고 반갑게 손을 내밀었다.

"안 좋은 소식 들었어요. 잘 복구하고 있지요?"

"예. 저 차 한 잔 주십시오."

"그럽시다. 이리 들어 오세요."

그는 비서실 안의 자신의 방으로 왕 사장을 안내했다. 커다란 테이블 위에 놓인 그의 명패가 빛났다. 비서실 직원이 차를 내오자 한 모금 마시고는 물었다.

"도청엔 무슨 일로 오셨습니까?"

왕 사장은 가방을 열어 미리 정리해 놓은 도청 장부들을 탁자 위에 펼쳐 놓았다.

"사정이 그렇다 보니 한 푼이 아쉬워서 수금하러 다니고 있습니다."

탁자 위에 깔린 장부를 보면서 홍 실장은 휘둥그레진 눈으로 말했다.

"외상이 많이 깔렸죠?"

"예. 제때 수금 못 해서요. 이중 절반만 받아내도 큰 도움이 될 텐데."

장부들을 하나씩 살피던 홍 실장이 그중 하나를 집어 들었다.

"어, 내 것도 있네. 어디 보자. 어휴 많이 밀렸네요. 미안해요."

그는 일어서서 지갑을 꺼내려고 했다. 그러자 왕 사장이 따라가서 만류했다.

"아닙니다. 실장님 같은 분만 있으면 장사할 만하죠. 믿을 수 있으니까요."

말을 하면서 왕 사장은 준비해 온 봉투를 명패가 있는 테이블 위에 조심스럽게 올려놓았다.

"도와주십시오. 실장님."

홍 실장은 밖을 한번 살피더니 마른기침을 뱉어내었다.

"뭘 이렇게 안 해도 도와 드릴 텐데."

그는 말은 그렇게 하면서도 서랍을 열더니 그 속으로 봉투를 재빨리 밀어 넣고 닫았다. 그리고는 손을 비비며 자리로 와서 장부들을 집어 들었다.

"이거 오래돼서 부서들 옮겼을 텐데. 에이 나쁜 사람들. 잠깐만 내 생각이 있으니, 기다려 봐요."

말을 마치더니 홍 실장은 비서실 직원을 불렀다. 직원이 들어오자 장부들을 넘기면서 현재 부서명을 찾아 정리하도록 지시했다.

"그리고 일일이 전화를 걸어서 화재 당한 사람 돕자는데 내가 앞장섰다고 해."

그의 힘은 대단했다. 말로는 독려고 권유한 것이지만, 실세의 말을 거역하면 어떤 불이익이라도 당할까 봐 많은 이들이 외상값을 통장으로 송금해 왔다. 왕 사장은 권력의 위력에 감탄했다. 목돈이 생기자 왕 사장도 활력을 되찾았다.

겨울의 매서운 바람이 잔뜩 웅크리고 있는 2월 중순에 접어들자, 용찬은 하숙방도 구하고 학교도 구경할 겸 상경했다. 해연을 만나고 싶은 마음이 꿀떡 같았지만 만나면 분위기만 이상해질까 봐 전화도 하지 못했다.

캠퍼스는 생각했던 것보다 넓었고 웅장했다. 용찬은 입학 수속을 마치고 다닐 학과 건물을 찾아 강의실 문을 열어 구경했다. 고등학교와는 전혀 다른 분위기여서 마음이 부풀었다. 학교 앞 전봇대와 커피숍 입구에는 제철을 맞아 하숙생을 구하는 전단이 수북이 붙어 있었다. 광고된 하숙집을 직접 찾아다니며 꼼꼼히 살피는데 고등학교 선배를 만나 그의 소개로 집을 정했다.

서울로 올라오는 내내 금산이 마음에 걸렸다. 화재 이후 그에게 위로 전화 한 번 못한 게 미안했다. 용찬은 공중전화를 찾아 금산에게 전화를 걸었다.

"야, 급히 의논할 게 있으니 인천으로 와."

용찬은 의무적으로 그를 만나야 한다고 생각했다. 지하철 1호선을 타고 동인천역에 내려 알려준 대로 그의 직장을 찾아갔다. 상냥한 직원의 안내로 사무실에 앉아 기다리는데, 잠시 후 기름때가 잔뜩 묻은 작업복 차림으로 금산이 나타났다. 그는 직원휴게실로 용찬을 데리고 갔다. 자판기에서 커피를 뽑으며 금산이 말했다.

"지난번 불났을 때 내려갔는데 연락 못 했다. 너 합격 소식도 들었지만, 직장 일도 바빴고 경황이 없었다."

"뭘, 내가 진즉 위로 전화라도 해야 했는데, 미안하다."

"미안하긴 서로 바쁘니까 그렇지. 일이 원만하게 풀려 식당도 리모델링 하고 있으니 된 거지."

금산이 커피가 담긴 종이컵을 건네며 사람 좋은 웃음을 날렸다.

"헌데 말이야. 너 중국 안 갈래?"

"웬 중국?"

"종필이 아버지 있잖아? 중국에다 땅을 임대 내어 무슨 사업을 한다는데, 그게 잘 안 됐나 봐."

"종필이 형, 가스 나오면 부자 된다고 큰소리쳤는데?"

"사기당했나 봐. 소송하려는데 말이 통해야 말이지. 현지 통역은 믿을 수 없었는지 놀고 있는 우리 아버지한테 S.O.S 때린 거지."

방화한 것을 숨기고 뻔뻔스럽게 도움까지 요청하다니 도대체 그는 어떤 심장을 가졌을까? 용찬은 장석규 씨를 이해할 수 없었다.

"그래서 너도 가는 거야?"

"랴오닝에 우리 할아버지 고향이 있거든. 작은할아버지가 살아계신다는 소식도 들었고. 아버진 내 교통비까지 대는 조건으로 응락 했어. 헌데 네 생각이 나더라고. 입학 선물로 내가 여행비 댈 테니까 같이 가자. 가면 종필이도 만날 수 있을 거야."

몇 년 전, 해연의 이모 집에서 했던 말을 기억해 준 금산이 고마웠다. 여행 기간이 입학식 전이어서 금산의 제안을 거절할 이유가 없었다. 단지 장석규 씨를 대면해야 한다는 게 꺼림칙했다. 그 짧은 순간 여러 가지 생각이 용찬의 머리를 훑고 지나갔다.

불빛 속에 드러난 그의 얼굴을 보았는데 그도 내 얼굴을 보았을까?

보았다면 무슨 수를 써서라도 무마하려 했겠지. 그 점에 대해서는 안심이 되었다.

용찬은 해연과의 원만한 관계를 위해서라도 그를 넘어서야 한다고 생각했다.

제주 공항에서 만나 인사를 했을 때, 왕 사장은 동행하게 된 용찬을 살갑게 맞아주었으나 장석규는 받는 둥 마는 둥 여전히 거만했다. 용찬은 그와 시선이 마주칠 때마다 매우 불편했다. 그 불편함은 김포 공항에서 금산이 합류할 때까지 지속되었다.

비행기를 타고 베이징공항에 도착하니 여행사 가이드가 자동차를 대기하고 기다리고 있었다.

공항에서 마주친 중국인들을 보면서 용찬이 느낀 것은 너무 여유를 부리며 느리다는 것이었다. 기차 시간에 대려면 시간이 촉박한데도, 짐을 찾고 입국 수속하고 공항을 빠져나오는 데 두 시간이나 걸렸다. 만만디(晩晩的)라는 말이 생각났다.

그들은 급할 게 없다. 주어진 일을 근무 시간 안에만 처리하면 그만이다. 하나의 일이 끝나면 또 다른 일거리가 주어지고, 교대 근무자가 할 일도 남겨 둬야 하므로 서두르는 법이 없다. 자동차로 운반하면 10분이면 될 일도 그들은 쉬엄쉬엄 수레를 끌어 운반한다. 인구가 많다 보니 일자리가 부족한데 기계화를 하면 더욱 취직하기가 어려워지기 때문이다. 그래서 만만디라는 말이 나왔다. 중국인들이 너무 부지런하면 13억 인구의 절반이 굶어 죽는다는 말이 있다고 가이드가 말했다.

가이드는 일행을 베이징역에 데려다주고 금산에게 행선지까지의 교통편을 적은 메모를 주며 설명했다.

지도상에서 보면 가까운 거리이지만 중국은 넓었다. 하룻밤과 한나절을 기차에서 지새우고, 버스를 두 번 갈아 타서야 랴오닝성에 있는 어느 지방 도시에 도착했다.

차창을 통해서 본 거리의 풍경은 질서 없이 혼잡스러웠다.

버스가 클랙슨을 울리는데도 쳐다보지도 않고 유유히 버스 앞을 가로질러 길을 건넜다. 이것도 그들의 오랜 생활 습관에서 나온 것이다.

개혁·개방이 시작된 지 20여 년이 넘었으나 주민들은 아랑곳하지 않았다. 중국인에게 규칙이라는 것은 '어차피 인간이 만든 것이기 때문에 필요에 따라 바꿀 수도 있고, 지키지 않아도 무방하다는 의식'이 팽배해 있다. 그래서 공산당 정부가 만든 '규칙'이 있다면, 인민들에겐 '대책'이 있다는 우스갯소리가 생겼다.

엄청난 인구를 가진 정부가 모든 분야에서 세세하게 규칙을 정해도 그 많은 사람을 통제하기란 불가능에 가깝다. 그래서 그들이 지녀온 전통적인 사회규범이나 윤리 도덕의식을 개혁하기에는 많은 시간이 걸렸다.

흔히 중국 사회는 이중구조를 가진 사회라고 말한다.

꽌시(關係)와 와이런(外人)은 이런 이중구조를 함축적으로 표현하는 말이다. 중국인의 의식구조에는 혈족이나 친한 사람들로 구성되는 꽌시라는 특수공간과 그 이외의 사람을 일컫는 와이런이라는 공간이 따로 있다. 특수공간에서는 예의범절과 상부상조, 이해와 배려가 넘쳐난다. 제주의 괸당 문화와 매우 비슷하다.

하지만 그 범위를 벗어나면 배타적인 공간이 된다. 와이런의 공간에서는 예의, 규범, 상식, 정직 등은 찾아보기 힘들다. 그래서 일반 대중 사회에서는 거친 언행이나 배신, 무책임, 불법, 약육강식과 같은 일들이 다반사로 나타난다.

이런 의식의 단면을 볼 수 있는 것이 중국에서의 자동차 영업이다. 이들은 대출을 받아 자동차를 구입해 놓았지만 빌린 돈을 갚아야 한다는 신뢰 규범에 익숙하지 않았다. 그래서 대출금을 갚지 않아 회수불능의 불량채권이 되는 일이 많아 큰 사회적 문제가 되었다.

개발도상 국가에서는 정부 관료들의 부정부패가 흔한 문제지만, 중국 관료들의 부정부패는 세계 주요 12개국 중 최고다.

그들의 부정부패는 규모가 크며 대범하다. 중국인민해방군 특수안건 조사팀이 사천성, 운남성, 산서성 등 5개 성을 2년에 걸쳐 조사한 바에 의하면 군수창고에 보관되어 있어야 할 탱크 1,800량, 미그전투기 360기가 깜쪽같이 사라졌다. 그것들을 후송처리(폐기처분) 한다고 장부에 기록해 놓았는데, 실상은 분해해서 알루미늄 합금과 엔진 등은 기업이나 아시아 각 나라에 팔아먹고, 무기는 암거래를 통해 마피아에게 매매한 흔적이 드러났다.

오죽했으면 부패의 부(腐)자를 바꿔야 한다는 농담까지 나왔겠는가.

부(腐)를 분해하면 관청의 부(府)아래 고기 육(肉)이다. 과거에는 정부 관료에게 비싼 고기를 뇌물로 주었다고 해서 생긴 글자다. 그런데 요즘에는 돈과 여자로 뇌물을 주니, 고기 육(肉)자 대신 관청 부(府)아래 계집 녀(女)와 쇠 금(金)자를 쓴 글자로 바꿔야 한다는 말이 한동안 유행했다.

믿기 힘든 일이지만, 한 조사에 의하면 중국 관료들의 95%가 애인이 있다고 한다. 이 애인들을 관리하기 위해선 돈이 필요하고, 그래서 부정부패를 해야 하는 악순환이 계속되고 있다고 분석했다.

이런 상황을 고칠 수 없는 이유는 중국은 공산당 일당 지배 국가이기 때문이다.

공산당은 모든 조직을 감찰할 권한을 가지고 있지만, 공산당을 감찰할 권한을 가진 조직이 중국에는 없다. 내부에 감찰기구가 있지만 이런 시스템만으로는 한계가 있다.

이런 부정부패를 보다 못한 시민들이 들고일어선 것이 1989년 톈안먼(天安門) 사태다. 이때 대학생을 중심으로 한 지식인들 100만 명이 천안문 광장에 모여 탐관오리에 저항하는 반정부 시위를 벌였다. 중국 정부는 인민해방군 탱크를 앞세워 유혈진압을 했는데, 이 과정에서 기천 명의 희생자가 생겼다.

사회주의 국가인 중국의 토지제도는 우리와는 판이하다.

장석규 씨는 이를 잘 모르고 덥석 땅을 임차했기 때문에 분쟁이 생겼다.

중국의 헌법과 토지관리법에 따르면 대부분의 도시지역 토지는 국가 소유고, 농촌 지역 토지는 집체 소유다. 집체 소유는 농촌의 행정기관에서 해당 지역을 위한 공공시설이나, 공익사업용 그리고 농지나 농가 등의 용도로 사용하도록 분배된 토지다. 그래서 한국처럼 토지의 매매나 증여는 원천적으로 불가능하다.

중국에서는 거래나 담보 등의 대상이 될 수 있는 토지는 국가가 소유한 도시지역의 토지사용권일 뿐, 농촌 지역의 집체 소유 토지사용권은 원칙적으로 분배나 취득의 대상이 될 수 없다.

외국인이 독자적으로 토지사용권을 취득하고자 할 경우는 외국인 독자 기업이 자체 명의로 관계 당국으로부터 정당한 대가를 지불하고 권리를 취득한다. 지역에 따라서는 행정기관이 소유한 토지사용권을 투자유치 차원에서 무상으로 사용하게 해주기도 한다.

한편 중국에서는 도시개발이나 도로건설 등을 위해 기존에 임차된 토지사용권을 회수하기도 하는데, 이렇게 토지 수용을 할 때는 기득권을 가진 수용자에게 금전적 보상을 해야 한다.

그런데 장석규 씨는 그 지역 공산당 간부와 지방 관료들이 짜고 외자의 투자 사업을 빌미로 농촌의 가옥과 전답에서 농민을 내몰고 땅을 임차했다. 그리고 토지 수용의 대가로 장석규 등이 지불한 보상금을 관료들이 착취한 데서 법정으로 비화 되었다. 관료들은 지방정부가 해당 토지를 공공의 이익 목적으로 다른 곳과 재계약할 때는 해당 농가와 상의하지 않고 향촌조직인 생산대(生産隊)와 독단적으로 체결할 수 있다는 조항을 악용한 것이다. 그래서 땅을 빼앗긴 농민은 외국 사람들이 돈을 벌어 가는 것이 과연 공공의 이익과 무슨 연관이 있느냐 판단해 달라고 고소한 것이다.

중국은 1995년에야 사법시험 제도가 정식으로 시행되어 시험을 통과한 사람만이 법조인이 될 수 있었다. 그러나 지방에서는 법률적 소양과는 무관한 사람들이 버젓이 판관으로 활동하고 있어서 그 지역 유지들이 재판을 좌지우지했다.

그런 사실을 전해 들은 장석규 씨는 준비해 온 뇌물을 종필이 작업해 둔 지역 관료 꽌시(關係)에게 건네고 재판에서 승소했다.

종필은 부친이 임차한 땅을 관리하면서 일주일에 한 번 함께 참여한 외국인 개발조합에 나가 진행 상황을 전달받고, 외국에서 들여오는 시추 기계의 임대 및 사용대금, 인건비, 운영비 등 공동 부담해야 하는 비용을 부친께 청구하는 일이 주 임무였다.

종필은 6개월이 넘는 중국 생활을 하면서 중국어도 많이 배웠다고 자랑했다. 금산은 실력을 보자며, 중국어로 몇 마디 대화를 나누고는 제법이라는 듯 웃었다.

"계획된 시추 공구에 기계도 설치했는데, 농민들이 막아서는 바람에 시작도 못 했어. 하지만 재판이 끝났으니 이제 곧 착공하게 될 거야."

종필은 기대에 찬 표정으로 금산과 용찬을 바라보았다.

"땅에서 가스가 솟구쳐 오르는 모습을 보았으면 좋겠는데, 우리는 우리의 일이 있어서."

금산은 아쉬운 표정으로 종필의 손을 굳게 쥐었다.

"형, 가스 나오면 우리 잊지 마."

"그래, 중국까지 와서 이렇게 응원해 준 고마움 잊을 수 없지."

종필 부자를 뒤로하고 왕 씨 부자와 용찬은 금산의 할아버지가 살았던 강하(康河)로 향했다. 랴오닝성은 넓은 만큼 교통도 불편했다. 이동하려면 역과 터미널이 있는 큰 도시로 가야 했다. 버스는 있는데 시간표라는 게 소용이 없었다. 운전기사 마음이다. 승객이 많지 않으면 한 시간이 지나도 차는 움직이지 않았다.

일행은 버스를 여러 번 갈아타고 이틀이나 걸려서 해안에 있는 강하에 도착했다.

개발의 새벽을 맞아 눈 뜨기 시작한 도시는 도로를 넓히거나 포장하는 공사로, 낡은 건물을 부수고 새로운 건물을 짓는 공사로 부산하게 움직이고 있었다. 도로변에는 주민들을 선동하는 붉은 글씨 격문들을 다닥다닥 붙여 놓았다.

금산은 사람들을 붙들고 메모해온 주소지를 찾았으나 이미 도로에 편입되어 없어졌다는 것을 알았다. 며칠을 고생하며 바다 건너 먼 길 찾아왔는데 난감한 일이었다.

낭패감에 젖은 그들의 모습이 안 돼 보였던지, 인민복을 입은 공사 관리자가 다가오더니 당 위원회를 찾아가보라고 했다. 당 위원회 사무실은 권위를 상징하듯 당당하고 위엄 있는 모습으로 도시의 중심에 우뚝 서 있었다.

금산은 로비 입구에 있는 안내소로 다가가 메모를 내밀었다.

"혹시, 이 주소에 살던 왕치영 씨라고 아십니까?"

군복을 입은 여자 직원이 귀를 의심하며 눈을 똥그랗게 뜨고 일행을 살폈다.

"지금 누구라고 했습니까? 왕치영 씨 맞습니까?"

"예. 저희 할아버지 됩니다."

"어디서 오셨습니까?"

"한국에서 왔습니다."

"잠깐만 기다려 보십시오."

직원은 전화기를 당겨 어디론가 전화를 걸어 누군가와 통화를 했다. 일행은 서로를 바라보며 안도의 한숨을 쉬는데 직원이 받아보라며 수화기를 내밀었다. 왕 사장이 얼른 건네어 받았다.

"예. 한국에 사는 왕치관 씨 아들입니다. 숙부님 만나 뵈러 왔습니다."

그러자 전화기 너머로 반가워하는 웃음과 함께 큰 목소리가 들려왔다.

"한국에서 왔다고? 치관 형님 아들이란 말이지? 기다려 곧 갈 테니."

전화를 끊자 안내 직원은 왕치영 씨에 대해 설명해 주었다. 그는 랴오닝성 공산당 간부로, 강하가 속한 넓은 지역을 총괄하는 당 관료인데 관내 출장 중이라고 했다.

'곧'이라고 했지만, 직원은 두 시간은 족히 걸린다고 알려주었다.

그들은 위원회 건물에서 나와 바닷가로 갔다. 포구 어구에서부터 비릿하면서 역한 냄새가 코를 자극했다. 상쾌하고 시원한 제주의 바닷바람과는 차원이 다른 냄새였다. 찰랑대는 물결을 깔고 앉은 고깃배들과 화물선이 촘촘하게 묶여있는 항구는 꽤 규모가 컸다.

용찬과 금산이 바닷가에 서서 배 위의 사람들이 작업하는 모습을 신기한 듯 바라보고 있는데, 왕 사장이 가방 속에서 검은 비닐봉지를 꺼냈다. 분말이 된 유골이었다.

모친이 돌아가자 제주에 와서 처음 보았을 산지천이 바라보이는 사라봉 언덕 기슭에 화장하여 몰래 묻었다. 자신의 이름으로 된 땅 한 뼘이 없으니 어쩔 수 없는 노릇이었다. 그리고 부친이 돌아가자 역시 화장하여 모친과 합장했다.

중국에 갈 계획이 잡혔을 때, 왕 사장은 유골 단지를 꺼내어 반은 산지천에 뿌리고 반은 봉지 속에 담아왔다. 유골을 바다에 뿌리며 왕 사장은 자식과 용찬이 있는데도 체면 불고하고 소리 내어 울었다.

"아버지, 어머니 이제 고향에 돌아왔으니 편히 쉬세요."

금산의 눈가에도 눈물이 그렁그렁 달렸고, 그것을 바라보는 용찬의 마음도 짠했다.

항구 도시라고 하지만 강하는 한국의 여느 소도시처럼 빌딩도 많았다. 아침 식사 시간이 지난 때인데도 시장은 사람으로 붐볐다. 그들은 식사를 대부분 밖에서 해결하기 때문에 가족 단위가 많았다. 가족이라고 해야 자식 한 명과 부부가 전부다. 간혹 어린 애가 두어 명 있는 가족은 위력 있는 군이나 당 간부라는 걸 짐작할 수 있었다. 시장에는 처음 보는 과일과 식재료가 많았다. 갖가지 음식을 만드는 가게에서 나오는 냄새가 식욕을 자극했으나 향신료 때문에 먹지 못할 음식이 많을 거라고 금산의 아버지가 말했다. 일행은 간단하게 주전부리를 하고 어슬렁거리다가 시간에 맞춰 당 사무실로 갔다.

여직원을 통해 도착 소식을 전해 들은 왕치영 씨는 접견실에 있는 그들을 자신의 집무실로 안내하게 했다.

그의 사무실은 화려했다. 붉은색으로 도배된 방에 들어서니 벽에 써 붙인 선전 문구와 격문에 압도되는 분위기였다. 덩치는 작았으나 인민복을 입은 깐깐하게 생긴 왕치영 씨가 소파에 앉아 있다가 일어섰다. 앞장선 왕 사장이 다가가 고개 숙이며 인사하자 그가 포옹하며 반갑게 맞이했다. 금산이 인사한 다음 용찬을 소개했다. 간간이 낮은 소리로 금산이 통역을 해주었으므로 용찬은 분위기에 적응할 수 있었다.

직원이 차를 들고 들어오자 일행이 자리에 앉았다. 왕치영 씨는 불청객들이 반가운 듯 상기된 얼굴에 웃음을 달고 왕 사장을 바라보았다.

"이름이 뭐라고 했지?"

"외조부께서 고향을 잊지 말고 강하의 룽이 되라고 강룽이라 지어주셨답니다."

"왕강룽, 이름 좋구만. 그래 한국 가서 용이 되었나?"

왕 사장은 뒷머리를 긁으며 웃음으로 대답했다.

"그저 음식점 하며 애들 키우고 먹고살 만합니다."

그는 생면부지 조카가 믿기지 않은 듯 왕 사장을 찬찬히 살피며 말했다.

"그래 자네한테서 형님 모습이 보이는구만. 똑 닮았어."

용찬이 보기에는 금산의 부친과 그가 닮은 구석이라곤 전혀 없었다. 살아온 환경이 얼굴을 만든다는 말이 떠올랐다.

왕 사장은 가방에서 꿩엿, 말린 전복과 표고버섯을 꺼내 탁자 위에 풀어놓았다.

"약소하지만 제주에서 가져온 겁니다."

"한국에 살면서 윗사람 공경하는 예의는 형님이 잘 가르쳤구만. 고맙다."

왕치영 씨는 선물들을 살피며 만족한 듯 호탕하게 웃었다.

"치관이 형이 떠났을 땐 원망도 많이 했지. 부모님도 장남을 보내놓고 어려운 일이 닥칠 때마다 얼마나 보고 싶어 했는지. 하지만 크면서 알게 되었어. 말도 안 통하고 아는 사람도 없는 외국에 나가서 뿌리내리려면 고생도 무진 많았겠지. 헌데 그렇게 젊은 나이에 고향 땅도 밟아보지 못하고 세상을 떠났다니 안 됐구만."

"유골을 가져다 항구에 뿌려드렸습니다."

"잘했다. 생전에 꼭 한번 뵙고 드릴 말도 많았는데."

잠시 분위기가 가라앉자 왕치영 씨의 시선이 금산과 용찬에게 쏠렸다. 통역을 해주는 금산을 보고 그가 한마디 했다.

"그래도 잊지 않고 우리말을 곧잘 하는 모양이구만. 암 모국어를 잊지 말아야지. 한때는 세계의 중심에 섰던 한족의 후손이니까. 우리 한족들은 근성이 있어서 어떠한 상황, 어느 곳에서도 잘 적응하며 살아가지. 난 우리 한족은 우엉 같다고 생각해. 자네 우엉 아나?"

"그럼요. 대를 이어 식당 해 먹고 사는데요. 그 우엉이라는 것이 수레바퀴에 깔려서도 꿋꿋하게 일어서는 식물 아닙니까?"

"암. 우리는 기원전 1100년경부터 청 왕조가 붕괴한 1911년까지 무려 3,790회의 전쟁을 겪은 나라야. 거의 매년 1회 이상 싸움을 하며 견뎌 왔지. 허나 이제는 무력이 아니라 경제가 힘인 시대야. 우리 중국의 놀라운 경제력으로 세계를 지배하게 될 날도 멀지 않았어. 그간에 외국 나가 고생한 화교(華僑)의 힘도 무시하진 못하지."

중국인의 숫자는 통계 잡힌 것만 13억이라 하는데, 여기엔 산아제한 정책으로 등록하지 못한 아이들의 숫자는 제외된 것이다. 사실 전산망도 체계화되지 않은 상황이고, 외부와 격리된 오지 마을도 많아서 인구 통계를 정확하게 할 수 없다.

싱가포르 인구의 70% 이상이 화교이고 동남아를 비롯한 미국, 유럽 등 세계 많은 나라에 5천여만 명의 화교가 뿌리를 내리고 있다.

화교란 명칭은 청나라 말기인 1898년 일본 요코하마에 이주한 중국인들이 학교를 세우고 화교(華僑) 학교라는 명칭을 사용한 데서 비롯됐다. 여기서 화(華)는 중국인을 뜻하며, 교(僑)는 임시적인 거처를 뜻하는 말로써 화교는 중국 본토 이외의 지역에 거주하는 중국 국적을 가진 사람을 말한다.

한국에 화교가 자리 잡은 것은 1882년 임오군란이 일어났을 때다. 청나라는 조선의 요청으로 3,000명의 군사를 파견했다. 이때 이들을 따라와 장사하는 화상(華商) 40여 명이 있었는데 난 이후에도 조선에 남아 살았다. 이들이 문헌상 최초의 한국 화교다.

청군이 조선에 온 한 달 후, 청조(淸朝)는 조선과 상민수륙무역장정(商民水陸貿易章程)을 체결하고 정식으로 청과 조선 간의 무역 관계를 맺었다.

한편, 일본은 1876년 조선과 강화도조약을 맺어 외국인에 조선 사회를 개방하게 했는데, 1882년에 조선으로 이주한 일본인은 3,622명에 달했다. 이때 일본 항구에 살던 화교들도 부산에 이주해 정착했다.

1884년 4월 "인천화상조계장정(仁川華商租界章程)"이 체결되면서 지금의 인천광역시 선린동 일대 토지에 중국 조계지가 만들어졌다. 이 무렵 중국의 산동 반도와 인천항 사이에 범선과 여객선이 정기적으로 운항하였고, 중국인의 왕래가 빈번해지면서 화교 숫자가 크게 늘었다. 서울에 약 350명이 살았고, 인천에 48명이던 화교는 235명으로 늘었다.

이후 원세개(袁世凱)가 조선 통상 사무를 맡아 1887년에는 부산, 1889년에는 원산에 조계지에 대한 담판을 성공시켜 중국 조계 지역은 계속해서 확장되었다. 1890년에는 화교가 약 1천 명에 이르렀다.

그러나 화교들이 온전하게 정착하게 된 것은 1894년 11월 양국이 청상보호규칙(淸商保護規則)을 제정하면서다. 그 이전에는 조선의 상업권이 완전히 일본인의 손에 있었다.

한국 전쟁 이후, 인천에는 중국의 건축 양식을 본뜬 중화음식점 건물이 많이 세워졌는데, 한국 최초의 차이나타운 모습이 지금까지 남아있다.

"덩샤오핑(鄧小平) 주석께서 1978년 개혁·개방을 한 이래 우리는 놀랄만한 경제 발전을 이루었지. 한국과 수교도 맺었고 이젠 세계 어디든 마음대로 오고 갈 수 있게 되었어. 그래서 나도 우리 13억 인구를 활용한 해외 진출에 많은 관심이 있으니까 젊은 화교 금산이가 도울 일도 많을 거야."

금산은 칭찬이 쑥스러운 듯 머리를 긁었다.

"제가요? 흐흐흐."

"내가 고문으로 일하는 처남 회사가 있는데 거기서 요즘 해외개발부를 만들어 한국을 상대로 사업을 계획하고 있어. 참 시장하지? 자 나가자구. 맛있게 식사한 다음 랴오닝 그룹을 소개해 줄게."

그날 왕 씨 부자와 중국의 실력자 왕치영 씨 그리고 랴오닝 그룹과의 만남은 훗날 왕금산의 운명을 바꾸어놓는 계기가 되었다.

7. 카이로스를 붙잡다

시간이 화살처럼 빠르다고 느끼는 사람은 자신의 일에 충실하게 산 사람이다.

용찬의 대학 생활도 그렇게 바쁘게 흘러갔다. 동해 용왕의 아들 처용이 인간 세상에 나와 인간들 사는 모습에 빠져 세월 가는 것 몰랐듯이 용찬의 대학 생활 일 년도 그랬다. 섬에서 나와 새로운 세상에 적응하다 보니 정말 가는 줄 모르게 시간이 흘렀다.

용찬은 대학 내 동아리 이티(ET)에 가입했다. 이티는 이코노미 트랜드(Economy Trend) 즉 경제 동향의 이니셜로 시사경제 연구동아리였다. 주로 정경 계열과 사회학과, 신문방송학과 등 정치, 경제에 관심이 많은 학생이 대부분이었다. 이티는 격주 토요일 오전에 정기연찬회를 열고 미국의 시사 경제 잡지와 신문에 나타난 정보를 중심으로 발표하고 토론을 벌였다. 용찬은 국내 신문에는 나오지 않는 한국의 상황을 외국인의 시선에서 알 수 있었다.

가끔 대기업이나 정부에서 일하는 이티 출신 선배들을 초청하여 대화를 나누면서 세상 돌아가는 이치를 깨닫게 되었다.

발표자는 순번에 의하지만, 토론에 참여하려면 사전 지식과 정보가 필요하므로 인터넷에 수시로 들어가서 외국신문을 검색해야 했다. 시사용어에 대한 이해나 어휘력이 달려서 한 문장을 이해하는 데도 오랜 시간이 걸렸다. 연찬회 준비에, 과목마다 제출해야 하는 리포트 때문에 용찬은 수업이 끝나면 도서관에서 살았다.

용돈을 위해 아르바이트도 뛰어야 했기 때문에 방학에도 고향에 가지 못했다. 대신 아들을 보고 싶은 어머니가 방학마다 서울에 왔다. 집에서 만든 볶은 멸치와 소라 젓갈 등 밑반찬을 바리바리 들고 다녀가면서 다음 방학에는 꼭 내려와서 친족들에게 인사도 드리라고 당부했다.

이웃들에게 아들을 자랑하고 싶은 성화라는 걸 용찬도 알았다. 그러나 방학이 되면 여전히 해야 할 일들이 많았다. 제일 급한 것이 졸업을 대비한 토익 강의 수강이었고 방학임에도 계속되는 동아리 정기모임, 그리고 아르바이트에 잠깐의 짬도 내기 어려웠다.

2학년을 마칠 무렵 동아리에서 우려했던 일이 현실이 됐다. YS 정부가 들어서면서 외국의 신문에는 한국의 경제 정책과 상황에 대해 위험한 사태 발생을 경고하는 다수의 경제학자 칼럼이 실렸다.

1994년부터 무리하게 세계화를 추진하는 과정에 외채위기가 시작됐다. 1996년에 정상수지 적자가 237억 달러에 이르자 외환 보유고가 바닥이 났다. 외채가 급증해 한보기업, 기아그룹 등 수 많은 기업이 법정관리에 들어가면서 부실채권이 증대했다.

재벌과 권력의 정경유착, 관치금융 특혜 과다 차입으로 인한 재무 구조의 취약함과 불투명성, 부동산 투기, 외국 여행 등 과도한 소비가 주요 요인이었다. 결국, 1997년 나라 경제가 국제통화기금(IMF)의 지배력 아래에 놓이게 됐다.

돈줄은 마르고 기업의 주요 사업들이 중단되자 하청 업체들이 줄도산하는 도미노 현상이 일어났다. 업체들은 구조 조정이라는 이름으로 많은 근로자를 해고하여 실업자가 양산되었다. 문 닫는 가게들이 많아졌고, 노숙자가 생기고, 상품이 덤핑 되어 나왔어도 팔리지 않았다. 가족이 해체되는 현상도 일어났고 인간관계는 사막처럼 변했으며 사회는 팍팍해졌다.

용찬이 아르바이트하던 출판사, 맥주 카페, 노래방도 적자를 감당 못 해 문을 닫았다.

학비 마련하기 어렵다는 걸 안 용찬은 군대 다녀오기로 작정했다.

2년 만에 본 제주는 많이 변해 있었다. 도심에는 새로운 길이 뚫리고 높은 건물이 많아졌으며 거리에선 외국 관광객들이 쉽게 눈에 띄었다.

대룡반점도 새 단장을 하여 성업 중이었다.

IMF 사태를 맞았어도 중국집은 오히려 사람들로 붐비었다. 짜장면 값을 3,000원으로 올렸지만 다른 음식보다 싸고 맛있는 음식이었으므로 점심시간에는 줄을 서서 기다려야 할 정도로 손님이 많았다. 외상없이 현금을 받았으니 그만한 장사도 없었다.

용찬은 오후 한가한 시간을 이용하여 대룡반점에 들러 인사를 하려 했으나, 금산의 부모는 밀려드는 배달 전화에 주방에서 나올 틈이 없었다. 보조조리사를 두고 배달원 셋에 두 명의 홀 서빙 직원을 둔 걸 보면 꽤 장사가 잘되는 모양이었다. 예전의 벽면에 걸렸던 웍과 칼은 황금색으로 칠해져 있었고, 극고내로(克苦耐勞)의 액자도 황금색 액자에 새롭게 장식되어 걸려 있었다.

용찬이 한참을 기다려 짜장면 한 그릇을 먹고 일어서려는데 뜻밖에 반가운 사람이 들어왔다. 중국에 있어야 할 종필이었다. 그런데 문을 열고 들어서는 그의 어깨는 축 내려앉았고 얼굴빛은 매우 어두웠다. 중국에서의 호기롭던 모습은 헝클어진 머리와 세수도 안 한 것 같은 부스스한 노숙자의 모습으로 바뀌어 있었다.

용찬과 눈이 마주치자 종필은 어색한 미소를 짓더니 오른손을 들며 가까이 왔다.

"어, 용찬이 오랜만이네?"

"형. 여긴 어떻게?"

"밥 먹으러 왔지. 오늘 첫 끼니다."

내미는 손을 맞잡았으나 힘이 없었다. 그는 의자를 잡아당기며 앞자리에 앉았다. 용찬은 직감적으로 중국에서의 사업이 잘못되었음을 알았다.

"중국에서 언제 왔어요?"

"너 아직 소식 못 들은 모양이구나? x 같은 중국놈들한테 보기 좋게 당했다."

종필은 그간의 일들을 쌍소리를 섞어가며 설명했다.

몇 달에 걸쳐 여러 곳에 시추작업을 하며 천연가스를 확인했다. 그런데 여러 학자와 전문가들의 결론은 가스의 질과 양이 경제성이 없다는 것이다. 눈물을 머금고 사업을 접을 수밖에 없었다. 임차받은 땅은 오십 년 동안 내버려 둘 수도 없어서 그 넓은 땅에 배나무만 심어두고 돌아왔다는 것이다.

"IMF를 맞아 건축 경기도 없고, 은행 빚에 사채까지 끌어 썼으니 이자도 감당하기 어렵다. 거기다 날마다 빚쟁이들 난리 때문에 살아도 사는 게 아니야."

시련은 사람을 단련시켰다. 종필은 중국에 다녀온 후 세상 이치를 깨우친 것 같았다.

"야. 우리 막걸리나 한잔하자"

그들은 종합시장 내의 순댓국 집으로 자리를 옮겼다. 안주가 나오기도 전에 종필은 사발에 막걸리를 가득 부어 단숨에 들이켰다. 그리고는 영웅담처럼 과거 자신의 집안 이야기부터 늘어놓았다.

할아버지 장동철 씨는 대법원판결에서 징역 1년에 벌금 2천만 원이 확정되어 도의원 생활 1년 만에 당선 무효가 되면서 구속되었다. 그는 초선이었지만 돈의 힘으로 사람을 모으고 각종 인연을 동원하여 도의회 부의장이 되었다.

장동철 씨가 부의장이 되는 데는 장석규의 힘이 컸다. 장석규는 건설회사의 사장이지만 조폭 건달 출신이었다. 그는 똘만이들을 이용하여 의원들에게 접근했고 돈과 주먹으로 부친을 부의장으로 만들었다.

장석규는 어려서부터 부친에게 무수히 맞으면서 자랐다. 학교에 다니면서도 도통 공부에는 관심이 없고 싸움질하는 놈들과 어울려 다니면서 중학교 시절부터 폭력사건으로 경찰서에 불려 다녔다. 고등학교에 진학해서도 사고를 되풀이하며 무기정학과 퇴학을 맞으면서 이곳저곳으로 옮겨 다녔다. 도내에서는 더 이상 받아주는 학교가 없어 결국 경기도 사립 학교에 돈을 주고 졸업장을 샀다.

장동철 씨는 힘으로 아들을 이겨보려 했지만, 고등학생이 되어선 때리는 골프채를 빼앗아 꺾어버릴 정도로 상대가 되지 않았다. 모친은 사고 뒤처리하느라 월수 붇듯이 돈 싸 들고 경찰서와 피해자를 찾아다녔고, 합의금을 대느라 부동산까지 처분해야 했다. 패싸움으로 살인을 저지르는 등 그는 스물의 나이에 폭력 전과 2범이었다. 그나마 경찰 출신인 장동철이 연줄과 돈으로 무마한 게 그 정도였다. 모친은 화병으로 젊은 나이에 돌아갔는데 장석규는 감방에 있어서 임종도 하지 못했다.

장석규는 그때야 정신을 차려 부친의 일을 돕기 시작했다. 장동철의 부동산을 관리하며 토건 회사를 설립했다. 대지나 임야, 밭 등을 팔아선 이윤이 얼마 남지 않는다는 것을 알았다. 토지를 정리하고 상하수도 관을 설치하고 길을 내야 땅값을 몇 배로 받을 수 있는 것을 알았고, 이후에 건설회사를 만들어 건물을 지어 분양하는 사업으로 발전했다.

그는 담당 공무원들을 매수하여 관에서 발주하는 공사 사업권을 따냈다. 사업이 날로 번창하면서 야심을 품고 각종 사회단체에도 가입했다. 그것은 정치계에 입문하기 위한 사전 정지 작업이었다.

"아니 어떻게 2천만 원으로 50억의 부동산을 차지할 수 있단 말이에요?"

"건달들의 생명이 의리 아냐? 은행들이야 대출자를 찾아야 먹고 살수 있고."

"아무리 그래도. 상식적으로 이해 안 돼요."

"아버진 모 은행장과 사회봉사단체에서 만났어. 말이 봉사단체지 그 단체는 야망 있는 사람들의 사교 모임이지."

좁은 지역사회일수록 네트워크의 힘은 강했다. 장석규 씨가 참여하고 있는 사회단체 모임에 지역은행장이 가입하게 되자 그에게 접근해 형제처럼 지냈다. 은행장도 분양사업 등 큰돈이 오고 가는 건설회사 고객을 놓칠 리 없었다.

어느 날 은행장의 모친이 돌아가자 장석규 싸는 만사를 제쳐 두고 상주처럼 장례식장을 지키며 호상인을 자임했다. 숙부와 동생이 상을 당했을 때, 상주 노릇은 나 몰라라 했던 그가 생면부지 남의 모친상은 정성으로 지켰다.

그 후로 은행장과는 친형제처럼 친해졌고, 은행장은 장석규의 부탁을 거절할 수 없는 처지가 됐다. 장석규는 평소 건설 담당 공무원들과 교류하면서 고급정보들을 많이 얻었다. 머지않아 도시계획에 의해 도심에 새로운 도로가 생긴다는 정보를 얻었다. 장석규는 부친 명의의 건물에서 벗어나 건설회사의 면모를 바꾸고 싶었다. 그래서 시내 중심가에 매물이 나온 것을 찾아냈다. 확정된 계획에 의해 새 도로변 중심에 위치하게 된 건물이었다.

난세에 영웅이 난다더니 IMF라는 환난 중에도 이렇게 횡재하는 사람도 있다는 것을 알았다. 금산은 기회의 신 카이로스를 붙잡은 것이었다.

당시 그 빌딩은 시가로 20억 원 가까이 되었는데 장석규에게는 현금이라곤 긁어모아도 2천만 원 정도였다. 그래서 일단 남이 차지하지 못 하도록 계약금을 물고 그 건물과 다른 부동산을 담보로 은행에서 20억 원을 대출받았다. 지방에서 그런 거액을 대출받기란 쉽지 않은 일이었지만 은행장이 적극 도왔다.

"우리 아버지 배포로 봐선 대출 대가로 은행장에게 흘러간 돈도 상당할걸?"

건물을 인수하여 회사를 옮겼으나, 건설 경기가 좋지 않아 은행 이자를 대기가 어려웠다. 이자가 밀리기 시작하자 안달이 난 것은 은행장이었다.

"장 사장이 이러면 나만 곤란해져."

"글쎄 형님도 알다시피 요즘 경기가 어렵잖아요? 있으면서 일부러 이러는 것도 아니고."

"이사회에서 액수가 많다고 원칙적으로 안 된다는 걸 내가 책임지기로 했는데."

"그럼 끝까지 책임지세요. 불량채권 안 만들려면."

"불량채권이라니? 장 사장, 그게 무슨 말인가?"

"형님, 나를 믿으세요. 경기가 계속 이러진 않을 것 아닙니까? 나도 다 생각 있으니, 우리 부친 건물 담보로 조금만 더 대출해줘요."

이자와 회사 운영비를 위해 다시 대출을 받고, 해가 바뀌면 또다시 불어나는 이자를 위해 대출을 받았다. 은행장은 이사회에서 추궁을 받았으나 받아먹은 것 때문에 장석규가 하자는 대로 할 수밖에 없었다. 2년 후에는 대출금이 30억 원이나 됐다.

그런데 장석규의 예상대로 도시계획에 의해 도로가 뚫리고 새 건물들이 들어설 즈음에 건설 경기가 풀리기 시작했다. 그것은 가만히 앉아서 얻은 행운이 아니라 새로 뽑힌 도지사의 힘이 컸다. 장석규는 지방 선거에서 유력한 지사 후보인 전형진 캠프에 재정위원으로 참여하면서 적극적으로 일했다.

전 지사가 당선된 후에는 장기적으로 예정된 도시계획을 시급히 시행하도록 압력을 행사했다. 장석규의 빌딩도 새 도로가 개통되면서 그 가격이 배 이상 뛰었다.

장석규는 빌딩을 처분하여 은행 빚을 갚고도 20억 원의 차익을 남기고 신시가지에 새로 회사 빌딩을 지었다. 그게 3년 만에 이루어진 일이었다.

그렇게 잘 나가던 장석규의 건설회사도 IMF 사태에 위기를 맞았다. 중국 사업은 실패로 끝났고 빚은 늘어났다. 부친에게 사정하여 물려받은 부동산은 똥값이 되어 버렸고 그나마 팔리지도 않았다.

그런데도 장석규는 재기를 노리고 정치적 야심을 불태웠다. 다가오는 지방 선거에 출마하기 위해 자금을 모으고 있다는 얘기를 했다.

"먹고 살기도 힘든 판에 무슨 선거야? 할아버지 한을 푼다나? 에고 우리 집안 완전히 폭망하게 생겼다."

울분을 삼키듯 종필은 막걸리가 가득 담긴 잔을 들어 단숨에 비워 냈다.

용찬은 입대하여 기초훈련을 받고 김포공항 근처에 있는 포병부대에 배속되었다. 행정 병과를 요청했으나 신원조회에 걸려 비밀서류 취급을 할 수 없었다. 부친의 간첩죄 전력 때문이었다.

닦고 조이고 기름칠하고, 포대를 밀고 뛰어다니고, 화약 냄새가 늘 몸에 배었다. 훈련에 나가면 적진 가까이 가서 좌표 설정하여 보고하는 반복된 생활이었다.

그러던 중 사격대회에서 우승하여 포상 휴가가 주어졌을 때, 용찬은 인천으로 가서 금산을 만났다. 몇 번 놀러 오라고 전화를 해댔던 금산이었다. 독립했다는 그의 말은 사실이었다.

금산은 정비 센터 사장이었다. 부친으로부터 현금을 지원받아 부도 사태에 직면한 정비 센터를 인수했다.

그의 공장에는 많은 소형차와 대형버스가 수리를 기다리고 있었다.

"무슨 차가 이리 많아?"

"저거 다 내 차야."

용찬은 놀라며 금산의 얼굴만 바라보았다. 그는 넉넉하게 웃으며 말했다.

"재료비, 수리비를 감당하지 못해 내놓은 것을 헐값으로 인수한 것도 있고, 팔아달라고 맡아 놓은 차도 있지. 공장이 좁아 넓은 야적장에 쌓아놓은 차들이 몇 배는 더 많아. 나 금방 부자 될 거야."

IMF를 맞아 사람들은 찡그리고 한숨 쉬는데 금산의 얼굴엔 웃음이 떠나지 않았다. 용찬은 평소 허풍이 심했던 금산의 말이 믿기지 않았다.

"부자 되다니, 어떻게?"

"저거 수리해서 중국으로 수출할 거야. 우리 작은할아버지와 합작하고 있거든."

당시 회사가 쓰던 차들, 간부들이 타던 공용차, 대출받아 구입했던 자가용, 택시, 버스 회사들이 도산하면서 나온 중고차들이 넘쳐났다.

금산은 중국의 왕치영 씨에게 원조받은 자금으로 사들인 차를 중국으로 수출하면 많은 이익을 남길 수 있다는 것이었다.

용찬은 난세에 영웅이 난다더니 IMF라는 환난 중에도 이렇게 횡재하는 사람도 있다는 것을 알았다. 금산은 기회의 신 카이로스를 붙잡은 것이었다.

"우리 왕 사장님은 대룡반점 건물 인수했어."

"아니 외국인도 부동산 취득이 가능한 거야?"

"대통령이 바뀌니까 제한이 풀렸대."

"네 아버지 원을 풀었구나. 자기 죽어 묻힐 땅 한 조각 갖는 게 소원이라 했는데. 건물주가 되었으니."

"간섭받지 않고 장사해보는 게 소원이었는데 잘 된 거지. 종필 아버지가 얼마나 지독하게 갑질을 해댔는데. 사람들 데려와 외상 먹고 갚지 않은 것만도 엄청 많아."

용찬은 대룡반점 화재 때의 그의 모습이 생각났으나 얼른 화제를 바꾸었다.

"아. 종필이 부친 선거 때문에 현금이 필요했겠구나?"

"사채 이자도 감당 안 됐을 테고, 선거하며 빌려 간 돈도 있고. 그래서 부담 없이 인수했지."

"그래도 어려운 시절인데 현금 많이 있었네?"

"우리 민족성이 원래 그래. 은행도 믿지 못해 현금을 아무도 모르는 곳에 쌓아두거든."

"참, 장석규 씨 당선은 됐어? 그 양반 부친 조직 물려받았으면 잘했을 텐데."

"에고, 그랬으면 얼마나 좋아. 잘 나가더니 조폭 전력이 들통나고 과거 성폭력으로 처녀가 자살했다는 소문이 돌면서 꼴등 했어."

"저런. 정말 종필이 말대로 폭망했구만."

"흐흐흐. 그 때문에 종필은 출세했지."

"출세? 어떻게?"

"장석규 씨는 회장으로 물러나 앉고 종필이가 건설회사 운영해. 곧 죽어도 사장이야."

"야, 난 군바리 신센데, 너넨 둘 다 사장이네?"

장동철 씨는 숙환으로 가석방이 된 이후 줄곧 병원 신세를 지고 있었다. 노환이 지속되자 재산을 정리해서 상속했는데, 종필이도 한몫 챙겼고 그걸 밑천으로 부친의 회사를 다시 일으켜 세웠다는 것이었다.

하얀 깃에 동그란 하얀 무늬가 점점이 박힌 빨간 원피스를 입고 긴 머리를 곱게 딴 여인은 왕리화였다.
그녀는 또래의 다른 애들보다 조숙했었는데 어느새 아름다운 아가씨로 성장해 있었다.

용찬의 군대 생활이 말년에 접어들었을 때였다.

합동 전시훈련을 다녀온 직후라 피곤도 풀 겸 늘어지게 낮잠을 자려던 어느 일요일이었다. 내무반에 누웠는데 아가씨가 면회 왔다는 통지를 받았다.

아가씨란 소리에 해연이 생각났다. 그러고 보니 대학 입학 전에 보고서는 소식도 듣지 못했다. 종필을 통해서 해연이 교대에 입학했다는 말을 들었는데 벌써 졸업했겠다는 생각이 들었다. 틈틈이 생각날 때마다 고개를 저으며 잊고자 했으나 결코 잊을 수 없는 첫사랑의 여자였다. 남자에게 첫사랑은 지울 수 없는 화인이다.

어떻게 변했을까? 벌떡 일어나 앉은 용찬의 가슴이 두근거리기 시작했다. 그런데 내가 여기 근무하고 있다는 걸 어떻게 알았지?

용찬은 이런저런 생각하며 면회실로 뛰어갔다. 면회실로 들어서자 의자에 앉아 있던 웬 여자가 일어서며 손짓을 했다. 그런데 기대했던 해연은 아니었다.

"오빠, 여기."

하얀 깃에 동그란 하얀 무늬가 점점이 박힌 빨간 원피스를 입고 긴 머리를 곱게 딴 여인은 왕리화였다. 화사하게 차려입고 화장까지 한 그녀의 모습은 처음이었다. 그녀는 또래의 다른 애들보다 조숙했었는데 어느새 아름다운 아가씨로 성장해 있었다.

"오빠, 이거 먹어."

그녀는 준비해온 음식들을 풀어내고는, 닭다리를 들고 내밀었다.

"학교 졸업했어?"

"졸업반이야. 나 인천에서 학교 다니는데 인천 왔으면 집에도 들리고 그러지?"

"군인이라서 그렇게 한가하지 못해."

용찬은 닭다리를 씹으며 리화의 모습을 힐끔거렸다. 오랜만에 봐서 그런지 그녀의 예쁜 모습에 심장이 벌렁거렸다.

"나 오빠 보고 싶어서 지난 여름방학 때 오빠네 고향 집 놀러 갔어. 오빠 나 보고 싶지 않았어?"

"필승!"

애가 무슨 뚱딴지같은 소릴 하지? 생각하는데, 같은 내무반 김 일병이 PX에서 간식을 사고 지나가다가 이죽거렸다.

"권 병장님, 여친 분 예쁘지 말입니다."

용찬은 얼른 리화의 얼굴을 살피며 손사래를 쳤다.

"여친 아니야. 동생이야 동생."

"그럼, 저한테 소개시켜 주지 말입니다."

"야! 너 데이트 방해할 거야?"

꽥 소리를 지르자 김 일병은 죄송하다는 말과 함께 큰 소리로 '필승!'을 외치며 물러갔다. 리화는 얼굴을 붉히며 배시시 웃었다. 그럴 때는 영락없는 소녀였다.

"금산이랑 한집에 살아?"

"오빠 바쁘니까 내가 살림하고 있지. 참 요전번에 종필이 오빠도 집에 왔다 갔어. 인천에 비즈니스가 있어서 자주 온대."

"그래?"

치킨 조각을 집어 들며 종필의 얼굴을 떠올리는데 리화가 다시 말문을 열었다.

"지난주에도 왔다가 허탕 쳤어. 훈련 나갔대서."

"그랬구나. 저번 주엔 전시훈련이라 야산에서 잠자면서 훈련했지."

"고생했구나. 헌데 오빠, 연말에 휴가 나와?"

"왜? 마지막 휴가 있긴 한데."

"그럼 잘 됐다. 내년이 밀레니엄이 시작되잖아. 그래서 12월 마지막 날 서울에서 아주 큰 축제를 연대, 나 거기 티켓을 구해 놓았거든. 우리 같이 가. 응?"

"글쎄. 그때 가서 봐야지. 고향에도 가야하고,"

"그날 하루만 놀고 가. 응, 오빠~?"

면회와 준 성의도 고맙고, 리화의 응석 섞인 성화를 거절할 수가 없었다.

"그래, 일단 별일이 안 생기면 갈게."

그러나 그 약속은 지키지 못했다.

연말이 되어 휴가증을 받으려고 중대본부에 갔을 때, 몇 사병이 사무실에 걸려 있는 포스터에 시선을 꽂고 있었다. 연말 불우이웃돕기 자선 음악회인데 대대장 따님이 출연한다고 해서 행정 요원들이 티켓을 들고 부산스럽게 요란을 떨었다. 용찬은 무심결에 포스터를 보다가 낯익은 이름을 발견했다. 놀랍게도 피아노 반주 출연자가 장해연이었다. 출연진이 소개된 네모 안의 사진 속에서 화사하게 웃고 있는 얼굴은 용찬이 아는 장해연이 분명했다.

용찬은 조금의 망설임도 없이 음악회 티켓을 구입했다. 티켓을 손에 들고 보니 마음에 걸리는 사람이 어머니였다. 아들이 오기만을 손꼽아 기다리고 있을 어머니에게 며칠 늦어진다고 미리 알려야겠다고 생각했다.

"무신거(뭐라고)? 섣달그믐날 아버지 제사 아니가?"

용찬은 뜨끔했다. 매년 치르는 부친의 기일을 리화와 약속하면서도 기억하지 못했다.

"휴가가 연기되었어요."

정직하고 순진한 사람도 연애라는 감정에 빠지면 거짓말쟁이가 된다.

용찬은 거짓말을 둘러댔다. 대를 이을 중차대한 청춘사업을 아버지도 용서해 주시리라 믿었다.

휴가가 시작되기 전날 리화에게서 전화가 왔다. 용찬은 아버지 제삿날을 깜빡 잊어서 고향에 내려간다고 했다. 리화는 울먹이며 실망을 드러냈으나 용찬은 '미안하다'는 한 마디를 남기고는 서둘러 전화를 끊어버렸다.

세모의 서울 거리는 새로운 천년을 맞는 설렘과 기대에 들뜬 젊은 이들로 출렁거렸다. 꽃다발을 손에 쥔 용찬의 심장도 물레방아처럼 텅텅 뛰었다.

음악회 분위기에 맞추려고 세탁소에서 양복을 빌려 입었으나, 새까맣게 그을린 얼굴에 영락없는 촌놈임이 그대로 드러났다.

연주회장 로비에는 출연자 가족들인 듯 어린애를 동반한 사람들도 많았다. 같은 중대에서 근무하는 동료들은 삼삼오오 모여서 이야기하다가 멀리서 대대장의 모습이 보이자 기둥 있는 쪽으로 몸을 숨겼다. 용찬은 숨을 고른 후 용기 있게 대대장 앞으로 걸어가 큰 소리로 '필승!'을 외치며 얼굴도장을 찍었다.

갑을의 관계에서 을은 늘 주눅이 들 수밖에 없다는 것은 관습일까 본능일까? 대대장 옆에서 아첨 떠는 중대장과 부관만 의연하게 움직였다. 사복을 입은 사병들은 출입문 맨 앞에 줄을 섰다가 극장 문이 열리자 굴뚝에서 나간 연기처럼 흩어졌다.

사회자의 소개를 받고 등에서 가슴까지 파인 하얀 연주복을 입고 해연이 무대로 나왔다. 광채가 눈이 부셔 한동안 용찬은 무대를 바로 쳐다보지 못했다. 그토록 가슴속에서 그리던 그녀는 황홀하리만치 아름다웠다. 뛰는 용찬의 가슴은 터질 것같이 벅찼다. 의자에 앉자 그녀는 꿈에 잠긴 듯 다소곳하게 눈을 감았다. 그녀의 뽀얗고 가냘픈

팔은 흐느적거리며 피아노의 건반 위에서 춤을 추었다.

감미로운 분위기 속에서 환상 속 세상을 여행하다 음악회는 끝났다. 용찬은 초조한 마음을 달래려고 재빨리 화장실로 가 담배 한 대를 태우고, 몰려드는 손님들을 헤치고 거울 앞에 서서 느슨해진 넥타이를 고쳐 맸다. 준비한 꽃다발을 거머쥐고 해연의 이름이 적힌 분장실의 문을 노크하자 안에서 낯선 여인의 목소리가 응답했다.

분장실 안에는 예전에 보았던 해연 어머니와 이모, 몇 사람의 여인이 있었다. 용찬이 들어서자 제일 놀란 건 해연이었다.

"아니, 용찬이 오빠? 웬일이야?"

초대하지 않은 낯선 남자의 출현에 모두의 시선이 쏠렸다. 해연은 용찬이 수줍게 내미는 꽃다발을 받아들고 좋아했다. 용찬은 사람들 시선이 부담스러워 해연을 바로 바라보지 못했다.

"아니, 오빠 어떻게 알고."

"몇 년 전 우리 집에 왔던 얌전이 아냐?"

안면이 있는 이모가 알아봤다.

"맞아요. 오빠 친구."

용찬이 꾸벅 인사를 하자 이모는 반가워하며 웃었다.

"하이고 고등학생이 의젓한 신사가 되셨네."

용찬은 군기 빠진 제대 말년의 병장 모습으로 천천히 손을 올리려다 어정쩡하게 고개 숙여 인사했다.

"오빠, 우리 엄마 알지?"

화사하게 차려입은 귀부인 모친께는 공손하게 허리를 꺾으며 인사했다.

"안녕하세요. 권용찬이라고 합니다."

"난 누군가 했더니 우리 집에 살던 학생이구만. 헌데 거 깍두기 머리에 에고."

머리를 짧게 깎은 용찬을 건달로 생각한 어머니가 마뜩잖은 표정을 지었다.

"저 군인입니다. 어머님."

그러자 일행이 웃었다. 어머니란 소리를 해놓고 스스로 놀랐는데, 순간 자신을 조롱하는 웃음소리로 착각했다.

"종필이 이 녀석은 무슨 일이 바쁜지. 같이 올라왔는데 인천에 볼일 있어서 여긴 못 왔어."

해연이 어머니와 이모, 그리고 친구 두 분과 같이 저녁을 먹는 내내 용찬은 바늘방석에 앉은 것처럼 마음이 편치 못했다. 화장실을 들락거리며 애먼 담배만 축냈다.

"오빠, 밀레니엄이 시작되기 전날인데 그냥 집으로 갈 순 없잖아?"

일행들과 헤어지고 나서 해연은 커피 한잔하자며 용찬을 한강으로 인도했다. 평상복으로 갈아입은 그녀의 모습은 우아하면서도 신비로운 또 다른 매력을 지니고 있었다.

선상에 있는 카페는 이미 젊은 남녀들로 만원이었다.

그녀는 초등학교 선생님이었다. 오빠라고 부르면서도 어린애 다루듯이 자상한 그녀 앞에서 자신의 초라한 처지를 생각한 용찬은 괜히

위축되었다.

"왜 그간 연락 안 했어요?"

용찬은 마땅히 변명할 말이 떠오르지 않아 그냥 실없이 웃기만 했다.

"오빠 학교에 찾아갔었어요. 무슨 세미나 연수 갔다고 하던데."

"아, 동아리 일로 바빠서 정신없었어. 미안해."

용찬과의 만남이 그리 좋은지 해연은 연신 헤실거렸다.

"오빠, 옛날 남대문 시장에서의 일 기억나?"

"무슨 일?"

"사람들이 너무 많은데 오토바이가 미친 듯이 달려들었어. 그때 오빠가 나를 잡아당기며 안았잖아. 순간적이었지만 기분이 묘했어."

"그랬나? 난 기억에 없는데."

"피이. 시침 떼기는?"

해연이 곱게 눈을 흘기며 용찬을 바라봤다. 그 황홀한 시선에 용찬은 갑자기 화장실이 가고 싶어 일어섰다.

카페의 한쪽에 설치된 티브이에서는 곧 새해가 시작된다는 멘트가 들려왔다. 젊은 연인들은 곧 펼쳐질 불꽃놀이를 보려고 문밖으로 나갔다. 화장실을 다녀오는 용찬을 보면서 해연이 핸드백을 들고 밖으로 나가자고 수신호를 보내왔다.

용찬은 한강 너머가 잘 보이는 배의 가장자리 통로에 자리를 잡았다. 사람들이 밖으로 몰려나와 붐비었으므로 해연은 용찬의 팔을 끼면서 밀착했다. 선실 밖에 설치된 대형화면에서 나오는 중계방송

소리가 크게 들렸다.

문득 '아 지금쯤 고향 집에선 친지들이 모여 앉아 파제를 하겠구나' 하는 생각이 튀어나왔다. 용찬은 생각을 지우려고 고개를 좌우로 흔들며 중계 화면에 집중했다.

"잠시 후 카운터를 하겠습니다. 카운터가 끝나면 환성을 지르고 서로의 소원을 비십시오. 자 시작합니다. 텐, 나인, 에잇,…. 원, 제로!"

사람들이 카운터를 따라 부르고 나서 폭죽 소리와 함께 불꽃이 하늘로 치솟자 환성이 쏟아져 나왔다. 연인들은 서로 껴안고 키스를 했다. 하늘로 한동안 치솟아 오르며 각양각색의 모습으로 명멸하는 불꽃의 모습은 잔잔한 한강 물에 그대로 반영되었다. 황홀하고 아름다운 광경을 카메라에 담는 사람도 많았다.

펑펑 소리 내며 화려하게 떠올랐다가 사라지는 모습에 넋이 나갔는데 갑자기 얼굴이 간지러웠다. 어깨에 얼굴을 가만히 기댄 해연의 머리카락 때문이었다. 그녀는 감격에 겨웠는지 눈을 감고 울고 있었다. 용찬은 가만히 호주머니를 뒤졌으나 손수건이 없었다. 그녀의 얼굴을 들고 손으로 눈물을 닦으려 하자 갑자기 그녀의 입술이 다가왔다. 용찬은 지그시 눈을 감고 입술을 마주 댄 체 한참을 가만있었다.

연달아 터지는 폭죽 소리에 용찬의 가슴도 터지고 있었다.

8. 기회는 날개가 달렸다

　온 나라가 한일월드컵의 열풍 속에 잠겼을 때, 제주국제자유도시 특별법이 시행됐다. 권용찬이 서울에 있는 신문사에 견습 사원으로 입사하여 기자 일을 배울 때였다. 제주 출신이라는 것을 아는 데스크에서 관심과 애정을 갖고 국제자유도시에 대한 기사를 써 보도록 과제를 받았다. 용찬은 긍정적인 접근보다는 비판적인 안목에서 기사를 썼다.

　제주국제자유도시 특별법은 '사람과 상품, 자본 이동이 자유롭고 기업 활동의 편의를 최대한 보장해 동북아 거점 도시로 육성하기 위해 마련된 제주국제자유도시 개발 기본계획을 뒷받침할 근거법'이다. 한마디로 요약하면 국내외 투자유치를 위한 인센티브 부여 등 환경을 조성하고, '7대 선도프로젝트'를 추진해서 제주를 싱가포르처럼 국제적인 도시로 만들겠다는 야심 찬 계획이다.

　제주도를 '축소된 신자유주의의 실험 무대'로 만들겠다는 발상이 담겨 있는 셈인데 신자유주의가 양산하는 어두운 그늘이 우려된다.

국제자유도시 추진으로 외국자본이 물밀듯 밀려오면 투자가 촉진되고 경제가 활기를 띠게 될지는 모르겠으나 제주의 생태적 환경, 고유의 문화 정체성, 전통적 가치관은 크게 훼손될 것이라는 우려가 있다.

제주도는 예부터 내륙과는 사뭇 다른 독자적 문화를 계승하여 왔다. 유배문화의 영향으로 중세 시대의 어휘 체계를 고스란히 간직하고 있는 제주어가 대표적이다.

제주는 세계에서 유래를 찾기 힘든 거인여성창조주 설문대할망 신화를 가지고 있으며, 1만 8천 신의 고향이다. 또한 천 년의 해상왕국 탐라국의 옛터이며, 백 년간 원(몽골)의 직접 통치를 받으면서 육지와는 다른 독특한 문화 체계가 형성되었다. 이처럼 고유한 탐라 문화의 보존·계승을 위해서라도, 거대한 외부의 문화와 상충하는 문제에 대한 체계적 대책과 대안 없이 특별법을 추진하는 것은 급격한 저급 문화로의 혼재화와 문화 식민화를 촉진할 것이라는 지적이 있다.

또 다른 회의론의 근거는 특별법이 1차산업의 붕괴를 불러올 것이라는 비판이다. 실제로 특별법 발효로 개발이 가속화되면 제주도내 농어업은 설 자리를 잃게 된다. 이 같은 문제를 해결하기 위해서 정부 측은 해양수산과 수자원 조성에 총 1조 원이 넘는 재정을 투입하겠다고 했지만, 국제자유도시 건설을 반대해온 시민단체 측의 입장은 단호하다. '뿌리가 뽑혔는데 물을 준다고 무슨 소용이 있냐'는 것이다.

실제로 골프장 건설 등을 포함한 관광단지 조성이 자유화되면, 농업 등 1차산업의 바탕인 '땅'이 개발의 여파에 밀려 점차로 축소될 것은 명약관화한 사실이다. 이는 자연스레 환경문제를 유발하는 요인으로 작용할 것이다.

연간 1천만 명 이상의 관광객이 찾는 위락관광의 중심지가 되면 그에 대비한 환경적 대안이 함께 있어야 하는데, 5천여억 원의 재정으로는 제대로 된 환경정화시설 건립이나 환경관리 비용 마련도 빠듯한 상황이다.

이러한 비판에도 불구하고 '작지만 강한 제주'를 외쳐왔던 제주도 내 개발론자들은 다른 지역과의 형평성 면에서 볼 때 이번 계획이 반대여론 등에 밀려 후퇴했다고 오히려 불평을 늘어놓는 상황이다.

용찬은 모든 제도가 인간을 기본으로 한다는 사실을 간과했다. 제도가 인간성을 파괴하고 괴물을 만들 수 있다는 사실을 독자들의 항의를 받고 나서야 깨우쳤다.

제주경마공원의 경우를 보면 미루어 짐작할 수 있지 않으냐는 어느 독자의 지적은 경험칙 면에서 설득력이 있었다.

제주경마공원은 정부에서 앞장서서 제주 관광의 명소이자 자연 쉼터라는 미명 아래 건립했지만, 이는 관광객뿐만 아니라 순진한 제주 사람들을 한탕주의 속으로 몰아넣는 결과를 낳았다.

온 가족이 구슬땀 흘려 농사지어 결실을 보면, 하루아침에 일 년 수확을 삼키는 게 경마였다. 땀의 진실을 믿던 순진한 사람들이 일확천금을 노리고 주말이면 만사 제쳐놓고 달려가는 곳이 경마장이 되었다. 아이들과 잘 놀아주며 그렇게 착하고 일만 알던 이웃집 가장이 경마에 미쳐서 폐인이 되었다는 소리가 들렸다.

경마장은 인간의 성정을 변화시키기도 했다. 주말이 가까워지면 까닭 없이 초조해지고 불안해지며 신경질적 증세를 보이는 최면증후군 좀비들도 생겨났다. 가정이 파탄 나고 빚더미에 앉게 된 사람 중에는 스스로 목숨을 끊는 경우도 더러 있었다.

왕 사장도 한동안은 경마에 빠졌었다. 노름 좋아하는 것도 중국인 유전자라 했다. 친구의 권유로 함께 경마장에 갔다가 아편을 맛본 꼴이 됐다. 주말이면 가족끼리 외식하러 오거나 배달 주문이 많았지만, 경마에 맛을 들인 왕 사장은 부인의 만류에도 불구하고 일요일은 휴일 팻말을 달아놓고는 경마장엘 갔다.

처음엔 부인 몰래 배달원이 수금해 온 돈 중에서 일부를 감춰 놓았으나 그것으론 성에 차지 않아서 나중에는 부인에게 용돈을 강요해서 경마장으로 달려갔다. 가산 탕진하고 신세 망친 사람들이 한둘 아니라고 부인은 걱정했지만, 자신은 그렇게 어리석은 놈 아니라고 도리어 부인을 설득했다.

일요일 문을 닫는 이유를 묻는 용찬을 붙들고 왕 사장이 하소연한 적이 있었다.

"생각해 봐. 이 나이에 주말이면 뭐 하겠어? 먹고살기 바쁜데 친구가 있나? 놀아 줄 아이들이 있나? 그렇다고 이 조그만 섬 바닥에 어디 구경할 곳이 남았나? 그저 아침부터 열심히 장사 준비하고 장사 끝내면 맥주 몇 캔 마시고 잠드는 게 반복된 일상인데. 낙이 없어. 그래서 난 주말만 기다려. 경마, 그거 재미있거든."

"따기도 하세요?"

"그건 나완 상관없는 문제지. 맞추는 재미, 그런 묘미 때문에 가는 거야. 뭔가 될 것 같은 그런 직감이 맞아떨어졌을 때 느끼는 쾌감 말이야. 난 그걸 즐기기 위해서 경마장엘 가지만 돈을 따려는 목적으로 가는 사람들이 많아. 따는 사람은 백 명 중 하나나 될까? 사람의 욕심이라는 게 결국 다 잃게 돼 있어. 그걸 터득하기까지 오랜 시간이 걸렸지."

그의 경마장 출입은 화재 나기 전까지 계속되었다. 화재 이후 의기소침한 왕 사장을 보다 못한 부인이 용돈을 쥐여주며 다녀오라고 권유했지만, 화재 충격이 워낙 커서 그는 경마장에 흥미를 잃고 발을 끊었다.

'헤이 필승 코리아'라는 노래는 온 국민에게 붉은 티셔츠를 입히고 집단 최면에 빠지게 했다. 2002년 한일월드컵은 용찬과 해연을 연인 관계로 발전하게 된 계기를 만들어줬다.

해연은 용찬의 신문사 취직을 진심으로 반가워했다. 용찬은 초짜 기자 신분이라 여기저기 뛰어다니고 사람들을 만나느라 바빴고, 해연도 학교 일과 연주회 연습 관계로 서로 만날 시간을 자주 갖지 못했다.

그러나 한국의 경기가 있는 날이면 그들은 붉은 악마 복장을 하고 광화문에서 만나 함께 응원했다. 한국이 승전할 때마다 에프터 타임이 길어졌다. 만남이 잦아질수록 사랑도 깊어졌다. 용찬은 프러포즈의 기회를 한국이 16강에 오르는 날로 정하고 미리 반지도 마련해 두었다.

인천 문학경기장에서 박지성이 골을 넣고 1-0으로 포르투갈을 무너뜨린 날, 용찬은 그녀를 분위기 있는 음악 카페로 데리고 갔다. 달달한 음악에 사람들의 들뜬 마음이 잦아들 때, 용찬은 간단하게 사연을 쓴 쪽지에 담배 한 개비를 말아 DJ 박스로 집어넣었다. 쪽지를 읽은 DJ는 플레이되던 음악이 끝나자 바로 멘트를 시작했다.

"여러분 잠시만 정숙해 주십시오. 아주 좋은 소식을 전하고자 합니다."

DJ의 멘트에 술렁이던 장내가 차츰 조용해졌다.

"오늘 한국의 젊은이들이 축구 강국들을 물리치고 역사상 처음으로 16강에 오른 기쁜 날, 여러분의 축복 속에 아름다운 인연의 결실을 맺고자 하는 연인이 있습니다."

그 순간까지도 해연은 아무것도 모르고 캔 맥주로 목을 축이는 중이었다.

"장해연 씨! 어디 계세요? 잠시 일어나시겠습니까?"

무심결에 자신의 이름이 호명되자 해연은 어리둥절한 표정으로 용찬을 보았다.

용찬은 상기된 얼굴에 어색한 미소를 띠며 일어나라는 손짓을 했다.

"장해연 씨?"

해연은 용찬에게 곱게 눈을 흘기고 입가를 손등으로 닦으며 일어섰다.

"예. 저기 계시군요. 자 이제 직접 이야기하세요. 이런 중대 사업을 쪼잔하고 비겁하게 DJ를 통해서 말하면 평생 쪼다 돼요."

주변에서 간간이 웃음소리도 들렸다. 용찬은 용기를 내어 자리에서 일어나 무릎을 꿇었다. 그리고 준비해 온 반지를 내밀며 큰 소리로 말했다.

"평생 내 곁에 있어 줄래? 잘해 줄게."

해연은 갑작스런 상황에 당황했는지 아무 말도 하지 못했다.

"대답해! 대답해! 대답해!"

누군가 선창하자 장내의 모든 사람이 한목소리가 되어 응원했다.

그러자 사회자가 제지했다.

"예, 그만 하세요. 해연 씨가 겁을 먹었나 봅니다. 자 선택권은 장해연 씨에게 있습니다. 그냥 핸드백을 들고 출입구로 나가시던지, 아니면 내미는 반지를 받으세요."

조금의 망설임도 없이 해연은 허리를 굽혀 공손하게 반지를 받아들었다. 관중들의 박수와 함께 환성 소리가 터져 나왔다. 그리고 재치 있는 DJ가 마지막 멘트를 날렸다.

"예, 권용찬 씨 로또 맞으셨군요. 붉은 악마 복장에 싸구려 반지 하나로 프러포즈에 성공했습니다. 잘해 준다는 의미가 뭔지 모르겠습니다만, 여하튼 최선을 다해 밤일도 잘해 주세요! 부탁해요!"

DJ의 멘트가 끝나면서 팡파르가 울려 나왔다. 관중들은 박수와 함께 누군가의 선창으로, '키스해' '키스해'가 연창 됐다.

주변의 시선이 집중되고 있다는 사실을 느끼자 용찬은 머릿속이 텅 비어왔다. 용찬이 머쓱한 표정으로 팔을 잡자 해연이 가만히 눈을 감앉다. 용찬도 눈을 감고 자석에 이끌리듯 그녀의 입술에 자신의 입술을 포갰다. 우렁찬 환호와 박수가 나왔으나 그들에겐 들리지 않았다. 해연의 눈에선 눈물 한 방울이 주르륵 흘러내렸다.

유리창 너머의 베이징 하늘은 구름과 황사먼지에 뒤덮여 세상이 온통 희뿌옇다. 금산은 높은 빌딩 사무실 의자에 앉아 도시를 한눈에 내려다볼 때마다 희열을 느꼈다. 장난감 블록을 쌓아놓은 듯 다닥다닥 붙어 있는 건물들을 보면서 마치 그들 위에 군림하는 권력자인 듯한 착각이 들었다.

직원들이 열심히 일하는 덕분으로 어제도 전세기 넉 대를 한국의 제주도로 띄웠다.

한국에서는 몇 개의 자회사를 거느린 대룡그룹의 회장이지만 랴오닝 그룹에선 일개 이사에 불과했다. 더 높은 곳으로 날아가고픈 욕망 때문에 시간이 지날수록 금산을 옥죄는 건 초조감이었다. 욕망의 기대심리는 언제나 불안감을 동반했다.

테이블 위에 둔 휴대전화가 울렸다. 액정에는 매제라는 이름이 떴다. 장종필이었다.

그는 전화를 받자마자 제주에서 사업상 의논할 일이 있으니 급히 만나자고 했다.

"급한 일이라니? 나한테 무슨 도움이 되는 거야?"

"그럼. 네가 해보지 않은 큰 건수가 생겼어. 남들이 손쓰기 전에 빨리 결정해야 해."

큰 건수가 도대체 뭘까? 기대를 걸며 금산은 미리 약속한 일정들을 미루고 제주행 비행기에 몸을 실었다.

공항에 내려 종필에게 전화했는데 보안 사항이라 비밀리에 회사 사무실에서 보자고 했다. 미리 대기하고 있던 대룡의 직원 김 기사가 승용차를 신시가지로 몰았다.

시내에 들어섰는데 갑자기 차가 멈추면서 시끄러운 소리가 들렸다. 차창을 열었더니 도로를 점령하고 제멋대로 횡단하는 중국인 관광객들이었다. 금산은 자신이 보낸 고객들이란 생각에 흐뭇한 미소를 지었다.

인동종합건설이란 이름이 큼지막하게 박힌 빌딩 앞에 차가 멈춰섰다.

엘리베이터를 타고 사장실이 있는 F층에 내렸다. 음각의 그림이 화려하게 조각된 유리문을 열고 들어서자 기다리고 있던 종필이 반갑게 맞이했다.

"어서 와. 잠깐만."

김 기사는 들고 온 선물을 탁자 위에 올려놓고는 꾸벅 인사하고 나갔다.

종필은 인터폰을 들어 어디론가 금산의 도착을 알린 후에야 금산에게 손을 내밀었다.

"먼길 오느라 수고했어. 얼굴 좋아졌는데? 신혼 재미 좋은가 보지?"

"친구 만나러 온 게 아니고 비즈니스 하러 왔거든."

"야, 임마. 친구가 아니라 이젠 한 가족이지. 처남, 매부."

"그렇지. 헌데 그 집안은 쌍놈의 집안인가? 형님한테 임마라니?"

금산의 말에 종필이 머쓱해 하며 쏙 기어들어 갔다.

"어 그렇게 되나?"

"그럼 임마."

"임마?"

"난 그렇게 말해도 돼. 형님이니까 임마."

처남, 매부가 서로를 보며 웃는데 노크 소리가 났다.

여직원이 들어와서 노란 밀감 주스가 든 투명한 유리잔을 탁자 위에 놓고 나갔다.

종필이 유리잔을 들고 은근히 금산을 바라보았다.

"고마워. 자네 도움 아니었으면 결혼 성사 안 되었을 거야."

금산도 주스 잔을 들고 한 모금 들이킨 후 진지한 표정으로 물었다.

"아직도 부친은 화가 안 풀리셨나? 결혼식에 참석 안 할 정도로 중국 며느리 받아들이기가 그렇게 창피한 일인가?"

"처음엔 그랬지만 많이 변했어. 요즘 손자 재롱에 시간 가는 줄 모르셔. 자네 덕분이야. 자네 사업수완 소식을 듣고 탄복을 하시거든."

"한눈팔지 말고 잘살아."

"알았어. 취업 자리는 알아보고 있는 거지?"

"기다려봐. 헌데 좋은 사장 자리 놔두고 중국엔 왜 가려고?"

"여긴 바닥이 너무 좁고 갑갑해. 경기도 안 좋고. 이참에 과감하게 대륙으로 진출해 보려고."

"그 짧은 중국어 실력에 돌대가리로 적응될까?"

"무슨 강아지 껌 씹는 소리야. 새벽에 일어나서 중국어 학원 열심히 다니고 있다구."

노크 소리가 나더니 여직원이 다시 들어왔다.

"회장님이 올라오시랍니다."

금산은 선물을 든 종필의 뒤를 따라 한층 위에 있는 회장실로 들어갔다. 창가의 소파엔 장석규와 어디선가 본 듯한 중년의 남자가 앉아 있었다.

종필은 선물 상자를 회장 테이블에 놓으며 홍민태에게 인사했다.

"홍 실장님 안녕하세요?"

"오 그래 오랜만이군."

금산은 정중하게 허리를 숙여 장석규에게 인사했다.

"안녕하십니까? 장 회장님."

예전의 태도와는 달리 장석규는 환히 웃으며 금산에게 다가가 악수를 청했다.

"사돈님 어서 오세요. 그리 앉으세요."

금산은 깍듯해진 장석규의 태도를 보며 열패자의 비열함 같은 것이 느껴졌다.

"여! 왕 사장. 이거 몰라보겠는 걸. 하긴 어렸을 때 보았으니까. 날 알아보겠나?"

금산이 어정쩡한 태도를 보이자 종필이 거들었다.

"왜 몰라? 홍민태 실장님."

그제야 금산은 대룡반점에서 일할 때 뺀질이처럼 얄밉게 굴던 얼굴이 생각났다.

"아. 예. 이제 생각이 납니다. 홍 실장님. 대룡반점 일이 있을 때마다 많은 도움 주셨다고 아버님께 얘기 들었습니다. 정말 고맙습니다."

그러면서 금산은 옆에 앉은 홍 실장의 손을 덥석 잡았다.

"나야 할 수 있는 일을 한 것뿐인데. 헌데 젊은 나이에 그렇게 사업 번창을 시켰다니 대단해."

홍민태는 금산의 손을 마주 잡고 몇 번 흔들었다.

그러자 장석규가 헛기침을 하더니 고개를 숙이며 사과부터 했다.

"죄송합니다. 다 제가 부족한 탓입니다. 북경에서 결혼식을 성대히 올렸다는 말은 들었습니다만 바쁘다는 핑계로 가보지도 못했습니다."

금산은 자신의 결혼식에 항공권을 보내 사돈이 된 장석규를 초청하고 싶었으나 종필이 말렸다. 자신을 탐탁하게 여기지 않은 장석규가 혹시 거절이라도 한다면 서로의 입장만 난처해질 것 같아 금산도 종필의 의견을 따랐다.

"집사람이 한족 여자고 해서 친지 가족들만 모시고 했어요. 종필이가 대표로 참석했으니 된 거죠. 참 인사가 늦었습니다. 우리 부족한 리화 거두어 주셔서 감사합니다."

"어휴. 우리 집에 복덩이가 들어온 거지요. 뭐."

말은 그렇게 하면서도 홍민태의 눈치를 살피는 그의 표정이 굳어지는 것을 보았다. 아직도 중국인에 대한 편견이 가시지 않았다는 걸 금산은 직감했다.

리화가 임신을 했다는 소식을 들었을 때 장석규는 노발대발 난리 쳤다.

'종자 버렸다.' '집안 망신이다.' '중국 며느리 해서 선거 끝났다.'

주변에 떠들고 다니는 별별 소리가 금산의 귀에까지 들렸다.

분위기가 어색해짐을 감지한 장석규가 재빨리 화제를 바꿨다.

"제주가 무비자 지역이 되면서 사업이 날로 번창한다면서요?"

그 말에 종필이 끼어들었다.

"하루에 전세 비행기 다섯 대씩 띄워요."

"요즘 제주에 오겠다는 사람들이 많아서 전세기 잡고 스케줄 짜고 중국 왔다 갔다 하느라 조금 바쁩니다."

"다섯 대라면 천 명이 넘을 텐데, 그 많은 관광객을 어떻게 소화하지?"

종필이 대룡관광의 대변인인 것처럼 자랑스럽게 대답했다.

"아버지. 대룡관광은 관광객들 직접 상대하지 않아요. 하청 여행사가 열이 넘는대요."

"그래? 그들 먹여 살리려면 열심히 뛰어야 하겠네? 듣자니 호텔, 식당도 매입하고 전세버스 회사까지 가지고 있다면서?"

"그거 이제 시작입니다."

금산은 그까짓 것 아무것도 아니라는 듯 우쭐대며 거드름을 피웠다.

가만히 상황을 바라보던 홍민태가 분위기를 깼다.

"서로 바쁜데 본론으로 들어갑시다. 제가 개략적인 것을 말씀드리죠. 지금 도에서는 박 지사가 들어서면서 의욕적으로 개발 프로젝트를 기획하고 있어요. 그중 하나가 중국인들을 유치해서 한 마을 전체를 차이나타운으로 조성하려는 계획이 진행 중이에요."

말이 끝나기를 기다렸다는 듯 장석규가 끼어들었다.

"타당성 조사도 이미 끝냈고 발표만 남겨둔 시점이지요."

"그래서 왕 사장이 화교이고 해서 중국 기업과 다리를 좀 놓아달라는 거요."

금산은 부동산 사업은 처음이지만 구미가 당겼다.

"제가 무슨 일을 하면 되지요?"

금산이 조급해하는 것을 눈치 챈 홍민태가 낚싯대를 쳐올리듯 말을 이었다.

"왕 사장이 중국 랴오닝 그룹과 연줄이 있다면서?"

"예. 작은할아버지가 리쩌라이 회장님과 처남, 매부지간이고 그룹 고문으로 계십니다. 대룽이 이만큼 성장할 수 있던 것도 할아버지 조력 덕이지요."

홍민태는 만족한 듯 환한 미소를 지었다.

"일이 수월하게 잘 풀릴 수 있겠군. 좋아요. 삼미동 차이나타운 프로젝트에 대해서 우리가 직접 랴오닝에 피티(프리젠테이션)할 수 있게 주선해 줘요."

"우리라면?"

그러자 다급하게 장석규가 나섰다.

"나와 홍 실장님, 그리고 전형진 지사 셋이요. 리 회장과 면담 일정 잡고 왕 사장이 통역으로 동행해줬으면 해요."

굳이 장석규가 따라나서는 것은 차이나타운 건설 공사를 따내려는 속셈이라는 게 뻔히 보였다.

"그렇다면 리 회장님보다는 아들 리밍타오 부회장님을 만나는 게 더 좋을 것 같습니다. 리 회장님은 연로하셔서 은퇴를 앞두고 있고 모든 실권은 부회장님이 갖고 있으니까요."

장석규가 쾌재를 부르며 즉시 응답했다.

"이래서 정보가 필요하다니까."

홍민태는 입술이 마르는 듯 혀를 내밀어 아랫입술에 침을 발랐다.

"이 건만 성사되면 우린 중국 자본을 끌어들여 국제도시를 만들 수 있어서 좋고, 랴오닝도 콘도나 빌라를 자국민들에게 분양해서 많은 차익을 남길 수 있어서 좋을 것 아냐?"

"부회장님께서도 해외개발에 관심이 많으시니까 좋아하실 거예요. 그러잖아도 제주도 투자계획에 대한 마스터플랜을 마련 중이라고 들었어요."

장석규가 재빠르게 맞장구를 쳤다.

"그거 잘 됐군."

"성사만 되면 회장님께서도 재기하실 좋은 기회가 되시겠네요. 우리 매제도 랴오닝에서 일할 계기도 될 거구. 꼭 성사되도록 노력하겠습니다."

홍민태는 감격한 듯 금산의 손을 양손으로 감쌌다.

"왕 사장만 믿네."

종필도 주먹을 불끈 쥐며 화답했다.

"왕금산 파이팅."

장석규는 크게 감읍한 듯 얼굴마저 상기되었다.

금산은 과거 장해연 때문에 당했던 수모를 떠올리고는 피식 웃음이 나오는 것을 참았다.

9. 바람에 스치는 별

　푸른 하늘과 흰 구름이 양털처럼 깔린 사이를 비행기는 날고 있었다. 잠시 구름 속에 갇히는가 싶더니 이내 발밑으로 푸른 바다가 펼쳐졌다. 창밖으로 우뚝 솟아오른 한라산이 바다를 향해 뻗어 내린 자락 아래 촘촘한 도시의 건물 숲이 보였다. 바다에 맞닿은 활주로 위로 사뿐히 내려앉은 비행기는 무사 비행의 긴 한숨을 토해내며 멈춰 섰다.

　양가 부모를 찾아뵙고 결혼을 전제로 교제하는 것을 알리기 위해 해연은 방학을 이용해 휴가를 얻은 용찬과 함께 제주에 내려왔다. 렌터카를 타고 계획한 대로 먼저 해연네 집으로 향했다.
　혼잡한 공항에서 빠져나오니 그들을 반기는 것은 중앙분리대 화단의 키 큰 열대 나무들이었다. 제주는 이런 이국적인 풍경이 여행객들의 마음을 사로잡는다. 시원하게 뚫린 도로를 달리는가 했는데 금세 로터리가 나타나고 주변에 관공서와 높다란 건물들이 보였다.

용찬이 능숙하게 핸들을 몇 번 돌리니 대룡반점이 나왔다. 한여름 점심시간이 지난 후라 얼핏 본 식당 안은 손님도 없이 한산했다. 맞은 편 리화의 집도 문이 활짝 열려 있었다. 낯익은 동네에 들어서니 용찬의 마음도 편안해졌다. 식당 앞을 지나 오른쪽 골목으로 들어서니 해연네 집이 나왔다.

용찬이 차 트렁크를 열어 캐리어를 꺼내는데 해연이 웃으면서 말했다.

"긴장되지?"

용찬은 맥박이 빨라지는 것을 숨기고 눙쳤다.

"긴장은? 장인, 장모님이 어떤 표정일지 기대되는데?"

해연이 초인종을 누르자 곧 딸깍하고 잠금장치 풀리는 소리가 들렸다. 문을 열고 들어서니 양 잔디 곱게 깔린 마당 한쪽 정원의 꽃나무들이 산들거리는 바람에 흔들리며 그들을 반겼다. 안채 문이 열리면서 해연 어머니가 나타났다. 몇 년 전 해연이 연주회 때 보았던 얼굴과는 다른 분위기였다.

"어서들 와라. 먼길 오느라 고생들 했다.

"안녕하세요?"

용찬은 두 손에 가방과 짐을 든 채 허리를 숙여 인사했다. 한참이나 용찬을 향해 시선을 쏘아대던 해연 어머니가 눈을 동그랗게 뜨며 말했다.

"전혀 다른 사람이네?"

해연이가 용찬을 쳐다보며 장난기 어린 표정으로 말했다.

"그땐 군인이었잖아? 시꺼먼 촌놈이 서울물 먹어 때깔 난 거지."

거실에 들어온 후에도 연신 용찬을 응시하는 해연 어머니는 겉으론 태연한 표정이었지만 용찬과 시선이 마주치면 고개 돌리며 쓸쓸하게 웃었다.

"아빠는?"

"나가셨다."

"인사드리러 온다고 전화까지 했는데 공항에 마중도 안 나오고."

해연이는 못내 아버지의 태도를 못 마땅해하며 투덜댔다.

"글쎄. 너희 아버지 아직도 선거에 미련을 못 버렸는지, 사람들 모인다는 소문 들리면 얼굴 내밀러 다니느라 바쁘단다."

"오랜만에 보는 딸은 안 중한가? 나 옷 좀 갈아입고 올게."

해연이 캐리어를 들고 2층으로 올라가자 해연 어머니가 정감 어린 목소리로 물었다.

"커피 줄까?

"공항에서 마셨어요. 시원한 거 있으면 한 잔 주세요."

어머니가 주방으로 들어가자 용찬은 찬찬히 거실을 살폈다. 커다란 고무나무 화분 곁 고풍스런 장식장에는 골동품으로 보이는 각양각색의 도자기가 진열되어 있었다. 그리고 그 옆 탁자 위에 놓인 황금색 테를 두른 웨딩사진이 눈에 들어왔다. 몸을 일으켜 가까이 가서 살펴보니 주인공은 종필이었고, 아름다운 신부는 놀랍게도 왕리화였다. 용찬은 뒤통수를 맞은 것처럼 잠시 머리가 멍해졌다.

'아니, 리화가 어떻게⋯.'

해연 어머니는 냉장고에서 오렌지 주스와 과일을 내오면서 액자에 코를 박고 있는 용찬에게 설명했다.

"응, 몰랐었구나. 종필이 결혼하고 애도 있어."

어머니는 소파에 앉아 과일을 깎으면서 심드렁하게 말했으나 도저히 이해할 수 없었다. 그 어린 나이에 애도 있다니. 군대 있을 때 면회 온 날 리화가 했던 말이 생각났다.

"나 오빠 보고 싶어서 지난 여름방학 때 오빠네 고향집 놀러 갔었어. 오빤 나 보고 싶지 않았어?"

'그렇게 사랑에 목말라하던 이국 소녀가 어떻게 전혀 어울리지도 않은 종필과 결혼했을까? 종필과 금산인 왜 연락을 안 한 거지? 하긴 취업 준비 후론 전화 한 번 못했으니 내 연락처를 몰랐겠구나.'

용찬이 혼자 생각의 퍼즐을 끼워 맞추는데 해연 어머니가 해답을 주었다.

"독한 년이지. 그렇게 애를 지우라고 했는데도 기어코 말을 안 듣더라고. 해연 아빠 중국 며느릴 들여서 가문 망신이라고 노발대발 했지만 애까지 낳았는데 어찌하겠어?"

용찬은 생각에 잠겨 말없이 주스를 마셨다. 잠시 어색한 적막이 흐르는가 싶더니 해연 어머니가 하얀 속살이 드러난 사과를 조각내면서 말을 이었다.

"대룡반점 아주 부자 됐어. 우리 식당 건물 인수한 거 알어?

"예. 소식 들었습니다."

"그것만이 아냐. 다른 부동산도 많아. 큰아들 배포가 보통이 아니더라구. 누이 결혼 때 외제차를 혼수로 주는 매부가 어디 있어? 중국에 중고차 무역하면서 엄청 돈을 많이 벌었나 봐. 사실 그 집안 돈이 없었으면 무슨 수를 써서라도 그 결혼 막았을 거야."

마지막 말은 안 들었으면 좋았겠는데 그렇게 합리화를 해서라도 집안의 우월함을 나타내고 싶은가 보다 생각했는데, 곱씹어 보니 가난한 용찬 보고 새겨들으란 소리였다.

해연 어머니는 말을 해놓고 멋쩍다고 생각되었는지, 포크로 사과 조각을 찍어 용찬에게 권했다.

"자. 단맛이 덜 들었지만 먹을 만해."

용찬은 사윗감을 생각해주는 단성이라고 생각하며 포크를 넘겨받아 한 입 베어 물고 우적우적 씹었다. 해연 어머니는 화제를 바꾸려고 가져간 선물 세트에 시선을 두며 말했다.

"아이고 저런 비싼 것에 왜 생돈을 써?"

분위기가 어색해지는데 해연이 옷을 갈아입고 내려왔다. 화사한 의상에 어울리지 않게 그의 표정은 여전히 불만이 가득 담겨 있었다. 그는 휴대 전화기를 귀에 대고 통화를 시도하다가 포기하며 불평을 털어놓았다.

"전화도 안 받으시네? 아무리 바빠도 딸 전화인데?"

"그럴 사정이 있는 거겠지. 자 과일 먹어라."

집요하게 다그치는 해연에게 쩔쩔매는 어머니의 모습이 안타까워서 용찬은 포크로 사과 한 조각을 찍어 올려 해연에게 내밀었다.

"이제 막 왔으면서 뭐가 그리 급해."

어머니는 용찬의 응원이 마음에 들었는지 입꼬리를 올리며 미소를 지었다.

"느긋하게 기다려 이것아. 날씨도 더운데. 요즘 가물어서 더 덥다. 참 내 정신 좀 봐. 수박 가져온다는 걸."

어머니는 딸의 툴툴거리는 볼멘소리에서 벗어나고 싶은 듯 일어섰다.

"됐어. 우리도 바빠. 오빠네 집도 가야 해."

"그래 그럼. 저녁은 집에 와서 먹어라. 네가 좋아하는 잡채랑 갈비 준비해 놓을 테니."

어머니는 켕기는 게 있는지 말을 하면서도 시선은 다른 곳을 향하고 있었다.

고향으로 가는 해안 길은 제대를 하고 잠시 들렀을 때와는 전혀 다른 분위기였다. 곁에 앉은 해연의 옷차림과 향수 냄새 때문인지 용찬은 눈 앞에 펼쳐지는 풍경엔 관심 없고 신혼여행 온 듯 마구 마음만 설렜다.

하귀에서 시작된 해안선의 바다는 햇살을 받아 시시각각 다양하고도 고혹적인 색상으로 이국적 풍경을 연출해냈다. 해연은 해안 길 구비를 돌 때마다 색다르게 펼쳐지는 광경에 연신 '와~' 하며 탄성을 질렀다. 시원한 바닷바람과 밀려드는 파도의 포말에 시선을 **빼앗겼던** 해연이 고개를 돌리며 말했다.

"어머, 내 고향이면서도 이렇게 아름다운 광경은 처음 봐."

"내가 곁에 있어서 그래."

해연이 눈을 동그랗게 뜨고 용찬을 쳐다봤다.

"무슨 소리야?"

"경치는 눈으로 보는 게 아니라 마음으로 느끼는 거 거든?"

해연은 용찬의 옆구리를 두 손가락으로 잡아 쥐고 사정없이 비틀면서 말했다.

"아이고, 데려와 줘서 눈물 나도록 고맙네요."

차를 고향집 어귀의 담벼락 옆에 정차시키고 골목길로 들어섰다. 마을 사람들의 휴식터였던 폭낭(팽나무) 그늘이 두어 발 드리워진 곳에 용찬의 본가가 있었다. 그렇게 높고 컸던 나무였는데 세월의 무게를 이기지 못하고 내려앉았는지 초라하게 보였다. 돌담으로 이어진 올레를 따라 이문 안으로 들어섰다. 따뜻한 햇볕을 받으며 올망졸망 비틀리며 마르는 미역들이 마당 한가운데서 그들을 반길 뿐 집안은 고즈넉했다.

제주의 집 구조는 안꺼리(안채)와 밖거리(바깥채)로 되어 있다. 바깥채에 살던 큰아들 손자들이 장성하면 안채를 내주고 부모는 바깥채에 산다. 그러나 한 울타리에 살아도 독립경제체제에 밥도 따로 해 먹는다. 그래도 맛있는 반찬이 생길 때는 나눠 먹고 매일 얼굴을 마주하니 서로 의지가 되는 장점이 있다.

"어머니!"

용찬이 집안을 향해 불렀으나 대답이 없었다. 어릴 때 많은 시간을 보냈던 바깥채 할머니 방에도 인기척이 없었다. 용찬이 시내로 옮기자 병찬이 할머니 맞은편 방을 차지했다. 공무원 시험에 합격해 서귀포에 근무하는 병찬의 방문을 열었다.

책상 위에는 용찬이 대학에 합격했을 때 어머니와 함께 찍은 오붓

한 가족사진이 책상 위에 놓여 있었다. 동생과 함께 놀았던 유년의 기억들이 휙 하고 스쳐 지나갔다.

용찬이 대학을 졸업할 때 어머니가 올라왔었다. 그때 처음으로 해연은 용찬 어머니와 마주했다. 졸업식장에서 인사를 드리고, 사진도 찍고 저녁도 함께 먹은 적이 있다. 하지만 그때는 용찬이 프러포즈하기 전이었다.

용찬은 선물 꾸러미를 마루 위에 올려놓고 앉았다. 집을 둘러보던 해연이 시무룩한 표정으로 다가왔다.

"일진이 안 좋은 건가? 왜 만나고 싶은 사람들이 안 보이는 거지?"

"물구덕이 없는 걸 보니 물질 가셨나 봐."

"할머니가 여든이 다 되셨다는데 아직도 물질하셔?"

해연이가 용찬 옆에 앉아 팔짱을 꼈다.

"하루라도 물에 들지 않으면 몸이 가렵다면서 운동 삼아 다니셔. 깊은 물에는 못 들고 할망 바당에서 놀다 오지."

"할망 바당?"

"연세 많으신 할머니들이 노니는 얕은 바다야."

"히야 신기하다. 우리 바다에 마중 나가자."

좁다랗고 꾸불꾸불한 길을 펴며 갯가로 차를 몰았지만, 어디에도 좀녀들의 모습은 보이지 않았다. 진입로 공터에 차를 세우고 내렸다. 갯내음이 콧속을 파고들어 알싸했다. 해연이 바다를 안으려는 듯 팔을 벌리며 심호흡을 했다.

"아 이 냄새."

"저기 바위 보이지? 거기까지가 할망 바당이야. 바닥에 서면 허리까지 닿을걸? 그 안에 있는 해산물은 노쇠한 할머니들 것이지."

해연은 시선을 이리저리 옮기며 천천히 바다 위를 살폈다.

"안 보이는데?"

멀리서도 들려야 할 숨비소리도, 바다 위에 둥둥 떠 있어야 할 테왁도 보이지 않고 잔물결만 밀려와 바위를 어루만지며 놀고 있었다. 기대했던 장면이 나타나지 않자 실망한 듯 해연의 표정이 시무룩해졌다.

"배 타고 멀리 나가셨나?"

용찬도 일이 자연스레 풀리지 않은 것에 마음이 착잡했으나 해연을 위로해야겠다는 생각에 화두를 돌렸다.

" 참, 해연아, 가장 제주다운 관광지가 어딘지 알어?"

"가장 제주다운?"

"삼다도하면 돌, 바람, 여자 아냐? 세계 어디서도 볼 수 없는 예술 공원으로 안내하지."

해연의 얼굴이 금세 밝아졌다.

"이 근처에 있어?"

"여기서 가까워."

오른쪽으로 바다를 끼고 2차선 지방도로를 달렸다. 라디오에서는 영화 '페드라'의 주제 음악이 흐르고 있었다. 해연은 선글라스를 낀 채 음악에 심취하다가 바다 위에 섬 하나가 떠 오른 것을 발견하고는 소리쳤다.

"저거 비양도 맞지?"

"그래, 천 년 전에 갑자기 날아왔다던가, 솟아올랐다던가 그렇게 생긴 섬이야."

"꼭 아기코끼리가 웅크린 것같이 귀여운 섬이네."

"그렇지? 다음에 기회 만들어 같이 가보자."

해연은 비양도를 마음에 담으려는 듯 차창에서 한동안 눈을 떼지 않았다.

한적한 도로를 달리는데 도로 양옆으로 차들이 빼곡히 세워져 있는 곳이 나왔다. 수영복을 입은 젊은이들이 맨발로 도로 위를 걷고 있는 모습도 보였다.

"아 여기 협재해수욕장이네? 내려서 사진 한 장 찍고 가자."

해연이 선글라스를 머리 위에 걸치며 윙크를 했다. 속도를 낮추고 천천히 굴곡진 도로를 펴자 넓고 하얀 모래벌판이 나왔다. 바다가 맞닿은 모래톱에선 아이들이 밀려오는 파도를 희롱하며 놀고 있었다.

협재해수욕장엔 햇볕을 즐기는 사람들이 많았다. 잠시 내려 사진도 찍고 구경하려 했으나 차를 댈 곳이 없었다. 일렬로 주차한 차 옆에 일단 정차하고 얼른 내려 포즈를 잡은 해연의 모습 두 컷을 카메라에 담는데 뒤에서 클랙슨 소리가 들렸다.

협재해수욕장을 지나자 곧 관광지 표지판이 나왔다. 주차장에는 버스와 승용차들로 가득했다. 용찬은 잠시 길가에 차를 멈췄다.

"저기 들렀다 갈까? 시원한 동굴도 있는데?"

"어휴, 난 사람 많은 곳은 질색이야."

"좀, 그렇지. 여름엔 더더욱⋯."

용찬이 차를 몰다 정차한 곳은 ○○석물원이었다. 헌데 주차장이 텅 비어 있었다.

"관광지라면서 왜 이렇게 조용해?"

해연은 방금 본 관광 공원과 대비하면서 관광객이 없는 것을 의아해했다.

"그거 가이드 탓이 크지. 가이드가 관광객들을 안내하지 않기 때문이지."

그건 어느 나라 관광지나 마찬가지다. 애초에 일정을 짤 때부터 커미션을 안 주는 곳은 일정에 넣지 않는다. 관광농원이나 쇼핑센터, 면세점에서 관광객이 구입한 물품의 일정 액수와 관광지 입장료, 식사비 일부가 가이드의 수입이다. 특히나 사설 관광지의 갖가지 쇼는 50% 내외를 가이드가 가져가기도 한다. 가이드는 그런 수입으로 기사 수고비와 자신의 임금을 벌충한다.

"그럼 여긴 커미션을 안 주나 보네?"

"입장료를 봐. 뭐가 남을 게 있겠어?"

해연이 고개를 숙여 매표소 박스 속에 갇힌 직원에게 물었다.

"언니, 여기 입장료가 왜 이렇게 싸요?"

"회장님 방침입니다."

매표소 직원과 대화하는 내용을 들었는지, 주차를 담당하던 사람이 씁쓸한 미소를 지으며 가까이 왔다.

"이곳은 사유지와 공유지가 반반이에요. 공유지를 빌려 영업행위를 하려면 심의를 받아야 하고 임대료가 엄청나게 오르죠. 그렇게 해서 요금을 올려봤자 가이드 주고 세금 내면 남는 게 없어요."

차라리 그럴 바엔 예술작품을 도민들에게 환원하는 차원에서 주차 요금만 받고 무상 공개하라고 석공예 명장이 결단을 내렸다고 했다.

석물원을 만들고 가꾸어온 장 명장은 평생을 돌챙이(석수장이)로 살아왔다고 했다. 그는 어릴 적부터 크고 작은·돌하르방을 셀 수 없을 정도로 만들었다. 정을 두드리다 손가락이 나가고, 발등을 찧고 돌조각 파편에 얼굴과 온몸에 상처가 아물 날이 없었다. 그렇게 해서 명장이 됐다. 제주를 방문하는 외국 정부의 수반들에게 선물하는 기념품도 전부 그의 작품이라고 했다.

"아니 어떻게 돌을 가지고 이렇게 부드러운 미소와 우스꽝스런 표정들을 만들 수 있지?"

해연은 소품 하나에도 오랜 시간 머물며 이리저리 살피다 카메라에 담았다.

"저것 봐. 바람에 날리는 여인의 머리칼. 하늘을 나는 듯한 해녀의 표정."

그의 작품은 그냥 심심풀이로 만든 게 아니라 제주의 전통 사상과 제주인의 정겨운 삶들을 치밀한 계획과 예술혼을 담아 장인의 기교로 만든 예술작품이었다.

때로는 해학적이면서도 때로는 진지하고, 과거의 소재를 현대적인 감각으로 아름답게 승화시킨 작품도 있었다. 마치 반죽하여 만들어 놓은 것처럼 돌을 자유자재로 깎고 다듬어서 만든 소품들도 앙증맞

앗다. 장인이 살아온 격동의 세월 속에 그가 겪었을 어려움과 고통, 아픔과 기쁨이 땀과 열정으로 녹아든 작품들이었다.

"아니 누게라고? 도의원 손지?"

용찬이 해연과 함께 절을 하고 자리에 앉자, 할머니가 담뱃대를 놋재떨이에 털며 해연 집안의 족보를 캤다.

어머니는 할머니 옆에서 얘기를 들으며 참외를 깎았다.

"예. 도의원 하셨던 제 할아버님 함자가 동자 철자입니다."

해연이 공손하게 대답했지만, 할머니는 인상을 찌푸리며 벌레 씹은 얼굴로 해연을 노려봤다.

"뭐여? 장동철?"

"예. 맞습니다. 할머님."

할머니는 대뜸 담뱃대를 던지듯 땅바닥에 놓더니 불쾌한 표정으로 역정을 냈다.

"아니 그놈이 어떤 짓을 했는지 용찬이 넌 몰람시냐?"

그의 과거 전력에 대해서는 제사 때 듣고 충격받았던 일이 생각났으나 이미 그건 과거의 일이라고 선을 그은 지 오래다.

"할머니, 저도 들어서 알고 있어요. 그건 몇십 년이 지난 옛날 일이잖아요?"

"그런 소리 하지도 말라. 우리 집안하고는 웬수여, 웬수. 그걸 알고도 어멍은 가만히 이서시냐?"

해연의 얼굴이 갑자기 하얘졌다. 그러잖아도 어른들에게 인사드린다고 긴장을 하고 있었는데, 당혹스런 상황이 벌어졌으니 아연할

노릇이었다.

"느 아방이 누게 때문 죽어신디? 느네 하르방도 경 고향에 오고싶언 해도 오지 못허연 일본에서 죽었다. 느그 잘난 하르방 때문에. 도둑질해 간 우리 땅도 내놓으랜 허라."

말릴 틈도 없이 할머니는 목울대를 돋우며 죄인 문초하듯 추궁했고, 해연은 경황없는 돌발적인 상황에 어찌할 바 모르고 고개를 숙였다. 황당한 건 용찬도 마찬가지였다.

"할머니, 해연이가 무슨 잘못 있어요?"

말이 끝나기도 전에 할머니는 방안 사람들을 쏘아보며 들입다 쏟아부었다.

"그놈이 퍼뜨린 종잔데 무사 죄가 어서? 느네 아방도 똑같은 놈이야. 용찬이 어멍아, 느 언니 죽은 이야긴 무사 안 해시니?"

어머니에게 불똥이 튀었다. 이야기가 점점 이상한 방향으로 흘렀다.

"어머님, 차차 이야기 허잰 해수다."

해연을 어떻게든 이 상황에서 구해내야겠다고 생각하는데 어머니가 어서 일어서라는 눈치를 주었다. 할머니는 옆에 있는 봉지를 당겨 담뱃가루를 담뱃대에 재어 놓으며 완고하게 말했다.

"안 되어. 혼인은 사름이 아니라 집안끼리 하는 거여."

"할머니, 지금 결혼하자고 온 게 아니라 인사드리러 온 거예요."

"그게 그거주. 결혼 안 하려면 무사 인사시키느니?"

용찬은 소나기는 피하고 보자는 심사로 해연을 일으켜 세웠다.

"할머니, 나중에 다시 찾아뵐게요. 저 그럼."

"내 눈에 흙이 들어가도 그 집안과 결혼은 절대 안 돼."

해연을 부축하고 나오는 용찬의 뒤통수에 대고 할머니는 쐐기를 박으셨다.

해연은 화장이 번지는 것도 모르고 소리 없이 눈물을 흘렸다. 신발을 신고 섬돌을 내려선 해연에게 용찬은 손수건을 꺼내 건넸다.

"노친네 말 너무 깊게 생각지 말아."

"오빠, 나 잠깐 바람 좀…"

내미는 손수건도 외면한 채 해연은 대문을 향해 달려갔다.

"해연아."

용찬이 따라가려고 몸을 움직이는데 어머니가 마당으로 내려서며 불렀다.

"용찬아, 나 좀 보자."

어머니의 축 처진 어깨를 보면서 용찬이 안채로 따라 들어갔다.

"할머니가 저렇게 완강하신 거 이해해라. 얼마나 한이 맺혔으면…."

"어머니, 이모가 한림 이모 말고 또 있었어요?"

"그리 앉아라."

어머니는 먼저 바깥 자리에 엉덩이를 붙이고 용찬을 안으로 앉게 했다. 그리고 주머니에서 손수건을 꺼내 눈시울을 닦더니 가라앉은 목소리로 조곤조곤 얘기를 풀어놓았다.

"사실 난 언니의 덕으로 성안(제주시)에서 고등학교 다녔다. 그때 다섯 살 위 큰 언니가 장 읍장네 사무실에 다니고 있었지. 언니 소개로 학비 대주고 용돈도 준다기에 난 그 집에 식모를 살았다. 그런데 어느 날 깡패 짓하던 아들 장석규가 강제로 언니를 여관으로 끌고 가 욕보이고 말았어. 그 치욕을 참지 못한 언니는 스스로 목숨을 끊어 버렸다. 헌데 그 소문이 번지면 야심이 많은 장 읍장은 좋을 게 없다고 생각했는지 우리 어머니한테 은밀히 제안을 했어. 충분히 보상해 줄 테니 군대 가서 죽은 자기 아들과 영혼 결혼시키자고 말야. 언니를 죽게 만든 집안과 결혼이라니 상상할 수도 없는 일이었지만, 외할머니는 한 푼이 아쉬운 마당이라 흔쾌히 승낙했다. 그래서 어려운 집안 형편에 많은 도움이 됐다. 그 이후에 네 아버지를 만나 그 집안과의 또 다른 내력을 알게 되었지만 다 과거 일로 치부해 버렸다. 그 집에 자취방 잡은 것도, 해연을 만난다고 했을 때도 선대의 일이 무슨 소용이랴 싶어 말을 안 했다. 넌 대처에서 들은 것도 많을 테고 공부도 많이 했으니 알아서 판단하기를 바란다."

어머니는 말을 마치고 손수건으로 코를 소리 나게 풀며 밖으로 나갔다.

용찬은 장석규라는 인간의 정체에 또 한 번 실망했다. 인간의 악마적 본성은 언젠가 스스로를 파괴하게 될 운명이라는 걸 믿었다. 그런 자에게서 해연이 태어났고 그녀를 사랑하게 되다니 이 또한 운명의 장난일까? 혼자 벽에 기대어 이 상황을 어떻게 헤쳐나가야 할지 생각했지만, 머리만 아프고 명쾌한 해결책이 떠오르지 않았다. 도저히 상상도 할 수 없는 어처구니없는 상황에 해연은 얼마나 충격을 받았을까? 무슨 말로 어떻게 위로해야 하나? 그녀를 마주 볼 용기가 나지 않았다.

하지만 어쨌든 해연을 만나야 한다는 생각에 전화를 걸었다.

연결음이 길게 이어졌으나 받지 않았다. 바닷가로 갔겠거니 짐작하고 용찬은 바다로 달렸다. 거무튀튀하고 울퉁불퉁한 갯가와 흰 모래가 있는 해변까지 다 뒤졌으나 해연의 모습은 보이지 않았다. 용찬의 마음은 조급해졌다. 차를 시내로 몰아 해연의 집을 찾았다.

용찬이 현관문을 열고 들어서자 해연 어머니가 걱정스런 얼굴로 바라봤다.

"무슨 일이 있었냐? 퉁퉁 부은 얼굴로 들어와서는 말도 하지 않고 짐을 들고 나가디구나."

"죄송합니다. 그럴만한 일이 있었어요. 차차 말씀드릴게요. 안녕히 계세요."

용찬이 허리 굽혀 인사하고 돌아서서 나가려는 순간이었다.

"야. 너 잠깐 나 좀 봐."

누군가 용찬의 뒤통수에 대고 소리를 질렀다. 장석규였다.

"아이 여보. 나중에 천천히 해요."

부인이 만류했으나 그는 이미 거나하게 약주를 마신데다가 부아가 치밀어 올랐는지 얼굴이 흙빛이었다.

"당신은 가만히 있어. 너 이리 좀 앉아 봐."

갑자기 '너'하고 하대하는 소리에 주눅이 들어 용찬은 거실로 들어가 앉았다. 해연이 어머니는 벌어질 상황을 미리 짐작했는지 방으로 들어가 버렸다.

"너 감히 어디서 우리 해연이 넘봐? 빨갱이 자식 주제에 말이야."

용찬은 이미 감당할 수 없는 충격에 감전된 상황이라 그의 말에는 아무 의미도 느끼지 못했으나, 이어지는 말에는 소름이 돋으면서 머리카락이 서는 것을 느꼈다.

"너네 아방 어떵 죽었는지 알지?"

"예. 압니다. 그래서요?"

"임마, 뭐가 그래서야? 주제를 알면 다신 우리 해연이 곁에 얼씬거리지 말아. 너 같은 새낀 귀신도 모르게 없애버릴 수가 있어 임마. 알아?"

순간 대꾸를 하면 해연과 끝난다는 생각에 용찬은 목으로 치밀어 오르는 분기를 꾹 내려눌렀다. '난 네가 악마의 발톱을 감추고 있다는 걸 다 알아.' 말하고 웃어줄까 하다가, 지레 아무렇지도 않은 표정을 짓고서 고개만 까딱하고 일어섰다. 예상치도 못한 용찬의 태도에 당황했는지 '저, 저 새끼가.' 하는 그의 목소리가 등 뒤에서 들렸다.

이렇게 끝나는 것인가? 대문을 닫고 나오는데 눈물이 흘러내렸다. 어쨌든 해연이를 만나야 한다는 생각에 손등으로 눈물을 훔치고 용찬은 공항으로 급히 차를 몰았다.

신제주의 한 오피스텔 5층에 엘리베이터 문이 열리더니 윤이 나는 남색 양복을 입은 남자가 벗겨진 이마를 쓱 하고 쓰다듬더니 손목시계를 확인하며 나왔다. 시간이 늦은 듯 그는 뛰다시피 복도를 걸어서 '제주경제문화연구소'라는 현판이 붙은 사무실 문을 열었다.

중국을 다녀온 전형진이 제주경제문화연구소 핵심 멤버들을 긴급 소집했다.

사무실에는 전형진, 홍민태, 여창희 교수, 장석규, 그리고 금방 들어온 도의회 자연환경위원회 위원장인 서길준 등 다섯 사람이 모였다.

"조금 늦었습니다. 상임위 회의가 길어져서요."

"어서 와요. 서 위원장. 이제 금방 시작하려던 참이야."

넓은 의자에 깊숙이 기대앉았던 전형진이 허리를 세우며 서길준의 손을 마주 잡았다.

서길준이 참석자들과 일일이 악수를 나눈 후 의자에 앉자 전 지사가 회의를 주재했다.

"자 시작합시다. 오늘 이렇게 모이라 한 것은 삼미동 프로젝트 추진에 관한 건 때문이요. 중국의 재벌 그룹을 상대하는 사안이라 신중하게 검토할 내용도 있고. 우선 홍 실장. 랴오닝 그룹에 대해서 개략적으로 설명해요."

전 지사 이야기가 떨어지자마자 홍민태는 준비해온 유인물을 봉투에서 꺼내어 일행들에게 분배했다.

"보시는 바와 같이 랴오닝은 중국의 요녕성에 본사를 둔 보험과 건강식품 판매를 주력 업종으로 하고 관광, 해외부동산 등 13개 계열회사를 둔 중견그룹입니다. 본사에만 1만여 명, 계열사까지 합치면 30만 명에 달하는 사원을 두고 있으며 연간 약 1,000억 위안의 매출 실적을 올리고 있는 신흥 기업입니다."

홍민태가 랴오닝 그룹에 대해 대략적인 설명을 마치자 전형진이 질문했다.

"랴오닝과 대룡과의 관계는 믿을 만한가?"

"대룡반점 왕강룽 사장은 랴오닝의 왕치영 고문과 숙질간이 맞습니다. 대룡그룹은 랴오닝과 합작 기업으로 80% 이상이 랴오닝 자본입니다. 대룡은 카지노호텔을 비롯하여 제주에만 호텔 7개에 4백여 객실을 확보하고 있고, 카지노호텔의 카지노 운영권과 1천여 명을 한꺼번에 수용할 수 있는 식당 건물 3채, 전세버스회사, 중국인 대상의 면세점, 관광여행사, 관광유람선 등을 운영하고 있습니다."

이 말에 추임새라도 놓듯 서길준이 한마디 했다.

"흥. 다 쓸어가는구만."

전형진이 서길준을 보며 못마땅한 듯 미간에 바늘을 세웠다.

"그렇게 말하지 말아요. 그 덕분에 벌어들이는 지방 세수와 일자리가 얼만데. 헌데 대룡이 언제 이렇게 컸어?"

그러자 장석규가 거들었다.

"그게 다 중국 자본의 힘 아닙니까. 그걸 끌어들인 사람이 대룡반점 큰아들 왕금산입니다. 제 며느리 오라비지요. 허허허."

그 말에는 구겨졌던 전형진의 표정이 활짝 펴졌다.

"왕금산이 대단한 능력을 가졌다는 건 중국에 가서 알았소."

장석규는 자신이 중국자본을 유치한 것처럼 뿌듯한 마음으로 말했다.

"앞으로 왕금산을 잘 활용하면 중국인들을 통해 막대한 경제적 이득을 창출할 수 있을 겁니다."

"랴오닝의 제안서는 어떻소? 타당성 있어 보입니까?"

전형진의 질문에 여창희 교수가 책자로 만든 검토 보고서를 내밀었다.

"짧은 기간이지만 면밀하게 검토했습니다. 결론적으로 말하면 중국 자본을 끌어들여 지역 경제 활성화를 이룰 수 있는 최적의 안입니다. 삼미동 지역에 위락 시설과 콘도를 지어 중국인들에 분양하면 휴양도시라는 이미지와 국제도시로서의 면모도 갖출 수 있고, 또 각종 세제를 통한 경제 수익과 지역 주민과 청년들의 일자리 창출도 가능한 프로젝트입니다. 단지, 현지 주민들 설득 문제와 위락시설 중에 카지노 유치에 대한 여론을 어떻게 무마시킬 수 있을지가 관건입니다."

"주민들 보상 충분히 해주고, 카지노 문제는 법적으로 하자 없이 처리하면 되지 않겠소?"

전형진의 발언에 듣고 있던 서길준 의원이 제동을 걸고 나섰다.

"헌데 아무리 자본이 든든하다지만 삼미동 프로젝트를 한 업체에 몰아주는 것은 위험부담이 많고, 동종 업체들 사이에 불만이 클 겁니다. 구획을 나누고 컨소시엄을 구성하여 공개입찰을 통해 사업자를 선정하는 게 좋을 것 같습니다."

서길준의 의견에 전형진이 이의를 제기했다.

"그러면 랴오닝에 부가 없지 않은가? 내 솔직히 중국에 가서 리 회장 부자를 만났소. 그들은 대단한 관심을 보였소. 그들의 참여가 아니면 분양 문제도 그렇고 이 프로젝트 성공하기 어려워요. 엉뚱한 곳이 낙찰되어서도 안 되고."

그러자 홍민태가 끼어들었다.

"그건 입찰 조건에서 디테일을 강화시키면 됩니다. 랴오닝에게 맡기면 그들이 입찰 안을 만들어 오지 않겠습니까? 허수아비 경쟁자도 내세울 겁니다."

"좋아 그건 홍 실장이 알아서 하게. 난 박 지사에게 미리 언질해 놓겠네."

"도시 디자인 일을 잘 할 수 있는 적임자가 있습니다."

홍민태가 느닷없이 도시 디자인 문제를 꺼내 들며 대놓고 인사 청탁을 했다.

"제 조카인데 도시공학을 전공한 박사이고 서울시에서 경력을 쌓은 전문가입니다."

"그런 인재가 있다면 특채를 해서라도 모셔야지. 나오룡 교수에게 이력서 보내요. 내가 얘기할 테니."

"고맙습니다."

전형진이 다시 제안을 했다.

"내 생각엔 이 사업을 위해 왕금산에게 완장을 채워주는 게 좋을 것 같은데 여러분 생각은 어떻소?"

서길준이 민감하게 반응했다.

"완장이라면?"

"제주홍보대사 같은 것 말이요."

그러자 장석규가 반색하며 나섰다.

"그거 좋은 생각입니다. 그 친구 그런 거 주면 참새 방앗간 드나들 듯 중국을 오가며 열심히 제주를 홍보할 겁니다."

전형진이 자신의 계획대로 일이 술술 풀려나간다고 생각했는지 기름기 낀 얼굴에 입꼬리가 귀에 걸린 듯했다.

"사실 랴오닝에서 요청한 일이기도 하고, 우리는 제주를 알릴 수 있어서 좋고, 랴오닝은 성공한 화교를 내세워 사업 홍보되어 좋은 거 아니요? 서 위원장 어떻소? 도의회에서 추천 좀 할 수 있나요?"

전 지사가 일을 밀어붙이는 이유를 짐작하며 서길준이 화답했다.

"젊은 친구가 지금까지 관광계에서 낸 업적이면 충분합니다. 그거 어려운 일 아닙니다."

"좋아요. 내 금명 간 지사 만나서 담판 짓겠소. 여하튼 일이 성사되기 전엔 모두 입조심들 해요."

전형진의 말에 일행들은 서로를 바라보며 득의양양한 미소를 지었다.

10. 제주에 부는 갈바람

'불법체류 중국인, 기도하던 제주 여인 살해'

비행기 좌석 등받이에 몸을 기대고, 신문을 뒤적이며 제목을 훑는데 큼직한 활자가 눈에 들어왔다. 용찬은 신문을 반으로 접고 그 기사를 자세히 읽었다.

'제주○○경찰서는 어제 새벽 제주의 한 교회에서 기도를 드리고 있던 60대 여성 이 모 씨를 흉기로 무참히 살해한 중국인 진 모 씨를 검거했다고 발표했다. 피해자 이 모 씨는 고3 수험생의 엄마인데 자식을 위해 새벽 기도 갔다가 봉변을 당했다. 피해자는 신체 여러 군데 무자비한 자상으로 인해 현장에서 즉사했다. 한편 가해자 진 씨는 범행동기에 대해서 횡설수설하고 있으나 주변인의 말을 종합해보면 평소 자신을 배신한 전처에 대해 증오감을 드러냈다고 한다. 전문가들은 여성에 대한 극단적인 혐오감이 묻지 마 살인을 저지른 것으로 보인다고 말했다.

한편, 무비자 입국이 허용된 이후 한해 60만 명이 넘는 중국인이 제주를 다녀가는데, 이중 체류 기간 30일을 넘기고 불법으로 장기체류하는 자가 2만 명이 넘는 것으로 알려져 있다. 이들은 취업하면서 집단 패싸움을 벌이거나 취업 브로커 간 수수료 분쟁으로 칼부림도 서슴지 않고 있으며, 흉기로 식당 여주인을 상해하는 등 제주 사회에 불안의 요인이 되고 있다. 경찰은 이들 중 상당수는 중개인들의 도움으로 서울 등 육지부로 건너가 취업하고 있는 것으로 파악하고 있다.'

용찬은 '이런 쯧쯧'하며 혀를 차다 목이 막혔다. '칵'하고 마른기침을 내뱉는데 옆자리 여학생이 화들짝 몸을 일으키며 쳐다봤다. 용찬은 잠을 깨운 게 미안해서 눈웃음을 보냈더니 여학생은 고개를 돌리며 눈을 감았다.

갑자기 피로가 몰려왔다. 신문을 접어 홍보물 백에 구겨 넣고 좌석을 뒤로 젖혀 몸을 깊숙이 기댔다. 팔짱을 끼고 눈을 감으니 귀향하는 감회가 새롭게 밀려왔다.

'내 주사가 문제인가 나를 취하게 하는 이 사회가 문제인가?' 용찬은 술을 마실 때마다, 혹은 술을 마시기 위한 변명으로 이 화두를 뇌까렸었다.

기자 생활 10년인데 변변한 출입처 한 번 다녀보지 못하고 지방부, 문화부, 월간부, 사내 근무 편집 일만 담당한 것도 다 술이 원인이었다. 동기들은 승진하여 차장급들이었지만 용찬은 그냥 중견 기자에서 벗어나질 못했다.

그 이유가 술만 마시면 자신도 모르게 행하게 되는 주사 때문이었다. 그것이 한두 번이 아니었다. 지난 연말의 회식 자리에서 말다툼 끝에 상무에게 술잔을 날린 것은 결정적인 실수였다. 상무가 당장 사표 받으라고 명령했지만, 국장은 차마 용찬에게 그 말은 못 하고 무슨 수를 써서라도 사과하라고만 했다.

용찬은 퇴사를 심각하게 고민해야 했다. 거취에 대해 여러 방도를 생각했다. 젊은 나이에 굶어 죽기야 하랴? 퇴직금 받아서 출판사를 내면 그간 알고 지내던 작가, 교수들이 도와주겠지? 그도 안 되면 치킨집이라도 내겠다는 결심을 굳히고 출근하자마자 사표를 썼다.

면담을 신청했는데 국장실로 들어오라는 연락이 왔다. 황야의 전쟁터로 나서는 결연한 마음으로 헛기침을 내뱉고 편집국장실 문을 열었다. 그런데 국장은 뜬금없이 생글거리는 얼굴로 용찬을 맞이했다.

"잘 왔어. 그리 앉아. 권 팀장 고향이 제주도지?"

"예. 그렇습니다만?"

"자네 제주도에 가서 근무해 보지 않을 텐가? 마침 주재하던 서 부장이 미국으로 이민 가게 돼서 사표를 냈네."

용찬은 문책성 인사가 아니라 심신을 휴양할 수 있는 절호의 기회라 생각했다. 병원에서는 알콜성 지방간이니 술을 끊으라고 하는데 기자라는 게 취재원과 친분을 유지하며 정보를 얻는 일이 기본이라 술자리를 피하기 어려웠다. 정신적으로 피로가 누적돼서 오는 스트레스 때문에 주사를 부리게 되는 것이니 장기간의 휴식과 요양이 필요하다고 했다. 그런데 고향에서의 근무라니 전화위복 아닌가?

고맙다고 인사하며 돌아설 때 어깨를 두드리며 국장이 한 말이 떠올랐다.

"요즘, 외국인부동산투자이민제도가 발표되고 무비자 입국이 허용되면서 중국인들이 많이 들어오고 있다는데 가거든 기획취재로 특종 내봐. 점수 좀 따서 만회해야지."

늘 사람 만나고 마감시간을 지켜 기사를 써야 하는 바쁜 신문쟁이어서 명절과 부친 기일에나 짬 내어 다녀오곤 했던 고향이었다.

정겨운 얼굴들이 떠올랐다. 그간 바빠서 연락도 못 하고 지냈는데 종필은 제주에 살고 있을까? 오래전 금산과 중국에 가서 종필을 만나던 장면이 떠오르자 아련한 향수에 젖었다. 금산은 지금 어디서 뭘 하고 있는지? 생각만 해도 가슴이 쓰라린 해연은….

설핏 잠이 들었는데 비행기가 곧 제주에 착륙한다는 안내 방송에 눈을 떴다.

북경의 하늘은 한낮인데도 우중충하게 어두웠다. 사람들은 황사와 미세먼지 때문에 모자와 마스크로 얼굴을 가리고 다녔다.

사람들로 붐비는 북경 장안가의 베이징 호텔 현관 앞에 고급 외제 차들이 줄지어 들어왔다. 베이징 호텔은 동서양의 문화가 조화를 이루고 있는 유구한 전통을 자랑하는 호텔로 북경을 방문하는 세계 정상들이 숙소로 이용되는 5성급 특급호텔이다. 별난 유니폼을 입은 벨보이들이 서류 판을 들고 이리저리 뛰어다니며 들어오는 승용차 번호를 확인하고 차에서 내리는 손님들을 안내했다. 손님들은 나이 든 사람에서부터 젊은 남녀들까지 다양했다. 럭셔리한 장신구로 치장한 지체 높은 당 간부와 부유층 가족들이 대부분이다.

로비에는 '랴오닝 그룹 리쩌라이(李擇來) 회장 축수연'을 알리는 팻

말이 놓여 있다.

연회장 입구에는 중화인민공화국 공산당 서기, 북경시 당 주석 등 고위 관료들이 보낸 축하 화환들이 즐비하게 서서 위세를 부리고 있고, '축의금 사절'이란 팻말이 놓인 테이블 앞에는 방명록에 이름을 적는 하객들이 길게 줄을 늘어섰다. 손님들을 맞이하고 있는 가족 옆에서 회사 유니폼을 입은 여러 명의 여직원이 입장하는 하객들에게 친절한 웃음으로 기념품이 담긴 쇼핑백을 나눠주고 있다.

붉은색 융단이 깔린 화려한 연회장 정면에는 '리쩌라이 회장님 만수무강 기원'이라는 황금색 글씨가 새겨진 붉은 현수막이 걸려 있다. 가운데 테이블에는 왕치영 고문과 리 회장 가족들이 자리하고 있고, 수십 개의 둥그런 탁자를 중심으로 많은 사람들이 앉아 서로 인사를 나누며 떠드는 소리로 장내가 소란스러웠다.

이윽고 사회자가 마이크를 들고 멘트를 하자 웅성거림이 싹 사라졌다.

"오랫동안 기다리셨습니다. 그러면 지금부터 리쩌라이 회장님의 팔순 잔치를 시작하겠습니다. 그럼 오늘의 주인공 리쩌라이 회장님을 자리로 모시겠습니다. 어서 오십시오. 회장님."

사회자의 말이 끝나자 웅장한 음향과 함께 앞쪽 커튼이 열리며 리 회장이 아들 내외가 미는 휠체어에 앉아 등장했다. 자리에 앉은 모든 사람이 일어나 박수로 환영했다.

사회자가 참석한 사람들을 소개하고 몇 사람의 축사가 지루하게 이어졌다.

"다음은 오늘의 주인공 리쩌라이 회장님의 답사가 있겠습니다."

박수와 함께 환호가 이어지면서 리쩌라이 회장이 자리에 앉은 채로 답사를 했다. 비서가 준비한 원고 파일을 가져와 탁자 위에 펼치고 안경을 내밀었다. 리쩌라이는 그것들을 한쪽에 밀어내며 마이크를 잡았다.

"아직은 원고를 보지 않고 내 정신으로 말할 수 있습니다."

그러자 장내에 박수가 쏟아졌다.

"감사합니다. 오늘 여러분을 이렇게 오십사 한 것은 앞으로 여러분을 뵙기가 어렵기 때문입니다. 저는 이렇게 은혜를 입어 팔십까지 살면서도 한 시도 편안한 날이 없었습니다. 다행히 하늘이 건강을 허락해 줘서 이렇게 총명을 가지고 여러분을 만나볼 수 있어서 다행입니다. 하지만 제 임무는 오늘 여기까지입니다. 저는 너무 오랜 세월을 랴오닝 그룹을 위해 헌신했습니다. 그동안 도움을 주신 매제 왕치영 고문과 여러분들에게 감사를 드립니다. 세계는 하루가 다르게 변하고 있습니다. 변하는 시간에 대처하지 못하면 내일 당장 문을 닫아야 할지 모릅니다. 그래서 새로운 패러다임과 인재가 필요합니다. 이 시간 이후 랴오닝 그룹에 관한 모든 일은 아들 밍타오에게 맡기기로 했습니다. 그리고 저는 고향으로 돌아가 편안한 여생을 보내겠습니다. 밍타오는 말단에서부터 시작하여 충실히 후계자 과정을 거쳤습니다. 앞으로 리밍타오 회장에게도 많은 성원 부탁드립니다. 부디 행복하십시오."

리쩌라이 회장이 말을 마치자 일동이 환호하며 박수를 보냈다. 그리고 누군가의 선창에 따라 '밍타오'를 연호했다. 랴오닝 그룹의 새로운 회장 리밍타오가 마이크를 잡았다.

"아직도 총기가 대단하신데 평생을 일구어 오신 그룹을 저한테 맡겨주심에 책임이 막중함을 느낍니다. 아버지! 무거운 짐 내려놓으셨으니 부디 건강하게 천수를 누리십시오."

말을 마치고 리밍타오는 그 자리에 엎드려 절을 했다. 다시 박수가 쏟아졌다.

"제 그룹 운영방침과 사업계획은 따로 자리를 마련하여 설명드리겠습니다. 다만 이 자리에서 새로운 사업 하나를 소개하고자 합니다. 여러분과 함께 아름답고 쾌적한 외국에서의 여유로운 삶을 위한 것이니 많은 관심 바랍니다. 먼저 현지에서 사업을 담당하는 분을 소개하고 직접 말씀을 듣도록 하겠습니다. 한국의 아름다운 섬에서 온 제주홍보대사를 소개합니다. 왕금산 씨 앞으로 나오세요."

왕금산이 허리 굽혀 인사하며 앞으로 나오자 천정에서 프로젝션 영사막이 내려왔다. 그는 유창한 중국어로 해설을 시작했다.

"저는 대한민국 제주에 살고 있는 화교입니다. 헤드테이블에 앉아 계신 왕치영 고문님은 제 부친의 숙부 되십니다. 저의 할아버지는 오래전에 해외 개척의 꿈을 안고 한국의 막다른 섬 제주도까지 가셨습니다. 그리고 후손인 저는 성공하여 제주홍보대사 자격으로 이 자리에 섰습니다."

누군가의 박수를 신호로 장내가 박수와 환성으로 가득 찼다. 왕금산은 다시 허리를 넙죽 숙여 절했다.

"고맙습니다. 저는 한족의 후손으로서 무궁한 자부심을 가지고, 랴오닝 그룹의 발전을 위해 열심히 일하고 있습니다. 자 그럼 지금부터 제주도가 어떤 곳인지 영상을 보겠습니다."

금산이 신호를 보내자 장내가 어두워지고, 제주의 민속 음악이 배경으로 흐르면서 제주도의 풍경 영상이 투사됐다. 금산은 장면 하나하나를 설명했다. 그리고 마지막 부분에 차이나타운이 조성될 삼미동 지역의 모습과 바다에 고즈넉하게 자리 잡은 하나도가 비추어졌다.

"여기가 여러분이 여생을 즐길 수 있는 삼미동입니다. 앞바다에는 하나도가 그림처럼 떠 있어 매일 여러분에게 아침 인사드릴 겁니다. 힐링과 자손대대로의 웰빙을 위해 제주에 별장을 마련하시기를 권유합니다. 감사합니다."

금산의 멘트를 끝으로 장내가 다시 밝아지자 사람들의 박수와 함께 '띵하오' '뷰티플' '원더풀' 등의 소리가 들렸다. 금산이 임무를 마치고 탁자로 돌아오자 그의 아내 샤오첸이 일어나 환호하며 맞이했다.

"당신 정말 최고야. 너무 멋져."

금산은 만족한 듯 아내의 손에 입을 맞추며 앉았다.

다시 리밍타오가 마이크를 들었다.

"자 보셨죠? 한국의 제주도는 무척 아름다운 섬입니다. 여기에 여러분들을 위한 빌라가 조성되고 있습니다. 제주 삼미동은 기반시설 정비를 다 끝냈고 건물 공정률이 50%에 이르렀습니다. 오늘 이 자리에 초대받은 분들은 사회 각층의 지도자들이시고 경제적으로 여유가 많으신 분들입니다. 요즘 우리 위안화가 어떻습니까? 위안화가 약세면 이를 방어할 실물자산이 필요하지 않겠습니까? 그런데 우리의 부동산 가격은 너무 비쌉니다. 그렇지 않습니까 여러분!"

동의하는 박수가 터져 나왔다.

"그래서 센스 있으신 분들은 해외에 부동산을 마련합니다. 우리의 토지는 나라 것이라 소유할 수 없지만, 한국은 외국인의 재산 소유를 허용하기 때문에 여러분의 재산을 증식하기에 최적지입니다. 그리고 제주는 무비자로 언제든지 드나들 수 있고 영주도 가능합니다. 한국은 근래에 부동산투자 이민제도를 허용했습니다. 5억 원 이상의 재산을 취득하시고 5년이 지나면 영주권도 나옵니다. 저는 제주도에 더 좋은 땅을 많이 확보하여 우리 중국인 일만 명을 보낼 계획입니다. 제주도 안에 아담한 한족 마을을 세우는 거지요. 그 작은 섬에서 만 명이 똘똘 뭉치면 못할 것이 없습니다. 그렇지 않습니까? 여러분!"

그의 설명은 연설로 변했고 장내의 사람들은 탄성을 지르며 박수를 보냈다. 리쩌라이 회장도 흐뭇한 얼굴로 바라보다 손뼉을 쳤다. 리밍타오의 설명은 계속됐다.

"저는 앞으로 글로벌 경영을 하겠습니다. 랴오닝은 이제 해외로 진출할 겁니다. 제주도의 땅은 껌값에 불과합니다. 여러분이 원하시면 삼미동 뿐만 아니라 제주도의 노른자 땅을 얼마든지 차지할 수 있습니다. 우리는 투자가치가 높은 인천, 부산, 강원도 땅에 대한 정보도 가지고 있고 일본으로도 진출할 생각입니다. 요즘은 무기로 싸우는 시대가 아닙니다. 우리 중국의 경제력은 이미 세계를 제패하고 있습니다. 우리의 힘을 보여줍시다. 여러분."

한 기업의 CEO가 바뀌면 경영의 패러다임이 바뀌고 새로운 인물들이 등장하게 되는 것이 순리다. 결국, 그날 왕치영 씨도 고문직에서 물러났다.

팔순 잔치를 겸한 투자설명회는 대성공이었다. 리밍타오는 이후 상하이와 홍콩의 최고급 호텔에서 그 지역의 재력가들을 초청하여 고급 음식을 대접하며 성황리에 '한국제주도투자설명회'를 개최했다.

차를 몰고 도청 기자실로 가는데 갑자기 누군가 차도로 뛰어들었다. 용찬은 브레이크를 밟고 클랙슨을 눌렀다. 흰 비닐 쇼핑백을 손에 든 젊은 여성이 돌아보지도 않고 버스가 서 있는 곳으로 뛰어갔다.

건너편에는 한 무리의 중국 관광객들이 면세점 앞에 진을 치고 있었다. 그들의 대화하는 목소리가 어찌나 큰지 싸움을 하는 것으로 오인 될 정도다.

'아 맨날 저러면 이 동네 사람들은 시끄러워 어찌 살까?'

또 다른 버스가 면세점 건너편 도로변에 멈추더니 관광객들이 쏟아져 나왔다. 안내원의 지시도 무시한 채 왕복 4차선 도로를 건너자 갑자기 브레이크를 밟은 차에서 클랙슨을 울려 댔지만, 그들은 돌아보지도 않고 유유히 무단 횡단했다.

"이런 xx"

용찬의 입에서 욕지거리가 저절로 튀어나왔다. 고개를 들어 차창 밖을 보니 마치 중국의 어느 도시 거리인 것처럼 온통 중국어 간판 천지다.

제주에 부임한 용찬은 눈코 뜰 새 없이 바빴다. 담당 출입처마다 찾아다니며 신고하고, 이어지는 회식과 사람들 얼굴 익히고, 현장을 뛰어다니느라 이삿짐 정리할 여유도 없었다. 제주에 온 후, 한 달이 지나자 비로소 일상에 익숙해지기 시작했다.

도청에서 취재를 마치고 정문을 나서는데 들어갈 때는 못 봤던 사람들 두어 명이 건너편 현수막 앞에서 피켓 시위를 하고 있었다. 차를 잠시 멈추고 차창을 열어 현수막 내용을 보니 '삼미동 개발 특혜 취소하라'고 쓰여 있었다. 흰 모자를 눌러 쓴 채 피켓을 든 청년이 차창 밖으로 고개 내밀고 유심히 살피는 용찬을 한참 노려봤다.

용찬은 차를 도로 한쪽에 세웠다. 본능적으로 수첩을 들고 차에서 내리는데 흰 모자가 피켓을 내리면서 길을 건너왔다. 혹시나 모를 테러를 경계하면서 코트 주머니에서 명함을 꺼내는데 흰 모자가 용찬의 얼굴을 빤히 쳐다보며 다가섰다.

"혹시, 용찬이 형? 아 맞네. 야 이거 얼마 만이예요?"

용찬은 그를 알아보지 못해 내미는 손을 잡으며 쭈뼛거리는데 그가 모자를 벗으며 신분을 밝혔다.

"왜 모른 척해요? 나 대홉니다."

그제야 그가 고향 후배 문대호인 것을 알았다.

"아, 문대호? 이거 몇 년 만이지? 근데 너 많이 변했네?"

용찬은 맞잡은 손을 격하게 흔들며 해후를 반가워했다.

고등학생 시절 시골에서 도시로 유학 온 동병상련의 심정으로 그와 가끔 어울렸었다. 그때 그는 생전 들어보지도 못한 외국 시인의 시집을 들고 다녔고 말수도 적은 모범생이었다. 신문사 문화부에 일하면서 그가 얘기했던 랭보와 베를레느, 말라르메 같은 상징주의 시를 이해하게 됐다. 명함을 보던 대호가 친구처럼 거침없이 말했다.

"중앙지 기자면 월급도 많이 받겠네? 형, 한 잔 사요."

대호는 신제주 로터리 부근 호텔 아래쪽에 잘 다니는 식당이 있다며 용찬을 이끌었다. 그런데 그 식당은 점심이 지난 시간인데도 손님이 많았다. 빈자리를 찾아 앉으니 주변에서 들리는 소리가 온통 중국어였다. 들어올 때 흘깃 본 상호는 분명 '25시 뼈감탕'집이었는데 잘못 보았나 생각했다.

"여기 중국 식당이야?"

"아뇨. 중국인 관광객들에게 인기 있는 식당이에요. 중국 인터넷 사이트에 제주 맛집으로 소개되어서 저녁에는 줄을 서서 기다려야 할 정도로 인기 있어요."

"그래?"

"가성비도 좋고 맛있어서 저도 친구들과 가끔 와요."

물병과 물수건을 들고 종업원이 다가왔다. 주문을 받는데 한국어가 서툴렀다. 대호가 돌아서서 가려는 그녀에게 반말로 물었다.

"어디서 왔어?"

"선전"

심천은 용찬이 작년 여름에 홍콩 휴가 갔다가 들른 곳이었다.

"아, 홍콩 옆에 있는 심천 말이지? 나도 가봤어."

그러자 종업원이 표정을 활짝 펴며 말을 걸었다.

"그러면 가무극 봤나?"

"그럼. 코끼리가 등장하고 레이져 쇼가 일품인 감동적인 무대였지."

용찬의 말에 종업원은 자랑스러운 듯 잇몸을 드러내며 웃었다.

"나 어릴 때 가무극 일했어. 호호호"

"이게 언제 봤다고 반말이야? 한국말 더 배워."

대호는 못마땅한 듯 인상까지 쓰며 나무랐다. 종업원은 무안해하며 금방 허리를 숙여 사과했다.

"왜 그래? 친숙함의 표현인데. 자."

용찬이 지갑에서 만 원짜리 한 장을 꺼내 건네자, 종업원은 두 손으로 덥석 받아들고 절을 하며 '고맙습니다' 말하고 돌아섰다.

"쟤들, 돈 주지 마요."

"왜?"

"쟤들 값싼 노동력 때문에 우리 아줌마들 일자리 없어졌다구요. 저 애들 중엔 비자 없이 와서 몇 년씩 눌러사는 불법 취업자도 많아요."

"돈벌이가 되나 보지?"

"되다 뿐이겠어요? 저들끼리 SNS로 취업 정보 공유하며 협정가격 요구해요. 저 애들 한 달 월급이 얼만 줄 알아요? 4년제 대학 졸업한 교사 평균 월급의 두 배 이상을 받아요."

"와우. 그럼 1년 벌면 집도 사고 땅도 사겠네. 그런가?"

술과 기본 반찬을 가져와 탁자 위에 배열하는 종업원에게 물었다. 그녀는 웃으며 고개를 끄덕이더니 곧 표정을 바꾸었다.

"근데 우리가 고생 얼마나 하는지 알아요? 하루 열두 시간 일하고 한 달 2번만 놀아요. 다리 붓고 핏줄 터져도 병원 갈 시간도 없어요."

그 말에 대호가 쏘아붙였다.

"너희들 때문에 분통 터지는 사람 많은 건 알아?"

종업원은 그 말의 의미를 모르고 고개를 갸웃거리더니 웃으면서 자리를 피했다.

"불법 취업자들 어때? 현지인들과 마찰은 없나?"

"왜 없겠어요? 고깃배 취업한 사람이 배 타고 한 번 나갔다 오면 다신 배 안 탄다고 돈 내놓으라고 협박하지 않나, 편한 일자리는 서로 차지하려고 무고하고 불법 취업자라 고발하고, 그래서 패 싸움질하고 난리도 아니에요."

대호가 큰소리로 떠들고 있는 옆자리의 중국 관광객들을 노려보더니 소주잔을 들이 입안에 털어 넣었다.

"사람 사는 곳이 다 그렇지."

"제주는 원래 평화로운 곳이었잖아요? 그런데 외부 세력들이 들어와 생태계를 교란하며 분탕질을 해놓고 있으니 문제죠."

안주가 나오고 술이 웬만큼 들어가자 대호는 핏대를 올리며 불만을 드러냈다. 고등학교 때만 해도 문학만 알던 얌전한 후배였는데, 10여 년의 격정적인 세월이 그를 용사로 만들었다고 생각됐다.

"프랑스의 비평가 아폴리트 테느는 말이죠. 인간적 관계를 결정하는 것은 종족, 환경, 시대라고 했어요. 형도 알다시피 제주 원주민은 원래 본토와는 다른 순수문화를 가진 종족이라고요."

"자네 많이 변했구만. 시집이나 끼고 다니던 문학청년이었는데 말이야."

대호는 술잔을 들어 한 모금 마셔 입을 축이고는 말을 이었다.

"시대가 나를 가만 놔두지 않더라고요. 가만히 있으니 이건 주민들을 가마니로 아는지, 눈 가리고 아웅 해요. 가만둬도 문제없는 것을 자꾸 파헤치고 잇속 챙기려 드니 울화통 터져 가만있을 수 없더라고요."

용찬은 이야기를 들으며 컵에 따른 소주를 맥주처럼 벌컥벌컥 마셨다. 그 모습을 대호가 놀라며 바라봤다.

"무슨 술을 그리 급하게 먹어요?"

용찬은 무심코 한 행동을 자책하며 씁쓸한 미소를 지었다.

"기자하며 생긴 습관이야. 헌데 삼미동 지구 개발이 뭐가 문제라는 거야?"

"형. 삼미동이 어떤 곳인지 알아? 천연기념물 먹황새 서식지가 있고 희귀식물들이 군락을 이룬 보호구역이에요. 거기다 곶자왈 지역이거든. 제대로 검증했다면 개발 허가가 나올 수 없는 곳인데 일부 세력이 농간을 부려 중국 자본에게 팔아먹었어요. 거기 주민들 다 내쫓고 골프장, 카지노, 빌라 지어서 중국인 왕국을 만드는 데 앞장 선 거죠."

곶자왈의 곶은 숲이라는 뜻이고 자왈은 덤불과 돌무더기가 어우러진 곳, 산의 숨골을 뜻한다. 산에 비가 내리면 빗물은 곶자왈로 스며들었다가 일부는 청정한 식수로 솟아오르고 나머지는 산 아래 숨은 동굴을 통해 바다로 흘러나간다.

"말대로라면 이건 심각한 문젠데?"

"주동자가 전 지사에요. 전형진이 퇴임 후에도 영향력을 행사하며 좌지우지하고 있다고요. 두목회라고 들어 봤어요?"

"두목회는 또 뭐야?"

"매달 둘째 목요일 골프 친다고 해서 붙여진 명칭인데 그게 전형진 친위 그룹이라는 걸 아는 사람은 다 알아요. 인사 문제, 이권이 걸린 사업 등 주요 사안들은 그들이 결정해요. 삼미동 차이나타운도 그들 작품이고 중국 자본과 연결되어 있는데, 그 고리가 대룡그룹이에요. 그들은 골프를 치고 대룡반점에서 저녁 먹고, 룸 베이징으로 가서 마무리하죠."

용찬은 얼른 수첩을 꺼내 '두목회, 대룡반점, 룸 베이징'이라고 메모했다.

"대룡그룹? 대룡반점과 무슨 연관이 있는 거야?"

"맞아요. 대룡반점 큰아들 왕금산이 관광업으로, 부동산업과 카지노로 사업을 확장해서 그룹을 운영해요. 근데 실은 왕금산은 얼굴마담이고 거의 중국 자본이에요."

용찬은 연락이 없던 사이에 금산이 사업가로 성공했다는 말이 반가웠다. 중국 갔을 때 방문했던 랴오닝 그룹이 어느새 제주를 점령하고 있다는 생각이 들자 쓴웃음이 나왔다.

"랴오닝 그룹 말이지?"

"아니 어떻게 아세요?"

"내가 명색이 기잔데 그 정도 정보야. 그럼 대룡반점은 없어진 건가?"

"아뇨. 대룡반점은 카지노호텔 맞은편으로 옮겨서 작은아들이 운영하고 있어요. 형! 차이나타운 문제 신문에 내서 반대 여론 좀 만들어줘요. 아무리 외자 유치가 중하다지만 일정 지역을 뚝 떼서 중국인들에게 팔아먹는다는 건 매국을 떠나 제주인의 자존심에 관한 문제 아니오?"

"알았어. 한번 취재해 볼게."

저녁노을이 도심의 거리까지 내려와 어슬렁거리고 있었다.

용찬은 대호와 헤어지고 대룡반점을 찾아갔다. 둘이서 소주 4병을 마셨을 뿐인데 다리가 후둘 거렸다. 몸이 많이 약해졌다는 생각이 들었다. 금산과 연락을 못 한 지도 오래됐다. 자동차 정비센터를 정리한 후론 연락이 없었다. 인천을 찾아갔을 때 새로운 주인에게서 중국 오가며 중고차 무역을 하고 있을 거란 말을 들었다.

6시가 지난 시간인데도 식당은 한산했다. 용찬이 반쯤 열린 문을 열고 들어서자 중국집 특유의 냄새가 용찬의 코를 자극했다. 손님과 식탁에 앉아 이야기를 하고 있던 주인이 눈을 마주치며 인사했다. 식당 벽에 걸린 '克苦耐勞(극고내로)'의 붉은 액자와 황금색 웍과 칼이 들어있는 박스가 가업 전통을 뽐내고 있었다. 흰 와이셔츠에 검은색 나비넥타이를 맨 깔끔한 주인은 금산의 동생이 맞았다.

잠시 후 은산이 젊은 손님과 언쟁을 하다가 자리에서 일어섰다.

"우릴 어찌 보고 그따위 소리야? 꺼져! 거지새끼들아. 너네 조선족 놈들하곤 상대 안 해."

그러자 조선족 젊은이가 목에 핏대를 세우고 중국어로 욕을 하면서 나갔다. 은산이 감정을 조절하는 듯 혼자 중얼거리며 용찬에게 다가왔다. 용찬이 명함을 내밀며 신분을 밝히자 그는 대뜸 알아보았다.

"예. 기억나요. 어렸을 적 아버지 생신 때 한 번 뵈었었죠? 정말 오랜만이네요."

코밑에 솜털이 보송보송하던 귀여운 모습은 간데없고, 얼굴 윤곽이 뚜렷해지고 덩치 큰 핸섬한 젊은이로 변모했다.

그때 문을 열고 말쑥한 정장 차림의 청년이 007가방을 들고 들어왔다. 은산에게 손가락 하나를 펴 암호를 보내고는 안으로 들어갔다.

용찬은 갈증을 느끼며 맥주를 시키자, 은산이 맥주와 컵을 가져와 거품이 가득하게 따랐다.

"시원하게 한 잔 드세요."

용찬은 단숨에 잔을 비우고는 트림까지 했다.

"어, 시원하다. 헌데 저녁인데 왜 손님들 없어요?"

"말 놓으세요. 형 친군데."

"그러지. 형처럼 시원시원하군."

"우린 일반 손님 보고 장사 안 해요."

"그러면?"

"요 앞 카지노호텔 아시죠? 거기 드나드는 중국 관광객들이 단골이에요. 그 사람들 씀씀이가 대단해요. 한우든 랍스타든, 먹고 싶은 건 가격에 상관없이 주문하거든요."

"카지노, 형이 운영한다며?"

잠시 의심스러운 눈초리로 용찬을 바라본 은산은 곧 경계를 풀며 웃음까지 지었다.

"운영은 아니고 10% 지분을 가지고 참여한 이사에요. 아참, 잠깐만요"

은산이 일어서는데 안으로 들어갔던 사내가 가방을 들고나왔다.

"숫자 틀림없이 쓰고 사인했지?"

"예. 확인해보세요."

사내가 밖으로 나가자 은산은 잠시 안으로 들어갔다가 나왔다. 용찬은 매사 의심하며 신중히 하는 중국인의 유전자를 생각했다.

용찬이 맥주를 혼자 부어 마시는 걸 보고 은산은 싱싱고를 열어 다시 맥주를 꺼내왔다.

"그럼 형이 손님을 보내주는 거네?"

"그럼요, 형님 밑에 딸린 사람만 열 명이 넘어요."

"왜 그렇게 많지?"

"손님들 원하는 곳에 모시고 다니는 기사도 두어 명 있어야 하고, 매장에서 심부름하는 사람, 캐시 관리하는 사람 등 많이 필요해요."

"그 사람들 다 봉급 주려면 수입도 많아야겠네?"

그 말에 은산이 다시 경계의 눈빛으로 용찬을 바라보았다.

"이거 기사 쓸 거 아니죠?"

"알고만 있을 테니 걱정 마."

"카지노호텔 손님 90% 이상이 중국 사람들이에요. 손이 커서 하룻밤에 억대를 가지고 놀아요."

"그렇구나"

용찬은 맥주를 들이켜며 아까 가방을 들고 들어온 청년이 안에 있는 금고에서 돈을 꺼내 갔다는 것을 알았다.

"그럼, 선이자 떼고 즉석에서 대출해주는 거로구나?"

"역시 촉이 빠르시네요. 매일 매출액의 70%는 회사 운영비이고 30%는 이사들이 분배하죠."

매일 현금으로 이익배당을 받는다는 말에 용찬은 놀랐다.

"그래? 금산인 엄청 부자겠구나?"

"그게 모두 형 돈이면 얼마나 좋겠어요? 랴오닝과 합작 투자했는걸요."

용찬은 돈이 어떻게 회전되는지를 짐작할 수 있었다. 카지노에 온 사람들은 일반 유커(遊客)와는 질이 다른 믿을 수 있는 고급 손님들이다. 그들이 가지고 나올 수 있는 현금에는 제한이 있으니 제주에서 달러를 빌려 게임하고 중국에서 랴오닝 회사로 송금하는 전형적인 환치기 시스템이다.

"말하자면 대룡은 랴오닝 그룹의 자회사죠. 그래서 업무 때문에 형은 일 년에 반 이상은 중국에 살아요."

"헌데 대룡관광 말이야. 그것도 형이 오너야?"

은산은 잠시 용찬의 얼굴을 살피더니, 곧 미소를 지었다.

"리화 이름으로 되어 있긴 한데, 오너는 왕금산이죠. 헌데 무슨 문제 있어요?"

오랜만에 듣는 리화라는 이름이 정겹게 들렸다.

"아니. 궁금해서. 그런데 다른 일도 많을 텐데 자네는 고작 식당이야?"

그 말에 은산인 어이없다는 듯 소리 내며 웃었다.

"이 대룡반점 시시하게 보지 말아요. 하루 매출액 알면 깜짝 놀랄걸요?"

용찬은 은산의 웃음의 의미를 분석했다. 현금을 좋아하는 중국인의 속성상 여긴 대룡그룹의 사금고이고 은선이가 자산 관리 책임자란 말이구나.

"아까 언쟁하던 그 청년도 화교?"

"조선족은 순수 화교는 못되죠. 조선족들이 이 바닥을 흐려놓고 있어요. 아까 나와 이야기 하던 애가 조선족 여행사 가이드예요. 대부분 가이드가 사장이죠. 그 녀석이 뻔뻔스럽게도 중국 관광객들 보낼 테니 아침 식사 좀 해달라는 거예요."

"장사시켜 준다는데 왜 화를 냈어?"

"들어보세요. 1천만 원 선금으로 줄 테니 6천 원짜리를 4천 원으로 깎자는 거예요. 나쁜 자식들. 그놈들 호텔하고도 그런 식으로 계약을 해서 식사라고는 밥에다 두부국, 콩나물, 깍두기가 전부에요. 관광 사업을 그런 식으로 하면 다른 여행사들이 욕먹죠."

한족이 소수민족 사람들을 업신여긴다는 것은 익히 알려진 사실이다.

중국은 동북공정을 통해 고조선, 부여, 고구려의 역사까지도 중국 변방의 역사로 편입했다. 또한, 탐원공정을 통해서는 그들이 자랑하는 황하문명보다 더 오래되고 특이한 동이족의 홍산문명, 고조선 건국의 터전에서 발견된 요하문명까지도 중국의 역사 문화로 둔갑시켰다.

민족시인 윤동주도 '중국인 조선족 애국 시인'이라고 생가 앞에 크게 써 놓았다.

한족이 소수민족을 업신여기면서도 그들의 문화와 역사를 연구하여 중국인의 영역 안에 편입하는 의도는 따로 있다. 개방화, 세계화되는 세상의 변화에 따라 55개의 소수민족이 독립을 요구하게 되면 중국은 정체성의 뿌리마저 흔들리기 때문이다.

티베트, 위구르족은 최근까지 분리 독립을 요구하며 피를 흘리고 있지만, 중국은 이를 강력하게 저지 제압하고 있다.

소수민족의 인구는 중국 전체의 10%도 안 되지만, 중국의 역사와 문화를 이룬 근간은 조선족을 비롯한 소수민족이기 때문이다. 그래서 서둘러 소수민족이 중국인이라는 근거를 마련하기 위해 열심히 공정을 시행하고 이를 세계에 전파하고 있다.

"아버님은 건강하시고?"

"평생 일만 하시다가 그만두니 섭섭하신가 봐요. 대룡그룹 고문이지만, 아버지가 하실 일은 아무것도 없어요. 바쁠 때 요청하면 가끔 와서 주방일 봐주시는 게 전부 셔요."

"아버지 만나보고 싶은데 연락처 있나?"

"워낙 험한 세상이 돼서 아버지 전화번호는 가르쳐 드릴 수 없어요. 요즘 조선족 놈들이 독이 올라 협박을 많이 해요. 그래서 전화번호를 바꾼 이후엔 가족 말고는 비밀이에요. 명함 아버지한테 전해 드릴게요."

용찬은 왕리화가 보고 싶었다. 어떤 모습일까?

대룡관광여행사는 대룡반점과 같은 구역 건물 3층에 있었다. 사무실 직원들은 한국인도 많았지만, 대부분 중국어로 통화하고 있었다.

용찬은 직원에게 명함을 내밀며 면담 신청을 했다. 임원실이라는 팻말이 붙어 있는 곳으로 들어갔던 직원이 곧바로 나오더니 안으로 들어가라고 했다. 늦은 시간인데도 왕리화는 퇴근하지 않고 사무실에 있었다.

문을 열고 안을 살피는데 왕리화가 선 채로 용찬이 들어서는 것을 바라보고 있었다. 첫눈에 못 알아볼 정도로 리화는 품위를 겸비한 아름다운 여인으로 성장해 있었다. 자리가 사람을 만든다는 말이 떠올랐다.

그녀는 말없이 용찬을 찬찬히 응시하더니 갑자기 눈물을 흘렸다.

"오빠, 죄송해요. 이리 앉으세요."

그녀는 핸드백에서 손수건을 찾아내어 눈물을 닦았다.

용찬은 술이 오르는 듯 잠시 휘청하더니 몸을 가누며 의자에 앉았다.

"고향에서 근무하시니 좋으시겠어요? 언제 오셨어요?"

"얼마 안 됐어. 고향이지만 많이 변해서 아직도 낯설어."

리화는 말을 들으면서도 용찬을 찬찬히 살폈다. 그러다가 용찬과 시선이 마주치자 배시시 웃었다.

"오빠도 많이 변했네요."

"우리 얼굴 본 지 한 십 년 되었지?"

"10년이 뭐에요? 밀레니엄 전 해였는데."

직원이 들어와 커피를 탁자에 놓고 나갈 때까지 대화가 잠시 끊겼다. 리화는 핸드백에서 화장품을 꺼내 얼굴을 고치면서도 용찬에게서 시선을 떼지 못하고 힐끔거렸다. 용찬이 커피를 들자 그녀도 커피를 들며 말을 이었다.

"그때 오빠가 와주었으면 내 인생도 변했을 거예요."

용찬은 '그때'라는 말의 의미를 생각했다. 리화와 마지막 만난 기억을 곱씹어 봤다.

"아, 밀레니엄? 미안해. 집안에 일이 있어서."

"그게 다 운명이지요. 억지로 되지도 않을."

"지금이 어때서? 좋은 신랑 만나서 이만큼 살면 됐지. 나를 봐. 이 나이에 윗사람 눈치 보며 쫓겨 다니는 월급쟁이 신세야."

"나 오빠 무척 좋아했어요. 오빠 소식 들으려고 임신한 몸으로 시골집 찾아가서 할머님과 어머님도 만났었죠. 그때, 애 아빠가 오빠인 줄 알고 놀라더라구요. 중국 애 며느리 될까 봐 두려웠겠죠?"

그 말을 듣고서야 당시의 상황이 짐작되었다. 용찬이 해연의 연주회에 간 날, 리화는 종필을 만났다. 감성적인 리화는 밀레니엄 종소리를 들으며 종필과 잠자리를 함께 했을 것이다. 하지만 용찬은 다시 그런 상황이 돼도 해연을 만나러 갔을 것이라고 생각했다. 그날 해연과 첫 키스했던 장면이 떠오르자 한편으론 리화에게 미안한 생각이 들었다.

"무슨 그런 소릴. 지금이 어떤 세상인데? 리화가 어때서?"

"저 아직도 예뻐 보여요?"

"그럼, 학생 때 보고 처음인데 이렇게 아름답게 성장할 줄 누가 알았나?"

"그럼, 오빠 언니보다 더 예뻐요?"

그녀는 예전의 성격대로 부끄러움도 없이 당돌하게 물었다.

"음, 그건 모르지."

"왜 비교할 수 없을 만큼 언니가 예쁜 모양이죠?"

"아마도 리화 같이 예쁜 사람 만나야겠지?"

리화는 아쉬움인지 안도감인지 알 수 없는 한숨을 내쉬었다.

"오빠는 예쁜 언니 만날 자격 충분해요."

용찬은 취기가 올라 정신이 가물거린다고 생각했다. 정신을 차리고 자신이 온 목적을 완수해야겠다고 생각하면서 주머니에서 수첩을 꺼냈다.

"헌데 한 가지 물어볼 게 있어. 오해하지 말고 사실대로만 말해줘."

"뭔데요?"

"대룡여행사가 전세기를 띄우면서 중국관광객을 많이 데려오는 것은 참 좋은데 말이야. 2,30명이 단체로 도망가서 불법체류자를 만든 적이 한두 번이 아니던데?"

그 말에 리화의 얼굴색이 달라졌다.

"취하셨어요?"

"그거 전문 브로커를 두고 짜고 그런 건 아니지?"

리화는 모욕을 참을 수 없다는 듯 태도를 바꾸며 일어섰다.

"권 기자님, 오랜만에 만나서 너무하네요. 죄송하지만 근거를 가지고 얘기하셔야죠? 앞으로는 말짱한 정신에 오세요. 실망이에요."

말을 마치자 왕리화는 핸드백을 들고 뒤도 돌아보지 않고 나가버렸다.

용찬은 자신의 실수를 자책하며 머리를 쥐어박았다.

"아이구, 또 요놈의 술이 망령을 불러냈네."

밖에 나오니 거리를 배회하는 찬바람에 몸이 떨렸다. 알콜이 몸에서 빠져나가는 시간이라 더 춥다고 생각했다. 어둠이 깔리는 길을 용찬은 휘청이며 걸었다. 해연의 모습이 떠올랐다. '어떻게 살고 있을까? 그러다 용찬은 머리를 세차게 흔들며 그녀의 환영을 내쫓았다. 네온사인이 반짝이는 화려한 거리를 걷다가 갑자기 속이 허하다는 느낌이 들었다. 술이 그리웠다.

11. 삼미동 차이나타운

정체를 모르는 사람에게 쫓기는 꿈을 꾸다가 눈을 떴는데 어둠 속이었다.

용찬은 머리가 찌근거리고 구역질이 올라옴을 느끼며 벌떡 일어났다. 입을 막으며 화장실로 달려가 변기에 머리를 박았으나 헛구역질 몇 번에 신물만 올라왔다. 속이 쓰렸다. 스위치를 찾아 누르니 일그러진 사내가 거울 속에서 용찬을 처량하게 쳐다보고 있었다. 선반에 놓여 있는 수건을 펼쳐 보고서야 호텔인 것을 알았다.

침대로 돌아와 물병 채 들이키며 갈증을 풀었다. 용찬은 눈을 감고 어제저녁 리화를 만난 이후의 일을 기억해 내려고 했다. 하지만 아무리 생각해 봐도 머리만 빙빙 돌 뿐 기억이 나지 않았다. 휴대전화를 보니 새벽 4시 10분이었다. 불을 끄고 또다시 잠에 빠져들었다.

휴대전화 울리는 소리에 눈을 떴다. 커튼 사이로 햇빛이 숨어들고 있었다. 머리는 한결 개운해졌으나 속은 여전히 쓰렸다. 시계를 보니

8시가 가까운 시각이었다. 액정화면에는 이름이 찍히지 않은 낯선 번호가 떴다. 통화버튼을 누르자 여인의 목소리가 들려왔다.

"권 기자님, 일어나셨어요?"

여인의 목소리에 정신이 번쩍 들었다.

"누구시죠?"

"어머, 겉은 멀쩡하던데 정말 많이 취하셨나 봐. 저에요. 베이징 정소영."

그제야 룸 베이징에 찾아갔던 기억이 났다.

"아직 식전이죠? 제가 해장국 잘하는 곳 아는데 나오세요."

그녀의 얼굴이 떠올랐다. 자세히 보면 그렇게 닮은 구석은 없지만 왠지 해연의 이미지를 연상시키는 얼굴이었다. 조선족이란 말이 떠올랐다.

용찬은 샤워를 마치고 바지를 입다가 주머니 속에서 파삭거리는 감촉을 느꼈다. 구겨놓은 여러 개의 카드 영수증 용지였다. 감자탕, 룸 베이징, 국숫집. 끊겼던 필름이 재생되기 시작했다. 대룡여행사에서 나와 속이 허하다는 생각에 국숫집을 찾았다. 거기서 소주 두 병을 시켜 마시고, 수첩에 적힌 룸 베이징을 찾아간 일들이 머리를 스쳤다.

호텔에서 나와 주변을 살펴보니 건너편에 불이 꺼진 룸 베이징의 네온 간판이 보였다. 그녀가 알려준 곳은 호텔에서 멀지 않는 곳에 있었다. 해장국 집은 손님들로 가득했다. 속을 풀어야 할 사람이 많음에 놀랐다. 용찬이 목을 길게 늘여 정소영을 찾는데 구석에 자리 잡고 앉았던 그녀가 손을 흔들며 반가워했다.

"어제 내가 실수 많이 했나요?"

소영은 엷은 미소를 지으며 은근한 시선으로 용찬을 노려봤다.

"어머 젊으신 분이 술이 왜 그리 약해요? '너 누구냐?'로 시작해서 취재라면서 꼬장 부리더니 위스키 몇 잔에 꼬꾸라지더라고요."

용찬은 머리를 긁으면서도 소영에게서 눈을 떼지 못했다.

"그것참."

"그래서 가게 김 군한테 호텔로 모시라고 했죠. 불편하셨겠지만 우리 사장님 호텔이에요."

"그랬구나. 난 취하면 필름이 끊겨서. 헌데 어떻게 술값을 지불했지?"

"어머. 나가면서 카드를 제게 주셨잖아요. 영수증하고 잘 넣어드렸는데."

"그랬나?"

용찬은 무안함을 느끼며 혀를 날름 내밀었다. 그런 용찬의 행동에 소영이 까르르 웃었다.

비즈니스 룸 베이징은 중국에서 관광 온 부유층 고객을 위한 고급 유흥주점이고 그녀는 그곳 마담이었다. 아가씨 절반 이상이 중국인이고, 그녀 역시 돈을 벌려 연변에서 왔다고 했다. 동포의 소개로 베이징에 일하게 되었는데 오너의 눈에 들어 마담 일을 보고 있었다.

"혹시, 왕 사장 애인?"

무심코 던진 말에 그녀가 또다시 까르르 웃었다.

"왕 사장 눈이 그렇게 낮은 줄 아세요? 중국 여자는 쳐다보지도 않아요."

용찬은 무슨 뜻인지 몰라 그녀를 바라보았다. 눈이 맑고 예뻤다.

"왕 사장은 입버릇처럼 얘기해요. 자기는 한국 여자를 좋아한다고. 예쁜 여자를 가지기 위해서 돈을 물 쓰듯 하지만, 결코 두 번 자는 일은 없대요."

용찬은 금산의 그런 행동은 한국인에 대한 콤플렉스 때문이라고 생각했다.

용찬이 신문사 사무실에서 아침 취재한 기사를 쓰고 있는데 왕강룡 씨에게서 전화가 걸려왔다. 무척 반가워하며 점심이나 같이 먹자고 했다.

시간에 맞추어 대룡반점을 찾아갔으나 문 앞에 'CLOSE'라고 적힌 팻말이 붙어 있었다. 문을 열고 들어갔는데 향기로운 냄새가 마중 나왔다. 아무도 보이지 않아 서성거리는데 문에 달린 종소리를 들은 왕 사장이 주방에서 얼굴을 내밀었다.

"어서 와. 그리 앉아.

그는 손수 만든 음식을 주방에서 가지고 나왔다.

"아니 점심시간인데 손님이 없어요?"

"은산이가 출장 요리 나가는 날은 장사 안 해. 오늘은 지사 공관에 갔어."

왕 사장은 예전보다 주름살도 많아졌고 머리숱도 많이 빠져서 60대의 동년배들보다 늙수그레하게 보였다. 식탁 위에는 먹음직한 음식들이 차려져 있었다.

"아이고 무슨 음식을 이렇게? 짜장면 하나면 되는데."

"오랜만에 만난 반가운 손님인데, 박대할 수 있나? 자 맥주도 한잔 하게."

그는 대답도 듣기 전에 맥주병을 따고 컵에 따랐다.

"제가 먼저."

"아니야. 외롭게 지내다 옛날 사람 만나니 얼마나 반가운지. 기자 됐다며?"

"예."

그는 채워진 컵을 용찬 앞에 놓고 자기 컵에도 그득 맥주를 따랐다.

"축하해. 자 쭈욱 들이키고 요리를 먹자."

용찬은 잔을 부딪치며 '간빠이'하고 외쳤다. 시간에 맞춰 급히 오느라 목이 마른 터여서 단숨에 잔을 비웠다. 왕 사장은 한 모금 마시더니 잔을 내려놓았다. 용찬이 안주를 집으며 집안 얘기로 어색한 분위기를 깼다.

"며느린 보셨어요?"

왕 사장은 흡족한 듯이 고개를 끄덕이며 엷은 미소를 보였다.

"작년 북경에서 식을 올렸지. 그 녀석 한국 여자와 결혼하겠다고 우기더니 결국 한족 여자와 결혼 했어. 숙부의 처조카라고 하던가? 하여간 사돈댁이 북경 당 간부고 부자라고 하더구만. 우리 금산인 그럴 자격 있어. 능력도 있고 돈도 많으니까."

"그때 중고차 수출한다던데, 돈 많이 번 모양이군요?"

"숙부님이 많은 도움 줬지. IMF에 횡재했어. 셀 수도 없이 차를 수출하고 돈 많이 모았지. 그걸 밑천으로 중국과 합작해서 사업을 여러

개 하고 있어. 덕분에 나도 주방일 그만두었지."

그는 아들이 대견한 듯 연신 웃음을 흘리며, 비어 있는 용찬의 컵에 맥주를 부었다.

"금산인 앞을 내다보는 특별한 재능이 있었어요."

"그래? 그래도 난 불안스러워. 너무 잘 나가니까. 욕심부리지 말라는 데도 그 고집 누가 꺾어? 과욕 부리면 필시 화가 있기 마련이지. 누군가 하나를 얻으면 누군가는 하나를 빼앗기는 것이거든."

"벌 수 있을 때 많이 벌어야죠. 그건 아무나 할 수 없는 거예요. 헌데 제주엔 자주 오나요?"

"중국 손님 모시고 오는 게 주 업무라 얼굴 보기 힘들어."

용찬은 모아놓은 것 없는 샐러리맨 처지가 처량하게 느껴졌다.

"자넨 아이들 몇이나 뒀어?"

"저 아직 미혼이에요."

"그래? 우리 리화가 자넬 많이 좋아했는데. 에그."

왕 사장의 얼굴에 갑자기 어두운 그림자가 드리워졌다. 그걸 감추려는 듯 그는 컵을 들어 한 모금 마셨다.

"금산이 어머님도 잘 계시죠?"

"요즘 우리 할멈 외손자 보는 재미에 살지. 벌써 중학생이야."

"사위는 자주 찾아오고요?"

왕 사장은 대답 못 하고, 맥주 컵만 만지작거리며 잠시 머뭇거리다가 입을 열었다.

"박복한 년. 지 팔자지 뭐. 도로 혼자 됐어."

용찬이 남의 집안 아픈 일을 괜히 물어봤다고 자책하며 음식을 먹고 있는데 왕 사장이 저간의 사정을 알려줬다.

"종필이가 나쁜 놈이야. 그 녀석 리화 임신시켜 놓고도 나 몰라라 하는 걸 억지로 결혼시켰어. 중국 가겠다고 해서 금산이가 랴오닝에 취직까지 시켜주었는데 제 버릇 어디 가겠어? 나쁜 자식, 총각 행세 하며 그 회사 임원의 딸을 건드려 임신시켰지 뭐야. 그러니 리화가 가만있겠어. 당장 이혼 소송 걸었지."

"그럼 종필인 그냥 중국에 있겠네요?"

"아니, 중국 회사에서도 잘리고 요즘 한국에 있어. 우리 손주하고 가끔 만나나 봐. 수단이 좋은 놈이라, 중국 기업체 한국본부장이라 나 뭐라나. 조선족 애들 앞장세워 삼미동 차이나타운 빌라 장사하고 있다고 들었어. 그 아버지가 타운 건설공사에 참여했잖아."

왕 사장은 이런저런 얘기를 하다가 부친이 제주에 오게 된 사연을 자세히 알려주었다. 용찬은 이를 정리하여 '화교 제주이주사'에 대한 특집 기사를 '강하의 새벽안개를 헤치고'란 제목으로 3회에 걸쳐 연재 했다.

대호에게서 사무실에서 만나자는 연락이 왔다. 사무실은 시청 부 근의 뒷골목 허름한 5층 건물 꼭대기에 있었다. 용찬은 건물의 계단 을 부지런히 올랐다. 겨우 삼층을 올라왔을 뿐인데 숨이 차고 다리가 퍽퍽했다. 운동 부족을 탓하며 두 층을 더 올라 '제주경제환경포럼'이 라는 팻말을 확인하고 노크를 했다. 들어오라는 여자의 목소리가 들 렸다. 문을 열고 빼꼼하게 얼굴을 들이미는데 대호가 열린 안쪽 방에 서 나오며 용찬을 반갑게 맞이했다.

"어서 오세요."

용찬은 대호가 내미는 손을 맞잡으며 해녀들이 숨을 비우는 것처럼 크게 한숨을 내쉬었다.

"아이 숨차. 체력이 많이 떨어졌나 봐."

대호는 손수건으로 땀을 닦는 용찬을 바라보며 어이가 없는 듯 웃었다.

"아니 엘리베이터 놔두고 일부러 운동하셨어요?"

"엘리베이터가 있었어?"

"계단 옆 돌아서면 있잖아요."

사무실에 있던 직원들이 못 들은 척하면서 웃고 있었다.

"머리가 안 돌아가면 손발이 고생한다더니, 허어 참."

"세상 이치가 다 그렇죠. 그러니 앞만 보지 말고 주변도 좀 살피세요."

용찬은 씁쓸하게 웃으며 손수건을 접어 주머니에 넣고는 사무실을 살폈다.

둘둘 말아놓은 시위용 현수막과 유인물이 어지럽게 널려 있는 사무실에는 간사라는 남녀직원 둘이 근무하고 있었다. 대호는 안쪽에 합판으로 막아 마련된 자신의 사무 공간으로 용찬을 안내했다. 사무처장 명패가 놓여 있는 책상 위에는 책과 서류 뭉치들이 쌓여 있었고, 그 앞 낡은 소파와 탁자 위에도 시위용 손팻말과 전단지가 어지럽게 놓여 있었다. 대호는 그것들을 대충 정리하고 용찬을 앉게 했다.

"이거 누추해서 죄송해요."

그리고 밖을 향해 김 간사에게 커피를 부탁했다.

용찬이 소파에 앉으며 물었다.

"죄송은 무슨. 여기 오너는 누구야?"

"이사장은 의사인데 물주고, 내가 움직여요."

"운영 자금은?"

직설적인 질문에 대호가 눈을 동그랗게 뜨고 쳐다봤다.

"기사 쓸 거예요?"

"꺼리나 되나?"

"시민운동에 동참하는 회원들 회비와 능력 있는 이사들 분담금으로 운영해요."

"그걸로 어떻게 각종 집회를 주도해? 관에선 지원 없어?"

"관에서 지원받으면 NGO가 아니죠?"

"서울에선 말이야, 관이나 산하단체에서 계획하고 추진하는 각종 프로젝트를 수주받아 운영하면서 간접 지원받는 것으로 아는데?"

"역시 기자의 촉은 못 속이겠네. 그런 거 없으면 간사들 월급 못 줘요."

"그리고 시위와 관련된 업체들로부터 비밀리에 뒷돈을 받기도 하겠고?"

커피를 들고 온 여자 간사가 탁자 위에 잔을 놓으며, '뭐 이런 무례한 놈이 다 있냐'는 표정으로 용찬을 정색하며 바라보고 나갔다.

"그런 영업상 비밀 얘긴 그만하고 커피나 드세요."

대호는 일어서더니 책상으로 가서 서류 봉투를 들고 왔다. 그 속에서 사진들이 나왔다.

"자 이거 보세요. 이번 달 두목회 모임 있던 날 대룡반점에서 몰래 찍은 겁니다."

대호가 옆자리에 앉아 사진을 넘기며 하나하나 설명했다.

"이 사람이 전직 지사 전형진입니다. 두목회의 두목이고 현직 도지사를 움직이는 핵 파워를 가진 자예요."

"그리고 이 자는 장석규. 인동건설 대표인데 로비로 관급공사를 따내죠. 덩치가 큰 공사는 서울 대형건설사와 연결해서 각종 공사를 수주하고 있는 잡니다. 지금 삼미동 차이나타운 공사에도 참여하고 있어요."

용찬은 장석규의 사진을 보자 미간을 찡그렸다. 과거 불 지르고 도망가던 모습과 중국 유력자에게 아첨을 떨던 모습, 그리고 자신을 빨갱이 자식이라고 욕하던 모습이 오버랩 되며 떠올랐다.

"나쁜 새끼"

무의식 속에 숨어 있던 욕이 불쑥 튀어나왔다.

"아는 사람이에요?"

대호의 물음에 용찬은 '아차'하고 생각했으나 이내 체념했다.

"이거 자네만 알고 있어. 어디 가서 발설하지 않을 거지?"

"신의와 의리 없으면 시민운동 못 하죠. 무슨 일이에요?"

용찬은 입술을 지그시 깨물며 잠시 뜸을 들이다가 결심을 한 듯 입을 열었다.

"아주 오래전에 대룡반점 불난 거 기억해? 자네 고등학교 다닐 때야."

"그럼요. 문예부 행사 끝나면 늘 거기서 짜장 먹었었죠."

"난 그때 방화범을 봤어."

그 말에 대호가 호기심이 가득한 눈길로 용찬을 쳐다봤다. 용찬은 장석규의 사진을 손가락으로 가리켰다.

"바로 이 사람이야."

대호는 의아해하며 눈만 깜박였다.

"내가 봤어. 불나던 밤, 대룡반점 앞을 지나는데 이 사람이 거기서 나오더라고. 그리고 잠시 후에 펑하는 소리와 함께 불길이 솟아올랐어."

"신고했어요?"

용찬은 고개를 저었다.

"그땐 말 못 할 사정이 있었어. 이거 절대 비밀이야."

대호는 알았다는 듯이 고개를 끄덕이며 다음 사진을 보이며 설명했다.

"이 자가 홍민태죠. 전형진 지사 비서실장 출신인데 연락책이면서 브로커예요. 각종 업체로부터 이권 청탁을 받고 현직 공무원들을 찾아다니며 로비해서 돈을 벌어요."

용찬은 사진을 건네받고 찬찬히 살피며 기억에 넣었다.

"이 사람은 대학교수인 나오룡이에요. 인적인 네트워크를 통해서 많은 단체와 연결되어 있고, 인력 뱅크를 만들어 지사의 인사를 좌지우지해요. 중앙 정계와도 연결되어 있어서 개방형 직제 공모는 물론이고, 나오룡 거치지 않으면 승진이 불가하다는 소문이 있을 정도로 막강 파워를 가지고 있죠."

"왜 그렇게 막강한 힘을 주었지?"

"박 지사 권당이에요. 고종사촌이랍니다."

용찬은 사진에 시선을 꽂은 채 커피를 홀짝이며 한마디 했다.

"관상을 보니 욕심이 많은 상이네."

"이 자는 서길준. 부동산 업자 출신 재선 도의원이에요. 제주개발 관련해 많은 입법에 앞장섰는데 직간접적으로 이권을 챙겼어요. 지금 자연환경위원회 위원장이죠. 그리고 이 사람이 경제학자 여창희 교수로 제주도개발프로젝트 TF팀에 참여하면서 차이나타운 건설과 중국 자본을 끌어들이는 배경이론을 제공한 사람이죠."

대호는 다시 두 장의 사진을 찾아 올려놓고 설명했다.

"이 사람은 병원장 이대현인데 이 모임 물주예요. 식사비는 거의 이 사람이 내는데 도당 후원회장으로 차기 국회의원을 노리고 있어요. 그리고 마지막으로 제주경제문화연구소의 법률자문역인 변호사 김형우죠. 이렇게 여덟 명이 매월 둘째 목요일 만나 골프 치고 밥 먹으며 제주의 현안들에 대해 논의하고 결정하면 그것이 곧 법이 되죠."

대호가 사진을 거두며 설명을 마치자 용찬이 코웃음 치며 대꾸했다.

"도정 농단 세력들이군."

"맞아요. 이 사람들이 제주도를 말아먹고 있어요. 이들의 실체를 드러내고 사법당국에 고발해서 응분의 죗값을 치르게 해야 해요."

대호는 노골적으로 분기를 드러내며 얼굴까지 붉혔다.

"그런데 무슨 증거가 있어야지?"

"취재해 보세요. 소문엔 전 지사가 중국 자본의 뒤를 봐주고 돈을 챙긴다는 말이 있어요."

"실체를 확인하기 전엔 기사 한 줄도 쓸 수 없어. 확실한 증거가 있어야지?"

"찾으면 나올 거예요. 참, 형 삼미동에 가 봤어요?"

"아니. 왜?"

"지금 삼미동 개발문제가 대법원까지 갔거든요. 고법에서 일부 승소했는데 변호사의 말로는 희망이 보인데요."

아직 봄인데도 여름이 성큼 다가선 듯 태양은 뜨거웠다. 그래도 가끔 바다에서 불어오는 부드러운 바람으로 기분은 상쾌했다.

용찬은 대호의 사무실을 나와 삼미동 건설현장으로 향했다. 차이나타운이 조성되는 삼미동에 들어서기 전부터 도로변에는 '삼미동 토지수용 원천무효' 등 차이나타운 건설을 반대하는 각종 구호가 적힌 현수막들이 낡고 찢어진 채로 나풀거리는 것을 보았다. 현장에 가까워질수록 현수막은 많아졌고 '제주도 땅 중국에 팔아먹은 놈 때려죽이자'는 등 구호도 살벌해졌다.

도로를 따라 건설현장으로 들어서는데, 헬멧을 쓰고 경광봉을 든 경비원이 앞을 막으며 다가와 방문 목적을 물었다. 용찬은 분양사무실에 문의할 게 있어서 왔다고 둘러댔다.

"주민증 좀 보여주세요."

"주민증은 왜 보자는 거요?"

"상부에서 제주도민은 출입시키지 말라고 했습니다."

"왜요?"

"들어오면서 보셨잖아요. 시위하는 사람들 때문이죠."

용찬은 기자증을 꺼낼까 하다가 괜히 오해를 살 것 같아서, 주소지가 서울로 된 주민증을 꺼내 보여주었다. 경비원은 그제야 거수경례까지 하며 용찬을 들여보냈다.

잘 닦여진 길을 따라 조금 올라가자 거대한 공룡 같은 콘크리트 집채 여러 개가 연이어 나타났다. 페인트가 발리지 않은 앙상한 건물 뼈대와 공중에 매달린 장비들의 생경한 모습은 마치 외계에서 온 괴물들이 누워있는 것처럼 보였다.

시멘트 냄새가 몰려들면서 숨이 콱 막혔다. 코를 막으며 뒤로 돌아서니 눈앞에 확 트인 바다가 정원처럼 펼쳐졌다. 멀리 하나도가 편안하게 누워 낮잠을 자고 있는 듯했다. 용찬은 양복 안주머니에서 소형 카메라를 꺼내 현장의 모습을 몇 컷 촬영했다.

다시 차를 몰아 현장 입구를 막 빠져나가려는데 밀짚 패랭이를 쓴 초로의 남자가 도로변에 앉아 있다가 일어서며 두 팔을 벌려 용찬의 차를 막아섰다. 차가 멈추자 그는 주변을 기웃거리며 무엇을 찾는 듯했다. 용찬은 직감적으로 돌멩이를 주워 던질 거라는 생각에 차의 시동을 끄고 급히 내렸다. 그러더니 그가 행동을 멈추며 벌건 얼굴로 욕을 해댔다.

"야! 이 개새끼들아. 내 땅 내놓아. 이 사기꾼들아."

용찬은 지나가다 물벼락을 맞은 듯 어이가 없었다. 아마도 현장 관계자로 오인한 모양이다.

"아저씨, 저 관계자 아니에요."

"그럼 저 강도질한 물건 사러 왔냐? 이 날도둑놈들아. 너희들도 한 통속이야."

손에 잡은 돌멩이를 던질 기세에 놀라 용찬은 황급히 기자증을 꺼내 내밀며 그를 제지했다.

"진정하세요. 저는 기잡니다."

그는 용찬이 내민 기자증을 눈을 비비며 확인하더니 그제야 한숨을 내쉬었다.

"아이고 억울해. 하이고 못 살아."

용찬은 그를 설득하여 차에 태우고 가까운 동네 음식점으로 데리고 갔다.

그는 막걸리 한 대접을 소리를 내며 단숨에 들이키더니, 안주를 먹을 생각도 않고 손등으로 입을 쑥 문질렀다.

"어르신, 무엇이 그리 억울하세요?"

"그놈들에게 사기에 당했으니 잠을 잘 수가 없어. 그 땅이 무슨 쁘로작뜬가 뭔가 해서 토지 수용을 하려고 했을 때 우린 결사반대했지. 생각해봐, 조상 대대로 물려오면서 부쳐 먹던 밭인데, 그걸 팔아버리면 이 나이에 어디 가서 무얼 해 먹고살 거여? 이 동네 사람들 모두가 그래. 그렇다고 금지를 많이 받은 것도 아니야. 나중 알고 보니까 지랄씬지, x도씨팔인가 허는 공무원 놈들이 헐값으로 후려쳐서 앗아갔어. 경허연(그래서) 길 닦고 전기 수도 깔고 똥물 내리는 관 설치해놓고선 몇십 배 남겨서 중국놈들신디 팔아먹는 거야."

그는 못내 분한 듯 목에 두른 수건을 당겨 코를 풀고는 눈가를 닦았다.

"얼마에 파셨는데요?"

"겨우 3만 원 주고 빼앗아 45만 원에 중국에 팔아먹으면 이게 사기가 아니고 뭐여? 날 강도지. 경헌디 중국놈들은 그걸 5백만 원에 팔아먹고 있으니 속이 뒤집히지 않을 놈이 어디 있나? 우린 사실을 알고 죽자살자 땅 물리라고 항의를 했어. 경헌난(그러니까) 현장책임자가 나타나더니 우릴 달래더군. 공사 다 끝나면 경비원, 관리원, 청소부, 잡역부들도 필요하니 땅 판 사람들 우선으로 채용해주겠다는 거야. 우린 그 말을 믿고 물러가 기다렸지. 경헌디 이제 와선 무싱거옌 곧는지(뭐라고 하는지) 알아? 똥 싸러 갈 때 마음 올 때 마음 뜰리다고 취직허컬랑(하려면) 중국어를 배우고 오라는 거야. 이게 말이나 되는 소리야? 이 나이에 중국어를 어떻게 배워. 망할 놈들. 우릴 날 구쟁기(생 소라) 똥으로 보고 또 속인 거야. 개자식들."

그는 식탁을 치며 끝내 닭똥 같은 눈물을 흘리며 분통을 터트렸다.

"내 땅 내놔. 이 죽일 놈들아. 농약 먹고 죽으려 해도 조상님 뵐 면목 없어 못 죽는다 이놈들아. 아이고 분해, 아이고 원통해. 내 땅."

신문에 화교 기사가 실리고 난 뒷날 왕리화에게서 전화가 왔다. 용찬은 기사가 실린 신문을 은산에게 전했는데, 가족들이 돌려 본 모양이었다. 용찬은 그것으로 정색하며 돌아섰던 리화의 마음이 풀렸다고 생각했다.

"오빠 신문 잘 봤어요. 저도 잘 알지 못하는 역사인데 고마워요."

"고맙긴. 내 밥벌이가 그런 일인데."

"오빠, 언제 시간 좀 내줘요. 제가 한턱 쏠게요."

"그러지. 전화 반가워."

말은 그렇게 하면서도 용찬은 마음이 켕겼다. 앞으로 화교들의 이야기를 계속 연재할 것이고 종국에 중국 자본의 실태를 파헤치다 보면 대룡여행사 문제가 불거질 것이다. 그러면 리화와의 거리는 점점 멀어질 것이라는 예감 때문이었다.

전화를 끊고 용찬은 잠시 생각에 잠겼다. 리화가 전화를 걸어 온 것은 단순히 화해 차원일까? 아니면 앞으로 벌어질 기사의 내용을 예상하고 미리 입막음하려는 것일까?

한편으론 리화가 안됐다는 생각도 들었다. 리화와 결혼했으면 어떻게 됐을까? 처가 덕택에 윤기 있는 삶을 살고 있겠지. 기자는 그만뒀을 테고. 대룡그룹의 임원이 되어 사업가로 변신했을 거라는 상상에 이르자 씁쓸한 미소가 나왔다.

리화 생각을 하면 뒤따라 떠오르는 얼굴이 해연이었고 그러면 저절로 한숨이 나왔다.

할머니한테서 두 집안이 얽힌 과거사를 듣고 해연은 지울 수 없는 상처를 받았을 것이다. 그래서 용찬이 그랬듯 해연도 자신을 포기했을 거라고 판단했다.

사실 용찬은 그녀를 만나 설득을 하고 싶었지만, 마주칠 용기가 없었다. 막연히 시간이 해결해 줄 것이란 기대로 생각마저 하기 귀찮았다. 그러나 그건 착각이었다.

시간이 흐른 후, 용찬은 자신의 마음을 솔직하게 적은 장문의 편지를 해연의 학교로 보냈다. 그리고 일주일 후, 용기 내어 전화를 걸었으나 없는 번호라는 소리가 들렸다. 그는 위기를 직감하고선 학교로 전화를 넣었더니 휴직서를 내고 학교를 떠났다는 대답을 들었다. 그 이후로 그녀의 소식은 어디서도 들을 수 없었다.

　장종필은 신문기사를 보고 용찬이 제주에 있다는 것을 알았다. 평상시, 제목만 훑고는 신문을 던져버리는 종필이었지만, 화교라는 단어가 시선을 끌었고 그 기사를 쓴 기자가 권용찬이라는 것이 반가웠다.

　기자가 되었다는 소식은 리화를 통해서 전해 들었으나 줄곧 중국을 왕래하며 바빠서 연락 한 번 하지 못했다. 못한 것이 아니라 용찬에 대한 미안한 생각 때문에 하지 않았다. 리화는 만날 때마다 '용찬 오빠'를 입에 달고 다녔고, 질투심에서 밀레니엄의 분위기에 들뜬 리화의 순결을 빼앗은 것이 용찬에게 미안했다.

　그러나 세상일이 다 그런 거 아닌가. 종필에게 여자는 매사 최우선이고 의리나 우정은 나중 일이다. 그래도 십여 년의 세월이 지났고, 이제는 본래의 자리로 돌아왔으니 다 용서가 되리라 믿었다.

　"여! 친구 살아 있었네? 나 종필이야."
　용찬이 전화를 받자마자 종필은 너스레를 떨었다.
　"와 형. 이거 몇 년 만이야? 강산도 여러 번 변했겠구만. 결혼했다는 소식 들었는데 어찌 연락 안 했소?"
　"마, 사정이 그리됐다. 미안하다. 어찌 변했는지 얼굴 한번 보자."

약속 장소에 가보니 종필은 이미 소주 한 병을 비운 후였다. 종필은 일어서서 손을 내미는 용찬을 격하게 끌어안았다. 그리고는 거리를 두고 용찬의 모습을 찬찬히 살폈다.

"와! 기자 양반. 서울 물 먹더니 신수가 훤해졌네."

"형도 중국사람 냄새가 나는걸."

둘이는 호탕하게 웃으며 자리에 앉았다.

"오면서 생각해 보니 우리가 얼굴 본 지 10년이 훨씬 넘었더라구요."

"그리됐지. 너 군대 가기 전 대룡반점에서 본 게 마지막이었으니까."

둘이서 술잔을 주고받으며 서로의 살아온 인생을 화두로 회포를 풀고 있었는데, 종필이 금산을 비난하기 시작했다.

"자네 기자니까 대룡그룹 한번 취재해봐. 아주 제주를 날로 먹으려는 놈이야. 이 바닥 경제 질서를 완전히 뒤흔들어놓고 있다고. 아무리 돈에 환장해도 그래서는 안 되는 거야."

종필은 십여 년을 중국을 오가며 사업을 하면서 쓴맛을 많이 보았다고 했다. 이력이 붙어서 그런지 과거의 무식하던 모습과는 달리 망치를 얻어맞은 쇳덩이처럼 단단해 보였다.

"대룡그룹은 중국 랴오닝 그룹의 자회사야. 랴오닝 그룹이 70% 이상의 지분을 가지고 있지. 그들은 카지노, 부동산매매, 관광여행사, 면세점, 전세버스, 호텔, 식당 등 모든 시스템이 갖추어져 있어서 중국에서 관광객이 와도 제주도에 남기는 건 쓰레기와 똥물뿐이야."

종필이는 오랜만에 용찬을 만난 게 반가웠는지 입가에 게거품을 만들며 이야기했다.

"나도 중국 관광객의 여행 실태에 대해서 들은 것이 있어요."

"그런데 이렇게 남는 게 없는 데도 행정당국에선 외국인을 유치해 오면 인센티브를 준다는 거야. 일정 관광객을 모집해서 데려오면 왕복 전세 비행기 삯을 후불로 준다는 거지. 그렇다고 대룡여행사가 관광을 직접 뛰는 게 아냐. 중국 랴오닝여행사에서 말도 안 되는 가격에 모객을 해서 전세기를 띄우면, 항공료는 랴오닝에서 물고 대신 대룡여행사는 송객수수료를 보내지. 그리고 대룡은 육상 체재비 한 푼도 안 주고 하청 여행사들에 관광객들을 나누어 주는 거야."

"아니, 체재비 한 푼 안 주면 어떻게 관광시키라는 거예요? 그래도 장사가 됩니까?"

"장사가 되니까 고맙다고 매년 떡값도 가져다 바치는 거지. 하청은 주로 조선족 여행사들이 받는데 단체 관광객들을 농원이나 수수료를 많이 주는 곳으로 끌고 다니지. 행정 당국에서 꼭 이런 곳은 다니라고 정해주지만 그냥 지나갈 뿐 별 소득이 없어. 정작 가이드들은 자기들이 계약된 점포에서만 쇼핑하라고 해. 싸게 판다고."

그 말을 듣자 용찬은 언젠가 다른 신문에서 보았던 기사가 생각났다.

"그렇더군요. 일전에 어떤 자료를 보았는데 중국인들은 씀씀이가 커서 한 사람이 평균 2백30만 원을 쓰고 간다고 하더군요. 아랍사람 다음으로 많이 쓴대요."

"맞아. 그러니까 여행사들이 달려드는 거야. 대룡은 당국에서 주는 인센티브 기천만 원을 받고 송객수수료 물고도 호텔, 식당, 면세점,

전세버스로 남기니 가만히 앉아 돈만 세는 거지."

"그래서 한 달에 백 몇십 회나 전세기를 띄울 수 있는 거군요."

"암. 솔직히 부러워. 나도 왕 씨 집안 덕 좀 보는 건데. 에휴 쓰가발."

종필은 아쉬워하는 표정이었으나, 술 한 잔을 목으로 넘기더니 금방 왕금산의 흉을 보면서 돌변했다.

"금산이 그 짱꿰 새끼가 제주도 땅 팔아먹는 앞잡이야. 꼴에 제주 홍보대사라고 얼마나 설치고 다니는지."

"홍보대사요?"

"그래 도에서도 중국 사람들 끌어들이기 위해서 금산일 이용해 먹는 거지. 중국에서는 바지사장이 나팔 불어주니 신나고."

"바지사장이라니요?"

"말이 합작회사지 금산이 몫은 얼마 안 돼. 랴오닝에서 철수해버리면 금산인 쪽박 신세야. 그런 분수도 모르고 날뛰는 핫바지 새끼가 폼 재고 있으니. 나 원 참."

용찬은 그제야 대룡의 실체를 알겠다는 듯 고개를 끄덕였다.

"그 녀석 카지노도 그냥 먹은 거야."

종필은 술잔을 이리저리 옮겨가며 불법적인 M&A에 대해 이야기했다.

"자 설명해 줄 테니 잘 들어. 금산은 어느 날 사업을 하는 화교 선배로부터 카지노 사업 제안을 받았지. 도박을 좋아하는 중국인들을 끌어모으면 카지노는 황금알을 낳는 거위거든. 금산은 랴오닝 그룹과 상의를 한 결과 손님을 모아 보내줄 테니 참여하라는 내시를 받았어. 그래서 사업을 하는 화교 열 명으로 컨소시엄을 만들어서 부실채권으로 상장폐지 위기에 몰린 A업체를 헐값에 인수했지. 이 A업체를 B라는 업체 이름으로 바꿔 재상장한 거야. 그리고 B업체는 증권사에서 200억 원 대의 돈을 대출받아 카지노 운영권을 가지고 있는 C업체를 인수했어. 그리고 C업체는 다시 대출을 받아 D업체를 사고 이를 팔아 카지노의 대출금을 청산했는데, 문제는 부채를 떠안은 B업체야. 이를 다른 화교와 짜고 인수자로 내세워 B업체를 매각한 후 부실대출액 떠안고 상장폐지 한 거지. 결국, 무자본으로 카지노 운영권을 손에 넣은 거나 마찬가지야.”

용찬은 금산이 좋은 두뇌를 이런데 써먹는다고 생각했다.

“그게 불법이에요?”

“사기고 불법이지. 짜고 치는 고스톱이야. 한 사람이 뒤집어쓰고 감방에 가면 그 가족을 나머지가 책임지는 거지. 두고 보면 알겠지만 금산이 저렇게 잔머리 굴리다간 제 명에 못 죽을걸?”

종필의 얼굴에 드리웠던 회한의 어두운 그림자는 분노로 변했다. 그걸 삭히려는 듯 그는 맥주 컵에 술을 채우더니 벌컥벌컥 마셨다.

“참, 차이나타운 분양은 많이 됐어요?”

“거의 마무리 단계야. 5억 그거 돈 많은 중국인들에겐 껌값이지. 영주권을 그렇게 헐값에 팔아넘기다니. 그런데 실제 영주권을 탐내는 사람은 몇 안 되고 장사치들이 많아. 열 채 이상 가진 사람들도 있어. 그들은 타운이 완성되면 중국인 상대로 시세차익을 노리고 전매할 거야. 5억 짜리가 50억이 될 수도 있으니까. 그것뿐인가. 지금 경치 좋은 해변가나 시내 도심 목 좋은 땅들도 무더기로 사들이고 있어. 제주도 땅값 오른 게 다 그 때문이야."

그의 목소리는 식당 안을 울릴 정도로 컸다. 제주인의 목소리도 중국사람 못지않게 크다. 그것은 침탈의 역사와 바람 많은 자연환경에 억세게 적응하며 살아온 탓이다.

"일 년에 일억 원 이상 소득을 올리는 중산층이 우리나라 인구수와 같다는 말 들었어요."

종필이 고개를 끄덕이며 일어서더니 뜬금없는 제안을 했다.

"화딱지 나는 얘기 그만하고 우리 몸 풀러 가자. 따라와."

용찬은 몸 푸는 걸 운동하러 가자는 줄 알았다. 헌데 그가 데리고 간 곳은 예전 미용실이나 이발소 앞에 걸렸던 빨강, 하양, 파랑색이 빙글빙글 돌아가는 등이 걸려 있는 곳이었다.

"여기 뭐 하는 곳인데요?"

"이미지 샵이라고 쉽게 말하면 휴게실이야. 여기서 마사지 받고 잠깐 쉬어 가자."

그제야 용찬은 감이 왔다.

"형 이런데 다녀?"

"그럼 어떻게 해. 알다시피 돌아온 총각인데 욕구를 어떻게 풀어? 과붓집은 술값이 많이 들고 해서 여긴 내 단골집이야."

"단골? 자주 와요?"

"주체할 수 없는데 어떻게 해? 요즘 잘 안 서. 발기부전인가 봐. 그런데 그 애는 잘 세우거든."

"형, 섹스 중독 아냐?"

"우리 나이엔 다 왕성할 때 아닌가?

종필은 예전부터 여자를 유난히 밝혔다. 용찬이 서울 구경 가서 해연을 만나게 된 것도 그 덕분이었다. 결혼하고서도 다른 여자와 관계를 맺다가 이혼까지 당했다. 참지 못하고 분출해야 직성이 풀리는 종필의 심리가 궁금해졌다.

용찬은 야릇한 분위기에 취기가 올라옴을 느꼈다. 휴게실이란 말은 들어 봤지만 처음 경험하는 일이라 옅은 긴장감에 심장이 나지막이 뛰었다.

"취재하면서 놀라지 말아. 애들 엄청 돈 잘 벌어. 여기 애들은 조선족, 한족 등이 많고 가끔 탈북 여성들도 있어."

지하로 내려가는 계단 양쪽 벽에는 붉은 조명 아래 벌거벗은 여인들의 도발적인 자태의 사진들로 도배되어 있었다. 사진을 보는 순간 용찬의 거시기가 반응을 나타내기 시작했다.

문을 열고 들어서자 접수대에 앉은 중년 여인이 종필을 아는 듯 반갑게 맞으며 농담까지 했다. 요금을 지불하니 흰 와이셔츠에 나비넥타이를 맨 사내가 탈의실로 안내했다. 가운을 내주며 입고 대기하라고 했다. 잠시 후 가운으로 갈아입은 종필이 웃으며 다가왔다.

"이런 데 처음이야?"

"응. 괜히 긴장되네."

"긴장 풀고 언니 하자는 대로 하면 돼."

곧 벌어질 상황을 상상하자 숨이 가빠지며 아랫도리가 꿈틀대는 것을 느꼈다.

노크 소리가 들리고 안내했던 사내가 들어왔다.

"한 분 나오세요."

"장유유서. 형 먼저 가."

"아냐, 난 애인이 부를 때까지 기다릴 거야."

이런 곳에서 장유유서를 따진다는 게 우스워 용찬은 사내 뒤를 따라가며 피식거렸다.

"정해진 45분을 지켜야 합니다. 사정을 못하더라도 타임 오버하면 다시 요금을 내야 합니다."

사내는 복도를 따라 걸으며 콘돔 사용 등 몇 가지 주의사항을 말했다.

복도 양쪽 방마다 문 앞에는 예쁜 장식이 달린 이름표가 붙어 있었다. '코코'라고 쓰인 방 앞에서 사내는 멈춰서 노크를 했다. 문이 열리며 속이 비치는 검은색 가운을 걸친 여인이 모습을 드러냈다.

"좋은 시간 보내십시오."

사내가 꾸벅 인사하고 사라졌다.

"안녕하세요. 코코입니다."

어색한 억양으로 인사하며 여인이 손을 내밀었다.

늘씬한 키에 가슴이 풍만하고 군살이라곤 없는 아름다운 몸매를 가진 여인이었다. 그녀는 악수한 용찬의 팔을 끌어서 안으로 들이고는 문을 닫았다. 그리고 말없이 용찬의 가운을 벗겨 옷걸이에 걸었다. 팬티 차림의 용찬이 어색해하자 여자가 미소를 띠며 말했다.

"처음이신가 봐요?"

용찬은 '응'하고 대답하려 했으나 말은 안 나오고 고개만 끄덕였다.

"긴장 푸시고 재미있게 놀다 가세요."

그녀는 윙크를 하며 가운을 벗었다. 실오라기 하나 걸치지 않은 나신이 희미한 조명을 받아 반짝거렸다. 용찬은 숨이 막히는 듯해서 시선을 피하며 방안을 살폈다. 핑크빛 조명 아래 침대가 놓여 있고, 주변은 예쁜 장식들로 꾸며져 있었다.

그녀는 용찬의 안절부절하는 모습이 재미있는지 웃으며 걸어가더니 칸막이를 제쳤다. 샤워 시설과 함께 또 다른 침대가 놓여 있었다. 그녀는 말없이 침대를 가리켰다. 용찬은 팬티를 벗고 침대로 가 몸을 뉘었다. 등에 닿는 감촉이 부드러우면서도 따뜻했다. 그런데 거시기가 문제였다. 아직 아무런 접촉도 없었는데 그 녀석은 지레 고개를 쳐들고 난리였다. 크게 숨을 내쉬며 긴장을 풀어보려 했지만 제어 불능이다. 용찬의 시선이 여자를 찾았다. 그녀는 돌아서서 무언가 조작하고 있었는데 조명을 받은 뒤태에 빛이 미끄러져 내리는 듯했다. 용찬은 눈을 감고 심호흡을 했다. 잔잔한 음악 소리가 들리더니 또각또각 발자국 소리가 다가왔다.

생각해 보니 음악은 들어올 때부터 흘러나온 것 같다. 그런데 용찬은 온통 시각에만 집중했기 때문에 진하게 흩날리는 향수 냄새와 애절한 발라드 노래에 대한 감각 세포가 잠시 마비됐다고 생각했다. 음악은 발라드에서 클래식으로 바뀌었다.

"왜 내가 진지한 사람으로 보이나?"

"눈치 빠르시네. 손님 딱 보고 선곡하는데. 왜 취향 아니에요?"

용찬은 팝송을 좋아하지만 조용하게 흐르는 선율이 분위기에 어울리는 것 같아 그냥 좋다고 했다.

그녀는 수도꼭지를 틀어서 용찬의 몸을 씻고는 물비누로 구석구석 문질렀다. 용찬은 가만히 눈을 감고 그녀의 손가락이 닿는 촉감을 즐겼다. 그녀의 손길은 목에서 가슴과 배로 정성을 느낄 수 있을 만큼 부드럽게 움직였다. 겨드랑이에 손길이 닿았을 때 용찬은 움찔하면서 기분이 야릇함을 느꼈다. 남자도 성감대가 있구나 생각하는데 맥박이 심하게 뛰고 있음을 알았다. 그런데 그녀의 손길이 예민한 부분에 닿고 몇 번 스치는 순간, 몸이 부르르 떨리더니 머릿속이 아찔해지며 불덩이 같은 것이 몸에서 빠져나갔다. 그녀는 당황한 듯 얼른 일어서서 샤워기를 틀어 용찬의 몸을 닦아냈다. 용찬은 민망하고 자괴스런 생각에 사로잡혀 눈을 뜰 수 없었다. 그런 복잡한 감정을 잊으려는 듯 깊은 한숨을 내쉬었다.

"너무 긴장하셨나 봐요."

그녀는 용찬에게 수건을 건네고는 밖으로 나갔다.

용찬은 말없이 몸을 닦으며 그녀를 따라 샤워실 밖으로 나왔다. 바이올린의 잔잔한 울림이 용찬의 마음속으로 비집고 들어왔다.

그녀는 용찬의 속옷과 가운을 가지고 왔다. 용찬은 그것들을 걸치며 다시 한번 숨을 길게 내쉬고는 입을 열었다.

"아직 시간 남았으니 얘기나 좀 합시다."

그녀는 시계를 쳐다보고는 침대에 앉으라고 했다. 그녀도 가운을 걸치고 용찬의 곁에 앉았다.

"불법체류자 맞죠?"

용찬의 말에 그녀의 표정이 굳어졌다.

"뭐 하시는 분이세요? 나 잡으러 오셨나요?"

용찬은 처지가 역전되었음을 판단하고 억지 미소까지 지으며 그녀를 안심시켰다.

"난 기자예요. 결코 신분상 위해가 없도록 보장할 테니까 몇 가지 묻는 말에만 답해줘요."

그녀는 말없이 용찬의 눈을 한참 살폈다.

"좋아요. 오빠의 순진함을 믿죠."

용찬은 순진하다는 말에 민망했던 장면이 떠올랐다. 그녀는 그런 용찬의 마음을 아는 듯 생글거리고 있었다.

"여기에 온 지는 얼마나 됐어요?"

"한국 온 것은 3년 다 되어가고요, 이 일 한 지는 2년쯤 돼요."

"고향은 연변?"

그녀는 고개를 끄덕이고는 일어서서 실내의 조명을 환하게 바꿨다. 화장하지 않은 그녀의 맨얼굴이 고스란히 드러났다. 가까이서 바라본 그녀의 얼굴에선 연륜이 묻어났다. 그리고 그녀는 묻지도 않았는데 자신의 신세를 술술 털어놓았다.

"고향에선 돈벌이가 시원치 못했어요. 게다가 남편이라는 작자는 다른 여자의 꼬임에 빠져 이혼해 버리니, 애 둘을 키워야 하고 친정 부모와 동생들 먹여 살려야 하니 어떡하겠어요. 한국에 가면 돈 많이 벌 수 있다고 해서, 주변에 목돈을 빌려 브로커에게 주고 여기 왔어요. 처음에는 식당과 노래방 도우미를 했는데 큰돈이 되지 않더라고요. 그런데 먼저 온 동네 언니를 만났는데 여기를 소개받았죠."

"돈 많이 벌었어요?"

"오빠 낸 돈 중 절반이 내 꺼예요. 많을 때는 하루 열 명 넘게 받을 때도 있으니 한 달 평균 천만 원은 돼요. 한 달 수입이면 우리 동네에선 밭도 사고 집도 살 수 있는 돈이에요. 하지만 이 일이 쉬워 보여도 벗은 몸으로 사람을 상대한다는 게 생각하지 못한 상황들이 자꾸 생기니까 여간 힘들지 않아요. 이제 그만하고 고향에 가려고 해도 돈맛을 알기 때문에 쉽게 접지 못 해요."

"고객들은 주로 어떤 사람들?"

"중국 관광객도 있고요, 배 타는 선원들, 장기출장 나온 사람들, 혼자 사는 젊은이들 대중없어요. 날마다 좋은 건 아니에요. 허탕 치는 언니들도 있지만 전 단골이 있어서 수입에는 크게 지장이 없어요."

갑자기 무슨 생각이 난 듯 그녀의 표정이 밝아졌다.

"참 땅 좀 팔아줘요."

용찬은 엉뚱한 소리에 그녀의 얼굴을 바라보았다.

"무슨 땅?"

"작년 시골에 사뒀는데 이제 서서히 고향 갈 준비해야죠. 지금 많이 올라서 3억은 간다는데……."

그때 시간이 다 되었다는 음악 벨이 울렸다.

12. 괸당들이 사는 법

'벌써 4월이라니. 새해 시작된 게 엊그제 같은데?'

용찬은 책상 위 달력을 넘기면서 중얼거렸다. 다람쥐 쳇바퀴 돌 듯 하루를 그렇게 지내다 보니 세월 참 빠르다는 생각을 하면서 사무실을 나섰다.

용찬이 경찰청 기자실에 도착했을 때 먼저 온 기자들이 브리핑 자료를 보면서 부지런히 노트북 자판을 두들기고 있었다. 용찬이 자리에 앉자 옆자리의 지방신문 윤 기자가 힐끗 쳐다보며 인사를 했다.

"윤 기자. 뭐 좋은 건수 있어?"

용찬이 노트북을 펼치며 묻자 윤 기자는 턱으로 책상에 놓인 보도 자료를 가리켰다. 거기엔 '중국인들 패싸움 살인사건 발생'이라는 글자가 커다랗게 시선을 끌었다.

찬찬히 자료를 읽는데 브리핑 담당 간부가 들어와 마이크 앞에 섰다.

"보도 자료에 보다시피 어제 한낮에 패싸움에 의한 살인사건이 발생했습니다. 피해자는 중국 교포인 당 32세 양 모 씨인데 현장에서 즉사했고, 경찰은 현장의 CCTV와 목격자들의 진술을 통해 가해자가 장기 불법체류자인 중국인 탕 모씨 당 29세를 확정하고 수색 중 어젯밤 시내 모텔에서 체포했습니다. 피해자 양 모 씨는 중국인들에게 취업을 알선하는 무인가 인력회사 대표로 확인되었습니다. 이상입니다."

브리핑이 끝나자 기자들의 질문이 쏟아졌다.

"패싸움을 벌인 이유가 뭡니까?"

"지금까지 조사 결과로는 인력회사의 주선으로 새우잡이 배를 탔던 중국인들이 힘들어서 도저히 일 못 하겠다고 했답니다. 그래서 회사로 몰려가 선금으로 낸 소개비를 내놓으라며 난리 치는 과정에서 생긴 일입니다."

법무부는 2002년 외국관광객의 유치와 지역경제 활성화를 위하여 지정된 제한 지역에서 비자 없이 30일간 머무를 수 있는 제도를 도입했다. 이 무사증 입국은 14억 인구 국가인 중국을 겨냥했으나 도입 초기에는 별다른 반응이 없었다.

그러나 소득 수준이 높아지고 한류 열풍이 불면서 젊은이들을 중심으로 한국에 대한 관심이 확산됐다. 여기에 해외여행 붐이 일기 시작했고 단체관광객 요우커(遊客)가 생기기 시작했다. 2013년 기준으로 중국의 해외여행자는 9천만 명을 넘어섰고, 유엔세계관광기구(UNWTO)에 따르면 중국관광객이 해외관광비로 연 1020억 달러(108조 690억 원)를 써 세계 최고를 기록했다고 발표했다.

그러나 한국에 온 중국 사람들 중에는 쇼핑 등 관광을 목적으로 오는 중산층만 있는 게 아니고 돈을 벌기 위해 오는 저소득층도 있다. 이들은 브로커들의 타깃이 되어 무비자로 제주에 들어와 불법 장기체류를 하면서 취업을 했다.

그들은 몇백만 원의 돈을 브로커에게 내고 제주에 오지만 일자리는 한정되어 있다. 언어도 통하지 않은 외국에서 브로커가 알선해주는 일자리에만 취업했다. 여자들은 노래방, 식당, 농사 도우미 등이 주 업종이었지만 남자들은 건설 현장이나 원양 어로같이 힘든 노가다(막노동)가 대부분이었다.

일을 중계해 주는 과정에서 횡포가 일어나는데 인력회사는 취업 알선 대가로 계약한 수입의 30%를 선금으로 떼어 간다. 이 30%를 회사 대표가 50%, 중간 관리자가 30%, 그리고 운송 등 말단 관리자들이 나머지 20%를 나누어 가진다. 그러나 몸이 아파서 혹은 너무 힘들어서 현장에 나가지 못하거나 천재지변 등으로 일을 못 할 경우, 이를 돌려받아야 하는데 선금을 반환받지 못할 때 문제가 발생한다.

이번 사건도 일을 못 한 중국인이 자신을 고용한 인력회사 대표에게 반환을 요구했으나 회사운영비 등 이것저것 공제한 나머지를 중간과 말단 관리자에게 변상하라고 떠맡겼다. 이에 불만을 품고 분노한 관리자들끼리 대낮에 노상에서 칼부림하며 패싸움을 하는 과정에서 살인사건이 난 것이다.

용찬이 기사를 송고하자 데스크에서 전화가 왔다. 무사증 입국으로 인한 중국인들의 행태에 대해 독자들의 관심이 많으니 불법체류 중국인들의 실태를 취재하라는 지시였다. 전화를 받다가 세미나 생각이 났다.

용찬은 사무실 책상 위에서 문대호에게서 받았던 세미나 브로슈어를 찾아냈다. 시간을 확인해 보니 이미 30분이나 지나 있었다.

세미나가 한창 진행 중인데 행사장에는 빈자리가 많았다.

연단에는 '제주경제와 중국 자본의 영향'이란 현수막 아래 주제 발표자와 토론자들이 기다란 테이블 앞에 앉아 있었다. 제주경제환경포럼 사무처장이란 커다란 표지가 붙은 테이블에 앉은 문대호가 보였다. 용찬이 들어오는 모습을 보았는지 눈이 마주치자 대호가 입꼬리를 올리며 웃었다.

발제자는 여창희 교수였다. 그는 원고도 보지 않고 열변을 토하고 있었다.

'중국 자본 유입이 제주경제에 미치는 영향'이라는 제목으로 경제지표를 그래프로 나타내며 긍정적인 면을 강조하고 있었다.

용찬은 테이블 위에 놓인 세미나 자료를 펼쳐 그의 발제 내용을 훑었다.

'제주에서의 중국 자본의 투자 실태'라는 제목으로 문대호의 토론 자료도 실려 있었다. 용찬은 노트북을 꺼내 주제 발표문의 요지를 정리하며 기록했다.

제주는 자본과 자산이 취약하기 때문에 외자를 유치하여 지역 경제를 발전시켜야 하는 당면과제를 안고 있다. 지속적인 경제 성장을 위해서는 끊임없는 투자가 밑바탕이 돼야 하며, 현 국내 경제에서 마땅한 투자 재원을 마련하기 쉽지 않다는 사실을 인식한다면, 외자 유치는 제주 발전의 핵심 키워드이다.

이에 제주는 외국자본의 투자 유치로 인해 개발이 오랫동안 이루어져 왔기 때문에 외국인 토지소유 비율은 큰 편이다. 제주도내 외국인 토지소유현황을 살펴보면 이전까지 소유면적이 그리 크지 않은 편이었다. 그러나 2010년을 기점으로 급속히 외국인 소유의 토지 면적이 증가하게 되는데, 이는 외국자본의 유입을 촉진하기 위해 2010년부터 도입된 부동산투자이민제의 영향 때문이라 할 수 있다.

정부는 부동산투자 세 가지로 이민제도의 취지를 밝히고 있다.

첫째, 국내 체류 중인 전문직 종사 외국인의 학력과 소득 등을 평가하여 일정 기준을 충족하는 자에게 거주·영주 자격을 부여하며, 둘째, 기업이 필요로 하는 해외 우수 인재를 보다 신속하고 안정적으로 확보할 수 있도록 온라인 사증발급 신청 제도를 도입하며, 셋째, 해외 자본을 적극 유치하기 위하여 부동산투자이민 제도를 도입했다. 법무부는 이 개정으로 인해 검증된 글로벌 고급인력의 국내 정착과 국내 경제 활성화에 기여할 것을 기대한다고 했다.

외국자본, 특히 중국 자본을 유치하면 그들은 투자에 대한 이윤 창출을 위해 중국 사람들을 더 많이 데려와야 하기 때문에 제주도의 숙박업이나 음식업, 택시, 렌터카 등을 통해 고용 창출과 서민경제를 일으킬 수 있다. 그 결과 중국인 관광객 증가율은 전년 대비 77%에 이르고 숙박, 전세버스, 렌터카 등의 가동률이 급증하고 있으며, 지방세수도 전국 평균보다 훨씬 높게 나타나고 있는 것도 중국인 투자 활성화와 무관치 않다.

주제발표가 끝나고 토론 시간이 되자 장내는 훨씬 활기찼다. 토론자들은 각계를 대표해서 발제자의 주장에 이의를 제기했다.

현장에서 요우커(遊客)를 상대하는 여행사 대표가 맨 먼저 토론에 참여했다.

"교수님의 의견에는 동의합니다. 문제는 그 중국인 관광객들이 생각하는 것만큼 지역경제에 도움이 되지 않는다는 점입니다. 중국인들은 대규모 여객선이나 항공편으로 제주도에 들어온 후, 중국인 여행사를 끼고 관광을 합니다. 관광지는 대부분 무료관광지를 돌고, 식사는 중국여행사 관련 업체나 직영 음식점에서 합니다. 그리고 잠은 중국 자본이 건설한 중국인 리조트나 호텔에서 잡니다. 게다가 최근에는 단체관광객들이 이동할 때 필요한 관광버스마저 중국 자본에 의해 운영되면서, 도로 위까지 중국 자본에 잠식되고 있는 실정입니다. 이 문제에 대한 대책은 뭡니까?"

"그 문제에 대해서는 저도 공감은 합니다만 행정당국에서 TF팀을 만들어 대책을 세워야 할 것입니다."

발제자 여창희는 불리하거나 부정적인 의견에는 구체적 근거도 없이 앞으로 개선될 것이라는 막연한 기대만을 나타냈다.

이어서 시민단체 대표로 나왔다는 좌장의 소개에 이어 문대호의 차례가 되었다.

대호는 언제 그렇게 경제에 관심 가지고 공부를 했는지 질문이 구체적이고 날카로웠다.

다른 토론자들의 의견을 메모하던 문대호는 입 주변 근육의 긴장을 풀려는 듯 입을 크게 벌렸다가 오므리며 마이크를 앞으로 당겼다.

"외국인 토지 소유의 절대적인 비중을 차지하고 있는 국가가 중국이고 또한 중국 자본에 의한 대규모 개발이 자연경관과 환경 훼손 문제, 숙박과 카지노 중심의 개발프로그램 등 지역사회에 갖가지 이슈가 되면서 부정적인 여론이 형성되고 있습니다.

실제로 중국인이 취득한 토지 현황을 살펴보면, 2010년부터 증가세를 보이다가 2015년에는 다소 감소하는 경향을 보이는데, 이는 토지개발의 시세차익을 노려 처분하기 때문이라고 판단합니다.

중국인들이 이렇게 투자를 하는 이유는 단순히 영주권을 얻기 위한 것이 아니라 이익을 창출하기 위해섭니다. 제주의 경제를 위해서가 아니라 제주에 유입되는 중국인들을 이용하여 이득을 얻기 위한 것인데, 이것은 투기입니다. 투자란 자본을 투입하여 일자리를 만들고 경제를 활성화하여 거기에 따른 이익을 취하는 것인데, 중국 자본은 난개발로 환경을 파괴하고 땅값을 올리고 일자리를 빼앗고 시세차익을 노리는 투기입니다. 거기에 행정 당국은 취득세, 교육세 등 지방세, 농어촌특별세, 재산세 등 각종 세금 감면 혜택을 주고 있는데 이에 대해서는 어떻게 생각하십니까?"

문대호의 질문에 여창희가 불편한 기색을 감추면서 마이크의 버튼을 눌렀다.

"중국 자본의 투기성 논란에 대해 말씀하셨는데 아직까지 사업권을 넘기거나 사업을 중도 포기하는 조짐은 전혀 없습니다. 불량 기업을 구별하기 위해 외국자본의 투자유치 초기 단계에서 투자업체의 신용상태, 투자 의지, 사업계획의 실행성 등을 전문기관에 의뢰해 평가하고 있습니다. 중국기업을 포함 외국인 기업들에 대해 더 많은 인센티브를 주고 있다는 오해가 일부 있는데 이는 실상과 다릅니다. 국내기업과 동일하게 국내법을 준수하고 사업을 운영하고 있고 동등한 대우를 하고 있습니다."

발제자는 도정의 정책 브레인임을 과시하듯 행정당국자의 입장을 대변하는 듯한 발언을 했다.

후줄근한 갈중이를 입고 차례를 기다리던 곶자왈 지킴이 대표가 마이크의 버튼을 누르며 질문을 했다.

"중국인들의 토지매입은 대부분 경관이 뛰어난 지역 혹은 상품적 가치가 있는 장소를 중심으로 매입이 이루어지고 있습니다. 중산간 지역은 제주의 환경과 경관의 가치를 잘 보여주는 대표적인 공간이고 특히 곶자왈 지역은 제주의 지하수와 생태, 제주환경의 생명이자 미래발전에 있어서 중요한 환경자원으로의 가치를 갖고 있음은 누구나 공감하고 있는 사실 아닙니까? 이를 마구잡이식으로 개발하면 생명수 고갈 등 파국을 불러올 것인데 어떻게 생각하십니까?"

이에 대해서도 발제자는 원론적인 답변을 내놓았다.

"제주는 환경이 기본이어서 환경영향평가 심사가 까다롭습니다. 다른 시도는 각자 계획에 의해 정부가 만든 기준에 맞추면 완료되지만, 제주도는 제주특별법에 상대, 절대 보전지역 등 자체적으로 규정을 만들었습니다. 다른 시도의 환경영향평가는 30만㎡ 이상이면 반드시 해야 하지만, 제주도의 경우에는 5만㎡ 이상이면 환경영향평가위원회 심의를 받은 후 타 시도에 없는 도의회 동의절차를 이행하게 됩니다. 제주지역은 또 모든 토지의 생태, 경관, 지하수 상태에 따라 1~5등급으로 분류하는 GIS(지리정보)시스템을 통한 엄격한 환경보전 시스템으로 운영되고 있습니다."

"그게 너무 낮게 책정되어서 실효성이 없지 않습니까?"

"제주도의 환경정책은 '선 보전 후 개발의 원칙'이 있습니다. 환경과 경제통합의 원칙인데 개발하려는 이익과 보전가치에 대한 밸런스를 맞추자는 것입니다. 이렇게 운영하다 보니 환경은 실제로 국내 육지부에서 온 기업들이나 외국의 투자자들이 가장 고충을 호소하고 있는 부분입니다."

팔짱을 끼고 느긋하게 장내에 모인 사람들을 살피며 토론을 듣다가 가끔 코웃음을 치던 탐라대학교 교수가 사회자로부터 소개받고 토론에 나섰다.

"현실적으로 JDC와 같은 공기업뿐만 아니라 각종 민간자본에 의해 지역경제 활성화 명목 아래 개발이 추진되면서 유네스코 3관왕으로서 실천해야 하는 환경보전에 대한 의지와 노력과는 반대로 개발 사업을 추진하는 정책적 모순성을 갖고 있는데 발제자는 어떻게 생각합니까?"

또한, 중국인의 부동산투자는 이전까지는 매입실적이 미비하고 매입토지의 위치도 해안지역에 편중되는 경향이 있었으나 2010년부터는 특히 제주시 신시가지 지역 주요 도로에 인접한 토지를 집중적으로 매입하고 있습니다. 중국인의 소유 토지가 아직 1%도 안 된다고 하지만 지역의 노른자 땅만 콕 집어 매입하는 현실을 무시한 평가 아닙니까?"

구체적 내용을 들고 질문하자 여창희가 한 발 물러서는 태도를 보였다.

"중국인들은 대부분 주거시설용으로 토지를 매입하고 있으나 호텔, 팬션, 식당 등을 매입하는 사례가 증가하고 있는 것은 사실입니다. 그러나 부동산 이민 투자의 부작용에 대해 행정 당국도 이를 분석하고 후속 대책을 마련 중에 있습니다. 제가 생각하는 것은 투자 지역을 특정주거지역으로 한정하고 5억 원 외에 다량의 채권을 구입하도록 하는 것과 아랍에미리트처럼 영주권자들에게 일정기간 이후에 수수료를 받고 재심사를 받게 하는 제도가 필요하다고 봅니다."

이어서 프런트 토론이 이어졌다.

'송악산 일대의 거의 대부분 지역을 중국인이 매입한 것으로 드러났다. 송악산 일대는 알뜨르 비행장을 비롯하여 동굴 진지 등 일제강점기의 군사유적뿐만 아니라, 한국전쟁의 군사유적이 많이 남아있는 한국 근대사의 축소판으로서 매우 중요한 지역인데 무슨 저의가 있는 건 아닌가?'

'섭지코지 일대도 중국 자본에 넘어갔다.'는 등의 문제점이 제기되었다.

세미나가 끝나자 대호는 도의회 주변의 카페로 용찬을 데리고 갔다.

"여 교수는 아직도 박 지사와 함께 일하나?"

"전형진은 도지사 후보자 추천서부터 정책공약개발, 후원금 조성까지 관여해. 그리고 기초마을 단위, 직능별 단위의 탄탄한 조직과 도의회의 지원세력을 가지고 있어서 그의 영향력은 대단해요. 설령 그가 미는 후보자가 낙선하더라도 당선자는 그의 힘을 빌리지 않으면 아무 일도 할 수 없어요. 여기 공무원 사회는 지연, 혈연, 학연 등의 네트워크로 꽉 조여진 구조란 거 모르세요?"

"괸당 문화 알지. 지역 토호들의 생존방식이지."

"괸당 중에서도 성골이어야만 선거에서 이길 수 있어요."

"성골? 신라시대 골품제 말이야?"

"우스갯소린데 보이지 않은 힘이 존재해요. 성골은 제주에서 나고 대학까지 나온 사람이고, 형처럼 제주 출신이지만 육지물 먹은 사람은 진골이라 해서 애써 한 단계 밑으로 봐요."

"열등감에서 나온 시기심이로구만?"

"순수한 토종끼리 뭉치자는 좁쌀 심뽀죠."

"그럼 전형진은 성골이고 박 지사는 진골이네?"

"박 지사가 성골들의 도움을 받는 거죠. 헌데, 두목회를 등에 업고 랴오닝이 하나도 섬 전체를 매입한다는 소문이 파다해요."

"소문과 추측만으로 기사를 쓸 수는 없어."

"내 안테나에 랴오닝 회장이 금명간 하나도를 방문한다는 정보가 잡혔어요."

"나도 랴오닝이 해외로 사업을 확장한다는 정보는 들었어."

"하나도를 매입해서 하나랜드를 만든대요. 취재 잘해보세요."

용찬은 중국인들이 이미 주민들과 접촉해서 하나도 사람들이 땅과 집을 팔고 섬을 떠나고 있다는 소문을 들었다.

"그래? 기자보다 어떻게 정보가 빠르지?"

"우리끼리 통하는 네트워크가 따로 있어요."

끼리끼리는 알지만, 세상에 밝혀지지 않은 일들이 너무 많다. 그것은 그들만의 정보망을 통해서 자기들끼리만 공유하는 또 다른 세계다. 그래서 정보화, 개방화의 시대에선 노는 물이 다르면 정보의 컨텐츠도 다르다.

"그 아름다운 하나도를 중국에 넘겨줘선 안 되지. 그러기 전에 두목회를 잡아야 할 텐데 무슨 증거 될 만한 것 얻을 수 없을까?"

문대호가 눈을 번쩍이더니 무슨 수가 떠오른 듯 무릎을 탁 쳤다.

"아, 있어요. 형, 룸 베이징 잘 알지? 두목회 모임이 있는 날 거기서 술 한 잔 사요."

베이징이라는 말에 정소영의 환히 웃는 얼굴이 떠올랐다. 용찬은 대호가 무슨 수를 꾸미는지 대충 짐작하고 그리하마고 했다.

도청 앞을 지나는데 정문 앞에서 혼자서 피켓 시위를 하고 있는 나이가 지긋한 사람이 눈에 띄었다. '자연녹지 웬말이냐, 농경지로 환원하라.' '빽 있는 놈 개발허가, 줄 없는 놈 차별하나?'

용찬은 기자의 촉으로 필시 기삿감이 될 것 같아서 도로변에 차를 세웠다. 다가가서 명함을 내밀며 대화를 시도했다. 용찬을 바라보는 그의 눈에는 곧 그렁그렁 눈물이 맺혔다. 용찬은 도청 내에 커피를 팔고 있는 휴게실로 그를 데리고 갔다.

그는 무슨 부동산개발 회장 정기성이라고 적힌 명함을 내밀었다. 커피가 나오자 용찬이 두 잔을 양손에 들고 왔다.

"저는 제주에 온 지 11년째 되는 이주민입니다. 젊은 시절 제주에 왔다가 나이 들면 제주에 살려고 중산간에 있는 땅 약 삼만 평을 구해 놓았어요. 그때는 쓸모없는 잡종지였어요. 헌데 요즘에 와서 그 땅값이 올라가고 개발을 하려니까 나를 악덕 투기업자로 매도하는 거예요."

용찬은 정 회장의 말을 메모하며 물었다.

"위치가 어느 지경입니까?"

"서귀포 차이나타운이 들어서고 있는 삼미동 부근 땅입니다. 바다가 훤히 내려다보이는 경치 좋은 곳이죠."

"선견지명이 있으셨던 모양이네요?"

정 회장은 손수건을 꺼내 땀을 닦으며 대답했다.

"아뇨, 그게 40년이나 되는 오래전 이야기예요. 그런데 10여 년 전에 제주에 들어와 개발하려다 보니 내 땅을 몇 사람이 허락도 없이 경작하고 있었어요. 그 사람들은 조부 때부터 경작하던 땅이라고 내놓지 않더라구요. 그래서 재판까지 걸었어요. 헌데 그들이 재판에 질 것 같으니 그때야 사정을 하는 거예요. 당시 토지 재측량법이 시행되고 있으니 구부러진 땅을 측정해서 재획정 하재요. 하도 사정하는 바람에 그래 어울리며 살자고 요청을 들어줬죠. 미래를 생각해서 내 돈

들여 반듯하게 재획정하고 이천 평을 내어 길을 만들어 맹지까지 풀어주고 무상으로 기부채납 했어요. 그런데 내 땅 중앙에 딱 2평 알박기한 땅이 있었어요. 원래 산소 자리였는데 이전해간 자리를 산 거지요. 그 주인이 대학교수였는데 어디서 개발 정보를 미리 알아내고 땅을 당시 평당 만 원에 구입했답니다."

"그 주인 이름 아세요?"

"여창희라고 전 지사 권당이라고 합디다."

용찬은 그가 좀 전 세미나에서 주제 발표를 했던 여창희라는데 놀랐다.

"그래서요?"

"그걸 열 배 줄 테니 팔라고 해도 요지부동이었어요. 할 수 없이 평당 1억씩 주고 매입했어요. 헌데 작년인가 농경지였던 땅을 자연녹지로 형질을 변경해버린 거예요."

"이유가 뭡니까?"

"삼미동이 개발되고 땅값이 오르니 내 땅을 헐값에 먹으려는 짓 아니겠어요? 아니 수질이 4급이던 곳이 어떻게 갑자기 2급으로 변합니까? 따졌더니 거기는 곶자왈이 있어 개발이 안 된다는 거예요. 헌데가 보면 아시겠지만, 아스팔트 도로가 깔린 곳인데 어찌 곶자왈이라고 하는지? 곶자왈이라도 골프장 들어선 곳도 있어요. 그런데 더욱 억울한 것은 부근에 있는 지역 도의원 땅은 건축허가까지 나서 펜션을 짓고 있어요. 그 주변 땅 지주들을 보면 전부 지역 유지나 고위 공무원 출신 등 토호세력들이에요."

"그들은 되는데 왜 정 회장님만 안 된다는 겁니까?"

"담당 고위공무원이 총대를 멘 것 같아요. 그가 지사 직계 라인이라고 하는데 실력자래요. 국장을 찾아가 설명을 해도 나를 악덕 투기꾼으로 몰아붙이며 막무가내에요. 그래서 도의회 자연환경위원장에게 후원금을 내고 찾아갔는데 솔직하게 담당 국장과 동기동창이라 난처하다는 겁니다. 그래서 도지사를 찾아갔죠. 헌데 도지사도 국장과 통화를 하더니 중산간 녹지 보호 때문에 안 된다고 환경단체 핑계를 대더라고요."

자연환경위원장 서길준의 얼굴이 떠올랐다.

"법으로 해결하시면 되잖아요?"

용찬의 말을 듣던 정 회장은 한숨을 내쉬더니 커피를 한 모금 들이키고는 씁쓸한 미소를 지었다.

"권 기자님, 제주 분 아니세요?"

"맞습니다만 무슨 일입니까?"

"그럼 괸당 문화라고 아시겠군요. 끼리끼리 다 연결되어 있어요. 재판을 걸었죠. 헌데 더 참담한 건 변호사를 구하기가 어려웠어요. 어떤 변호사는 도의 자문변호사라서, 어떤 변호사는 도의 담당국장과 인척간이라서, 도와 싸워서 이겨도 실속이 없다는 등 회피하는 변호사가 많았어요. 겨우 외지에서 온 변호사를 구하긴 했는데, 헌데 이번엔 법원에서 공판을 차일피일 미루는 거예요. 제주도를 상대로 하는 싸움에 모종의 압력이 있는 게 분명해요. 현장에 가 보면 정말 개발 불가 지역인지 아닌지 단번에 알 수 있는데 말이죠."

"어떻게 하실 겁니까? 상황이 이런데 마냥 1인 시위만 하실 겁니까?"

"저들 속셈이 삼미동처럼 헐값에 토지를 수용해서 중국놈들한테 팔아먹으려는 수작인데 내가 넘어갈 것 같아요? 기자님, 제발 이거 여론화시킬 수 있는 기사 좀 써 줘요. 지방 신문, 방송국들 찾아가 봤지만 모두 고개를 저어요. 중앙 언론에 내주기만 하면 쉽게 풀릴 거고, 그 은혜 잊지 않을게요. 정말 빽 없고 줄 없는 게 너무 억울합니다."

깊이 생각해보지 못한 용찬은 꿘당 문화라는 것이 중국의 꽌시(關係) 문화와 다를 바 없다는 것을 다시 확인했다.

용찬이 꿘당 문화 폐해의 사례로 기사를 써서 데스크에 올렸으나 지역감정을 조장할 수 있다는 이유로 결국 기사화되지 못했다.

대호와 약속한 날 저녁 용찬은 '비즈니스 룸 베이징'을 찾아갔다. 이른 시간이었는데 복도에서 비틀거리는 손님과 마주쳤다. 그런데 술 냄새가 나지 않았다. 용찬은 그가 대뜸 마약에 취했다는 걸 알았다. 그는 대뜸 용찬을 바라보더니 알 수 없는 중국어로 소리쳤다. 아마 용찬을 종업원으로 생각한 모양이었다. 소란스런 소리를 듣고 종업원이 달려왔다. 중국어로 취객을 달래며 방으로 안내하고 나왔다.

"잠시만요"

그러더니 전화기를 들고 어딘가 연락했다. 말하는 내용으로 봐서 초저녁부터 아가씨가 필요한 모양이었다.

"죄송합니다. 저 사람들 소란을 피워도 내칠 수 없는 이유가 VIP 손님이기 때문이죠. 돈을 물 쓰듯 쓰는 호구에요. 이해하세요. 손님 만나기로 하셨죠?"

그는 먼저 와서 기다리는 대호가 있는 방으로 안내했다.

웨이터가 주문을 받고 나가자, 대호가 용찬에게 윙크하며 공구 가방을 들고 일어섰다.

"오래 걸리지 않을 거예요."

잠시 후에 웨이터가 들어와 술과 안주를 놓고 갔다.

용찬이 휴대폰에서 뉴스를 보며 두어 잔 마실 때였다. 노크 소리와 함께 정소영이 평상복을 입은 채 들어왔다.

"어머, 미리 전화라도 좀 하시지. 미용실에서 머리 손질하다가 급하게 뛰어왔잖아요."

"이쁘게 화장까지 했네. 오랜만이야."

"둘이라더니 왜 혼자예요?"

용찬이 당황하며 둘러쳤다.

"화장실에 갔어."

"화장실은 이 안에도 있는데?

용찬은 말이 헛나간 것을 감추려고 어색하게 미소를 지었다.

"그러게. 나 몰래 전화라도 할 일이 있었나?"

정소영이 다가와 용찬의 얼굴을 두 손으로 잡더니 가볍게 키스를 했다. 용찬이 돌발적인 상황에 어리둥절하며 허리를 감싸 안는데 그녀가 몸을 빼더니 곱게 눈을 흘겼다.

"잠깐만 기다려요. 옷 좀 갈아입고 올게요."

정소영이 나가자 용찬은 지난번 코코의 몸매가 생각났다. 정소영을 안은 감촉으로 봐선 그녀보다 가슴은 크지 않을 거라는 생각을 했다. 그러자 해연의 얼굴이 떠올랐다. 용찬은 머리를 저으며 자신이 여자의 가슴에 신경을 쓰는 게 모정 결핍 때문이 아닌가 하는 생각에 헛웃음이 나왔다.

위스키 한 잔을 목으로 넘기는데 노크도 없이 문이 열리면서 대호가 들어왔다. 그의 얼굴은 상기되어 있었다.

"형, 술은 다음에 마시면 안 될까?"

"무슨 일인데?"

"복도에서 고등학교 때 여자 친구를 만났어."

대호의 얼굴이 시무룩해졌다.

"여기서?"

대호는 고개를 끄덕였다.

"내가 좋아했던 첫사랑인데 이런 곳에서… 나 도저히 여기서 술 못 마시겠어."

용찬은 대호의 심정을 이해할 수 있을 것 같았다.

"그럼 다른 곳에 가서 한잔하자."

용찬이 일어서는데 노크 소리와 함께 정소영이 왕금산을 안내하며 들어왔다.

"여! 권 기자 여긴 어떤 일이지?"

뜻밖에 나타난 금산을 보고 용찬이 놀라며 정 마담을 쳐다보았다.

"회장님이 권 기자님 친구라면서…."

금산이 다가서며 용찬의 손을 마주 잡았다.

"뭘 그리 놀라나? 여기도 내 업소야. 합석해도 되지?"

그는 대답도 듣기 전에 거드름 피우며 안 자리를 차지하여 앉았다. 그의 옆에 정 마담이 앉자 대호가 용찬에게 곤란하다는 눈치를 주었다.

"그렇게 바쁘면 먼저 가."

"형. 그럼 나중에 봐."

대호는 말을 마치고는 금산의 시선을 피하며 황급히 방을 나갔다.

"누구야?"

"응. 고향 후배."

"어디서 많이 본 얼굴인데?"

다시 노크 소리가 나더니 문이 열리며 용찬을 안내했던 웨이터가 들어왔다. 열린 문 사이로 여자의 비명소리가 들렸다.

"마담. 일이 생겼어요."

금산이 미간을 찌푸리며 끼어들었다.

"무슨 일이야."

정소영이 밖으로 나가려고 문을 여는데, 키가 자그마한 웨이터가 피가 새어 나오는 복부를 움켜쥐고 들어와 쓰러졌다.

"마담, 엠뷸런스 좀…."

정소영이 테이블 위에 놓아두었던 휴대폰을 드는데, 금산이 느긋하게 목소리를 깔고 말했다.

"마담, 일 처음 해? 시끄럽게 만들지 말고 일 똑바로 해."

정소영은 금산의 눈치를 살피며 슬그머니 휴대폰을 주머니 속으로 집어넣었다.

"죄송합니다."

웨이터의 하얀 와이셔츠는 흥건히 피에 물들고 있었다. 그것을 보고 금산이 소리쳤다.

"야 임마. 여기가 어디라고 피 튀기며 지랄이야?

소리를 듣고 예의 웨이터가 들어왔다. 정소영이 다급하게 물었다.

"김 군, 무슨 일이야?"

"왕 사장님이 약에 취해서 파트너 마음에 안 든다고 칼을…."

말하는 도중에 금산이 버럭 소리쳤다.

"야 이 새꺄. 기자님 앞에서 너 지금 무슨 소리야? 이 자식들 똑바로 못해?"

웨이터는 용찬과 금산을 번갈아 보더니 연신 고개를 조아리며 '죄송합니다'란 말을 반복했다.

금산은 양복 주머니에서 오만 원권 돈다발을 꺼내 김 군에게 던지며 말했다.

"나가서 응급처치하고 조용히 처리해."

"예. 알겠습니다."

김 군이 피 흘리는 웨이터를 부축하고 밖으로 나갔다. 정소영이 화장실에서 막대 걸레를 가지고 와서 바닥에 묻은 피를 닦아내려 하자 금산이 일어서며 말렸다.

"그만둬. 비린내 나서 술이 땡기겠나? 방 옮겨. 내가 마시는 술 가져오고."

"죄송합니다. VIP룸은 예약이 되어 있어서 다른 룸으로 모실게요."

용찬은 정소영의 뒤를 따라 방을 옮기면서 베이징의 내부를 둘러

봤다. 그제야 중국 자본가들의 휴식처. 퇴폐의 본거지에 온 것을 알았다.

실내는 비너스 조각상과 르누아르의 그림으로 장식된 우아한 분위기를 자아냈다. 금산은 가져온 술병의 뚜껑을 열고 냄새를 맡더니 만족스러운 듯 미소를 지으며 용찬에게 한 잔 권했다. 그러면서 불쑥 난데없는 얘길 꺼냈다.

"해연인 잘 있나?"

"갑자기 해연인 왜?"

"아냐. 그냥 궁금해서. 자 마셔 봐. 이거 한 병 값이 자네 월급보다 많을걸?"

그리고는 자신은 언더글라스에 반쯤 부은 양주를 단숨에 목으로 넘겼다. 그의 모습이 쓸쓸하다고 느끼며 용찬도 잔을 비웠다. 혀를 감돌고 목젖으로 넘어가는 술은 부드럽고 감미로웠다.

금산이 다시 양쪽 잔에 술을 채우면서 말했다.

"자네 쓴 기사 봤어. 헌데, 자네는 현상만 보지 그 본질은 모르고 있어."

용찬은 금산의 말의 의미를 얼른 알아차리지 못했다.

"왜? 일부 장기불법체류자들의 일탈된 행동에 화교 전체가 비난받는 게 못마땅해선가?"

"자네가 화교의 설움을 알아? 어렸을 적부터 우린 가까이해선 안되는 더러운 인종 취급을 받았어. 냄새난다고 배척하고 배달하는 사람을 거지처럼 무시하고 외상값은 갚지 않아도 된다는 사고방식에 많은 상처를 받았지. 난 따돌림 하는 한국 사람들과 어울리려고 무진 애를 썼어. 빵, 과자, 사탕과 담배, 심지어 돈까지 바치며 말이지."

"난 그렇게 생각한 적 없어."

"물론 자넨 예외지. 정말 친구로서 따뜻하게 대해줬으니까. 난 한국 사람이 되려고 노력했어. 한때는 김산왕이라고 한국 이름처럼 가명으로 명함을 새기고 다니기도 했어. 하지만 내가 왕 씨인 이상 한국 사람이 되는 건 불가능 한 일이라는 걸 깨달았지. 정부가 나서서 화교의 재산권, 공민권을 제한했고 심지어 꼭 같은 세금을 내는데 국숫값은 자율화하면서도 짜장면값은 규제했어.

그렇다고 우린 완전한 중국인도 아니야. 같은 한족이면서도 본토에서는 화교라고 구별해. 어울리려고 하는데 우린 그냥 외국인이야."

"어렸을 때 한라문화제에서 봤던 기억나. 꽹꽹꽹 하는 악기를 치면서 옛 중국사람 복장을 하고 키다리 지게 위에 올라서서 행진하던 모습 말야. 처음 보는 광경이라 신기하고 충격적이었지."

"그랬지. 헌데 한 가지 물어보자. 조선족은 너희 국민이야, 아니야?"

"그들은 중국 동포야. 허나 그들이 왜 북간도나 만주로 갈 수밖에 없었는진 알고 있지"

"그렇지. 국민이 아니고 동포지. 그들은 엄연히 중국인 조선족이야. 그런데 동포라면서 조선족을 무시하고 업신여기지? 그들이 미국이나 일본교포라면 그런 대접을 받을까? 우리 화교들은 그래도 본국에 가면 대우를 받아. 왜 그럴까? 결국엔 돈이야. 돈이 사람의 가치를 좌우하는 거야. 그래서 난 악착같이 돈을 벌어야겠다고 결심했지."

금산이 그렇게 남모른 성장통을 심하게 앓은 것을 처음 알았다.

그런데 한족들이 조선족을 대하는 태도도 똑같다. 그들은 조선족을 중국인이라고 하면서도 멸시한다. 멸시만이 아니라 소수민족 출신들이 잘되는 것을 훼방 놓는다. 한 예로 중학교 때 뛰어난 소질을 가진 앞길이 유망하던 축구선수가 있었다. 그는 국가대표의 꿈을 지니고 있었는데 고등학교에 들어가서 좌절하며 축구를 포기했다. 조선족이라고 경기에 뛸 수 있는 기회를 주지 않았기 때문이다. 이와 같은 일은 어느 분야에서 건 흔히 볼 수 있는 현상이다. 피는 속일 수 없는 것인지 조선족을 대하는 화교들의 태도도 다르지 않다.

"조선족들이 한국에 들어오면서 우리 화교들이 쌓아 올린 노력들이 많이 망가졌어. 관광업계를 교란시키고 불법체류하면서 많은 문제 일으키고…."

용찬은 대화에 끼어들 기회를 노리고 있었는데 이때다 싶었다.

"그걸 조장한 건 대룡관광 아닌가?"

금산은 용찬을 노려보았다. 그러더니 코웃음을 쳤다.

"누가 그래? 우린 중국에서 보내주는 손님들 받아서 현지 여행사들에게 배분한 것뿐이야. 그들이 무슨 목적으로 제주에 왔는지 어떻게 아냐구?"

"자네가 데리고 온 거야. 물론 전세기 마련하면서 관광에 이바지한 공로는 인정해."

"그래서 그들을 밧줄로 묶고 끌고 다니란 말인가?"

금산은 자조와 비아냥 섞인 미소를 지었다.

"요우커(遊客, 단체 관광객)는 잔챙이들이야. 산커(散客, 개인 자유관광객)들이 알짜지. 바링허우(八零後)라고 80년 이후에 태어난 세대들이 돈을 쓸 줄 알아. 그중에서도 주링허우(九零後, 90년대 생)들은 손이 커서 쇼핑에 기천만 원을 써."

"요즘 중국 관광객 중 20·30대 비중이 50%가 넘는다는 통계를 봤어."

"자네가 투기자본 어쩌고 하는데 지금 와서 그 자본들을 다 회수하면 어떻게 될까 생각해봤어? 어차피 세계는 개방화된 거야. 중국 자본이 모든 나라의 경제를 쥐고 흔들고 있다는 걸 아는가? 부동산 그거 아무것도 아니야. 한국에서 주식이나 은행, 대기업 투자금 같은 중국의 금융자본을 철수해 버리면 하루아침에 경제공황 사태가 벌어진다는 건 알아?"

용찬은 중국이 경제적으로 미국을 넘어 곧 세계를 지배할 것이라는 걸 심각하게 생각했다. 하지만 거기에 변명할 말을 찾지 못해 술잔만 기울였다.

금산은 빈 언더글라스 잔에 양주를 부었다. 그리고는 주머니에서 자그만 하얀 병을 꺼내더니 뚜껑을 열어 두어 방울의 맑은 액체를 술잔에 떨어뜨렸다.

"너도 할래?"

말로만 들었던 물뽕이 분명했다. 용찬은 얼른 잔을 들어 피했다.

"난 싫어."

"겁내기는. 이거 마시면 기분 좋아져. 그리고 깨고 나면 아무 흔적도 없어."

"그런 거 왜 하는데?"

"네가 보기엔 가만있어도 돈이 알아서 굴러들어오는 것 같지? 얼마나 머릴 굴려야 하는지 제대로 잠을 못 자. 늘 불안하고 힘들지. 죽고 싶을 때도 있어. 그런데 이거 먹으면 세상이 해피해. 잠도 잘 오고."

금산은 술잔을 들어 몇 번 흔들더니 단숨에 비워냈다. 그리고는 아무 일도 없다는 듯 말을 이었다.

"난 제주도에 중국인 1만 명을 이주시켜 불야성의 왕국을 건설할 거야. 자네도 월급쟁이 그만두고 나랑 같이 힘 합치는 게 어때?"

금산은 하나랜드 프로젝트를 말하고 있었다.

"난 커다란 극장을 만들 거야. 자네 중국을 여행했으면 봤을 거야. 대규모 인원이 출연하는 스펙타클한 버라이어티 쇼 말이야. 제주에 와야만 볼 수 있는 제주의 신화와 역사를 주제로 한 종합퍼포먼스를 개발해서 야간 관광 상품으로 만들 거야. 값싼 중국 노동력을 활용하면 대박이 터질 거라구. 자네 거기 극장을 맡아주지 않겠나?"

친구를 위한 금산의 선의는 믿지만 회유라는 속셈이 뻔히 보였다.

"좋은 아이디어군. 고맙지만 난 배부른 돼지보단 배고픈 소크라테스가 되기로 작정하고 기자가 됐네."

금산은 그럴 줄 알았다는 듯 씁쓸한 미소를 지으며 말했다.

"난 옛 우정을 생각해서 제의한 것인데 싫다면 할 수 없지. 난 곧 일본으로 진출할 생각이야."

"그렇게 돈 벌어서 뭐 할 건데?"

"권 기자. 돈이 무엇인지 아나? 없는 자에겐 빵에 불과하지만, 가진 자에게 돈은 권력이야. 돈이면 뭐든 할 수 있어. 돈이 자유를 주고 행복을 주지."

"인간성을 마비시키는 마약 아닌가? 돈맛에 취해 괴물이 되는 사람도 많잖아?"

"흐흐흐. 자넨 행복한가? 난 나와 함께 하는 사람들이 행복했으면 좋겠어. 난 돈 벌면 우선 여기다 국제예술학교를 세울 거야, 대룡문화센터도 만들어 중국과 문화교류도 상시적으로 할 거야. 함께 사는 사람들의 풍요로운 삶을 위해서."

제주 문화 발전에 이바지하려는 금산이 가상하게 생각됐다. 용찬은 행복이란 인생의 가을쯤, 살아온 과거를 반추하며 느끼는 것이라고 생각했다.

금산의 눈은 반쯤 풀려 있었다.

"헌데 삼미동 차이나타운 말이야, 법적으로 제동이 걸린 것 알고 있지?"

"제동이 걸리면 그걸 팔아먹은 놈들이 책임지겠지. 우린 아무 문제 없어."

"종필이 형 회사도 협력 업체라면서?"

"그 새끼 사기꾼이야. 쌍놈의 새끼. 리화의 인생을 망가뜨려 놓고. 이젠 조선족 회사 앞잡이가 돼서 날 조롱하고 있어. 손도끼로 목 잘라 버릴 거야 개새끼."

그의 말에서 비릿한 피 냄새가 났다. 장종필에 대한 분노는 벽처럼 단단했다.

"그래도 친구잖아? 삼총사 잊었어."

"친구? 흥. 그놈이 언제 날 친구 대접했는데? 늘 날 이용해 먹었지. 개고기 같이 굴던 버릇 버리지 못하고 날 경멸하고 있어. 배신자들은 내 가만 안 놔둘…."

말끝이 허물어지더니 콕 꼬꾸라지며 잠이 들었다. 얼굴은 편안하게 웃는 표정이었다.

용찬에겐 '배신자'라는 말이 하나도를 건드리지 말라는 경고처럼 들렸다.

용찬은 사회가 썩지 않도록 소금의 역할을 하겠다는 신념으로 기자가 되었다. 금산의 말을 듣고 나니 화교들에 대한 기사를 계속 써야 하는가에 대한 갈등이 일었다. 그러나 술 탓인지 그는 금세 결단을 내렸다.

'그래 오늘은 일이 아니라 친구와 어울린 거다. 내가 한 번 눈 감는다고 세상이 달라지나?' 용찬은 그러면서 그걸 우정을 위한 배려라고 생각했다.

13. 하나도 프로젝트

아침에 안개가 끼는 날은 중 대가리 터진다는 속담이 있는데, 햇볕은 따가웠으나 바람은 아주 부드러웠다.

용찬은 아침 일찍 차를 몰아 하나도 도항선이 드나드는 항구로 갔다. 밤중에 문대호에게서 랴오닝 회장이 제주에 왔다는 전화가 걸려 왔다. 공항의 보안 당국자에 확인해보니 전날 입국자 명단에 리밍타오(李明都)가 있었다.

평일인데도 하나도에 가려는 사람들이 길게 줄을 서 있었다. 도항선에 오르니 객실에는 알록달록한 아웃도어 복장을 한 관광객들로 가득 찼다. 선내가 시끄러웠다. 마치 싸우는 사람처럼 고성을 지르며 소란스럽게 떠드는 것은 중국 단체관광객들이었다. 곁에서 눈치를 주어도 그들은 염치없이 떠들었다.

중국인들이 이렇게 공중질서와 윤리 규범을 지키지 않은 것은 그들의 역사, 살아온 환경과 무관하지 않다.

그들이 주장하는 4,600여 년의 역사 중 4,200여 년을 주변국들의 침략과 지배를 받아왔다. 그들은 늘 침략에 대비해야 했고 피난길에 올라야 했다. 남을 믿을 수 없으니 자기중심적이었다. 그들은 세계의 중심(中國)이고 나머지는 다 오랑캐다. 사방으로 동이(東夷), 서융(西戎), 남만(南蠻), 북적(北狄)에 둘러싸여 있다. 그런 생명이 위태로운 상황에서 공중도덕이나 준법정신 따위가 안중에 있을 리 없었다. 생활이 불안하고 각박한 상황에서 타인에 대한 배려에 마음 쓸 여유도 없다. 규칙 따위는 번거로운 것이고 필요에 따라 바꿀 수 있고 내가 편하면 그만이고 안 지켜도 된다는 사고방식이 만연했다. 가족들의 생명과 재산을 보호하고 하나라도 더 얻기 위해선 억척스러워야 하고 남들보다 목소리도 커야 했다.

그나마 2008년 베이징 올림픽과 2010년 상하이 엑스포를 준비하며 문화와 예절을 중시하고 새로운 기풍을 수립하는 5대 문명 활동을 전개했다.

그 가운데 '줄 서는 예의'를 중요 활동의 하나로 정했다. '줄 서는 날'을 따로 정하고 베이징 전역에서 수십만의 자원봉사자를 모집했다. 그들을 버스정류장이나 공원, 번화가 마켓 등 약 2,000군데 공공장소에 보내어 100만 시민을 줄 세우는 데 성공했다. 이런 활동이 상하이나 광저우 같은 도시로 확산되면서 서서히 시민 의식이 생기기 시작했다.

하지만 우리나라처럼 SNS를 활용할 수 있는 인터넷 기반시설이 널리 깔린 것도 아니어서, 개인주의적 무질서 유전자가 몸에 밴 14억 인구를 하루아침에 공익 캠페인으로 계도하는 것은 어려운 일이다.

하나도 포구에 내리자 얼른 눈에 들어오는 것은 곳곳에 걸린 색색의 생경한 현수막들이었다.

'하나도를 사수하자, 중국자본 물러가라' '섬에서 내쫓기면 어디 가서 뭘 먹고 살란 말이냐.'

청년회, 부인회, 노인회, 해녀회, 향우회, 결사단 등에서 내건 구호들이 하나도의 현실을 드러내고 있었다. 그런데 같은 배를 타고 온 깍두기 머리의 건장한 청년들이 행동대장인 듯한 사내의 지시에 재빨리 달려가더니 칼로 줄을 끊고 현수막들을 철거하기 시작했다. 관광객들이 그 광경을 보며 지나가는데, 어디선가 한 청년이 뛰어와 이들의 행동을 제지했다.

"야 너희들 뭐야?"

그러자 예닐곱 명이나 되는 사내들이 달려들어 대답 대신 청년을 제압했다. 청년은 악다구니를 쓰며 반항했지만 속수무책이었다. 드러누워 발악하는 청년을 등치 좋은 네 명의 어깨들이 손발을 잡고 부동산 사무실 간판이 붙은 건물로 데리고 갔다. 나머지 어깨들은 수거한 현수막을 한곳에 모으고는 불에 태웠다. 기름 성분이 묻은 천이라 불은 매캐한 연기를 내며 쉽게 탔다. 뒤늦게 또 다른 청년 한 명이 달려와 쌍욕을 퍼부으며 항의를 했으나 상황은 종료된 후였다.

용찬은 이 광경을 구경하는 관광객들 틈에 끼어 몰래 사진 몇 장을 찍었으나 끼어들고픈 생각은 애초에 없었다.

용찬은 언쟁이 벌어지고 있는 현장을 떠나 해안가를 따라 걸었다.

돌담으로 경계가 나누어진 밭에서 자라는 청보리들은 따스한 햇볕에 멱을 감고 있는 듯, 때맞추어 불어오는 바람에 싱그럽게 빛나는 나신들을 요염하게 흔들었다.

언덕 위에 오르니 숨이 가빴다. 걸음을 멈추고 뒤를 돌아보니 멀리 한라산이 구름 속에서 비쭉 머리를 내밀고 있었다.

관광객을 실은 유람선이 푸르고 맑은 바다 위에 기다란 생채기를 내며 미끄러져 가고 있었다. 용찬은 카메라의 파인드에 눈을 붙이고 눈 앞에 펼쳐진 푸른 보리밭과 숭숭 구멍 뚫린 현무암의 밭담, 햇살을 받아 더욱 짙어진 에메랄드빛 바다와 멀리 올망졸망 한가롭게 누워 있는 오름, 하얀 구름이 둥둥 떠가는 하늘을 한 컷에 담았다.

용찬의 입에서 '아름답다'라는 말이 절로 터져 나왔다.

섬을 한 바퀴 도는 데 그리 많은 시간이 걸리지 않았다. 출발했던 포구로 돌아오는데 뱃속에서 꼬르록 소리가 들렸다. 생각해보니 아침에 식빵이 없어서 우유 한 잔 먹은 게 전부였다.

시계를 보니 11시가 가까웠다. 용찬은 아점을 먹을 생각으로 두리번거리며 식당을 찾았다. 몸국, 깅이죽, 국수. 메뉴를 창가에 써 붙인 식당이 보였다.

열린 문 사이로 식탁에 앉아 채소를 다듬고 있는 아주머니가 보였다.

"식사 됩니까?"

"혼저 옵서. 물때가 다 돼 부난, 국수 밖에 안 되쿠다."

"예. 국수 좋수다."

아주머니는 다듬던 채소 차롱을 들고 주방으로 들어갔다. 주방이라고 하지만 식탁에 앉아서도 안이 훤히 내다보이는 구조였다.

"아주머니네도 땅 파셨어요?"

음식을 장만하는 아주머니 등에다 대고 물었다. 그 말에 아주머니는 못마땅한 듯 돌아서서 용찬을 노려보았다.

"무사 손님도 땅 사래 옵데강?(왜 손님도 땅 사러 오셨어요?)"

"아니우다. 땅 때문에 하도 시끄럽다기에."

아주머니는 다시 돌아서서 음식 만드는 일에 열중하며 대답을 했다.

"이거 조상님 누웡 이신 땅을 팔아뒁 어떵허젠 햄신디사. 중국 어느 부재가 이 섬 몬딱(모두) 사켄허지 안 햄수가?"

"게난 하영들 팔아수가?(그래서 많이 팔았나요?)"

"팔안 나간 사름덜도 하우다. 누게 하나 거들떠보지도 않던 땅을 중국 사름들 드나들멍 열 배 스무 배로 올령 사켄허니 동네 사름덜 눈깔이 뒤집혀 분 거우다. 여길 떠나믄 어디강 무신 거 허영 먹엉 삽니까? 바당 건너 삼미동 사람들도 땅 팔아먹은 거 후회 막심이엔 허는디. 여기도 강제 수용해 불건가 양?"

"영 아름다운 섬을 그럴 리가 이수가?"

"요즘 여기 사름덜 조드는(걱정하는) 게 일이우다. 물질을 허멍서도 물 위에 뜬 테왁처럼 마음에 바람이 들어가지고. 에이고 쯧쯧. 돈이 웬수주."

아주머니는 돌아선 채 넋두리를 계속 풀어놓았다.

국수를 먹고 식당을 나서는데 포구에 도항선이 도착해서 손님들이 내리고 있었다. 그런데 이상했다. 관광객들은 없고 정장을 입은 사람들 일행만 배에서 내렸다. 흰색 정장에 하얀 모자와 검은색 색안경을 쓰고 콧수염을 기른 사람을 건장한 보디가드들이 호위하며 걸어오고 있었다.

용찬은 그가 리밍타오라는 것을 직감했다. 주변 인물들을 찬찬히 살피다가 리밍타오 옆에 찰떡처럼 붙어 이야기하며 걸어오는 낯익은 얼굴을 발견했다. 그는 때로 뒤돌아서서 포구의 정경과 그 앞에 펼쳐진 본토의 모습을 가리키며 열심히 설명하고 있었다.

어깨를 젖히며 걷는 독특한 걸음걸이는 분명 왕금산이었다. 며칠 전 술에 취해 넋두리하던 모습은 찾아볼 수 없이 씩씩했다. 용찬은 얼른 카메라를 꺼내 몰래 몇 컷을 찍었다.

리밍타오는 주변 경관을 살피며 오른손 엄지를 세우며 '띵 하오' '뷰티플' '굿'을 연발했다.

일행이 다시 돌아서서 다가오자 용찬은 손을 들어 금산에게 반가움을 표현했다. 금산은 힐끗거리며 쳐다보다가 가까이 다가와서야 용찬을 알아보고 손을 들어 화답했다. 그런데 리밍타오 오른쪽에 어디서 본 듯한 사람이 동행했는데, 용찬은 그가 전형진 전 지사라는 걸 일행이 지나가고 나서야 기억해 냈다.

"형. 지금 어딨어?"

전화기를 타고 들려오는 대호의 목소리는 들떠 있었다.

"지금 사무실."

"성공이야. 화질도 깨끗하고 부인할 수 없는 증거 잡았어."

룸 베이징에 몰래 설치해놓은 카메라의 영상을 가지고 대호가 사무실 문을 두드렸다.

대호는 얼굴이 벌겋게 달아오를 정도로 긴장한 얼굴로 들어오더니, 의자에 앉아 노트북에 USB를 꽂았다.

"어제 하나도에서 전형진이 랴오닝 회장을 대동하고 나타난 걸 봤어."

"정보 들었어요. 왕금산이 안내했죠?"

"소식 참 빠르네."

"자 봐요, 두목회의 계략이 적나라하게 나타난 증겁니다. 이거 하나면 두목회가 어떻게 도정을 농단해 왔는지 실상을 고발할 수 있어요."

영상의 배경은 어두웠으나 카메라의 위치가 좋아서 두목회 멤버들의 얼굴들이 확연하게 구별되었다.

"전 지사 말 들어봐요. 이 사람 랴오닝 그룹과 밀착돼 있는 것이 확실해."

화면을 보는 용찬의 눈빛이 빛나기 시작했다.

"자 여기서부터 봐요."

대호가 마우스를 조작하며 화면을 어느 지점에 고정하자 전형진이 나타났다.

"랴오닝은 하나도를 매입해서 마카오와 같은 카지노 단지를 설치하고, 휴양형 리조트 호텔과 디즈니랜드 같은 유락시설을 만들어 섬 전체를 공원화할 계획입니다. 그리고 케이블카로 섬과 섬을 연결하고 바다 위에는 요트를 띄운다고 해요. 이건 제주도의 관광 발전을 위한 획기적인 프로젝트입니다. 이에 대해서 우리가 지혜를 모아 전적으로 서포트 해야 하지 않겠습니까?"

전형진의 말에 화답하며 '좋습니다' '거 획기적이네' '디즈니랜드 좋지'하는 리액션들이 튀어 나왔다.

"쯧쯧"

용찬은 그들의 하는 작태가 어이없었는지 소리 내며 혀를 차면서도 화면에 집중했다.

"여 교수님. 마스터플랜 검토 결과 나왔습니까?"

"예. 검토 마치고 담당 부서로 넘겼습니다. 지사의 결단만 남은 상태입니다."

"김 변. 절차나 시행과정에 대한 법률적인 검토는 어떻습니까?"

"주신 자료 살폈으나, 그대로 밀고 나가도 문제없을 것 같습니다."

"좋습니다. 그럼 저는 지사를 면담하여 결단을 촉구하겠습니다. 홍 실장은 비서실과 연락해서 면담 일정을 잡아요. 그거 사전에 밖으로 새어 나가면 곤란하니까 보안을 철저히 하고."

"예. 알았습니다."

그러자 나오룡이 심각한 표정으로 이의를 제기했다.

"헌데 주민들이나 시민단체의 저항이 만만치 않을 텐데요? 지난번 삼미동 강제 수용할 때 보셨지 않습니까?"

그의 말에 전형진이 여유 있는 웃음을 보였다.

"어려운 사업이라고 불구경하듯 해서야 되겠습니까? 우리가 힘을 합쳐 하지 못한 일 있었습니까? 물론 저항이 있을 테지요. 허나 저항 따위에 밀려 못 하는 일도 없었습니다. 제주도의 특색 사업으로 입안하고 국가 전략 사업으로 밀어붙이면 됩니다. 이게 누구 개인의 이익이 아니고 제주도의 미래 성장 동력의 발판을 마련하는 일 아닙니까?"

그러자 홍민태가 나섰다.

"맞는 얘깁니다. 밀어붙입시다. 이 원장님은 여당 재정위원이시고 정부 고위 인사와의 채널 여럿 있으시니 정부 쪽은 이 원장님이 책임지시죠."

"저거 봐요. 아직 결정도 안 된 사업을 담당 공무원 제쳐놓고 지들이 설치고 있어."

대호가 공분을 참지 못하고 용찬의 얼굴을 쳐다봤다.

"가만, 계속 들어보자."

"그럼요, 야당 초자 국회의원들이 무슨 힘 있겠습니까? 제주도 발전을 위한 것이라면 제가 나서야죠. 헛헛헛"

병원장 이대현은 자신의 역량을 발휘할 기회라는 듯 헛웃음까지 날렸다.

"좋아요. 서 위원장 생각은 어떻소?"

"저는 장기적인 안목에서 큰 틀로 보고 찬성입니다. 거기서 거둘 수 있는 지방세 수입도 만만치 않지만, 일자리 창출 효과도 크고, 무엇보다 국제자유도시의 완성은 외자 유치와 세계인이 함께 사는 데 있는 것 아닙니까?"

그 말에 만족한 듯 전형진은 입이 귀에 걸리듯 환한 미소를 보였다.

"왜 아니겠소? 도의회 통과 낙관해도 되는 거지요?"

"사전 작업해 놓겠습니다."

"저도 적극적으로 찬성입니다. 한 가지 조언하자면 건설 사업에 제주 업체가 반드시 참여할 수 있도록 조건을 달아야 합니다."

발언자는 장석규였다. 그러자 여 교수가 끼어들었다.

"그건 당연한 말이지요. 젊은이들의 저항을 막을 명분도 되니까. 하나랜드 종사원의 50% 이상은 제주의 청년들로 한다는 조항도 허가 조건으로 명시되어 있습니다."

"형, 이 부분에서 전 지사하는 말 잘 들어봐요. 아주 충격적이야."

용찬은 모든 감각을 집중하며 컴퓨터 화면을 바라보았다.

"랴오닝 리 회장에게도 우리 존재와 파워를 확실하게 전달했습니다. 일만 잘 성사되면 여러분께도 반드시 보답이 있을 겁니다."

영상은 여기서 멈췄다.

"하나도에 관한 건 여기까지예요."

"이놈들, 정말 제주도를 말아먹을 큰일 날 놈들이네."

"그렇죠? 이거 막기 위해선 언론을 통해서 사전에 터트릴 수밖에 없어요.”

   용찬은 특종을 생각하면서 여러 번 수정하며 꼼꼼히 기사를 썼다. 그러나 기사를 송고한 지 며칠이 지나도 중앙 신문엔 기사 한 줄 실리지 않았다.

   ‘무슨 일이지? 사전에 편집 데스크에게 사회면 톱으로 다뤄 달라고 부탁까지 했었는데?’ 용찬은 닷새를 기다려도 기사가 실리지 않자 데스크 부장에게 전화했다.

   “특종감인데 왜 그래요? 다른 급한 기사도 없던데?”

   “그러잖아도 자네한테 전화한다는 걸 깜빡했어.”

   용찬은 부장의 목소리에서 난처한 문제가 있다는 걸 감지했다.

   “도대체 누가 막는 겁니까?”

   “응 그게 말이야. 위에서 잠깐 보류하라고 했어. 사실을 좀 더 확인한 후에 터뜨리자고.”

   “아니 캡쳐한 사진까지 첨부했는데 무슨 사실 확인이 더 필요하단 말씀입니까?”

   “이거 거대한 정치적 함의가 깔린 사안이야. 어차피 언론이란 게 정치권의 눈치를 안 볼 수 있나? 윗선을 통해 알아보니 이미 여당 유력자에게 기름칠이 된 건이었어. 우리 신문사 사주가 그 사람의 영향력 아래 있다는 걸 자네 모르나?”

   여당의 유력자 조달제 의원 장인이 신문사 사주라는 것은 알고 있었지만 그렇다고 이런 특종을 깔고 뭉개는데 용찬은 분노가 치밀었다.

"그럼 다른 신문에 기사 넘겨도 되는 거죠?"

"권 팀장. 앞날이 창창한 사람이 경솔하게 행동하지 말게. 이미 하나도 프로젝트는 중국과의 관계 증진이라는 국가 전략 사업으로 조율 중이라 비밀을 유지해 달라는 상부의 지시가 있었네. 잘못 발설했다간 자네 목숨이 위태로울 수도 있어."

용찬은 맥이 풀렸다. 입에서 자신도 모르게 욕이 튀어나오는 것을 참으며 인사도 없이 전화를 끊어버렸다.

용찬은 도지사를 만나 사실관계를 확인해야겠다고 생각했다. 마침 지사가 사무실에 있다는 것을 부속실에 확인했으나 행사가 있어 곧 출발해야 하기 때문 면담은 곤란하다는 답변이 왔다. 용찬이 막무가내로 부지런히 계단을 올라 지사실로 들어서는데 방에서 나오는 지사와 마주쳤다. 용찬은 박 지사의 손을 마주잡고 1분만 말미를 달라고 사정하여 지사실로 들어갔다.

"시간이 없으시다니 단도직입적으로 묻겠습니다. 하나도 프로젝트 어떻게 할 겁니까?"

박 지사는 아닌 밤중에 무슨 홍두깨 같은 소리라며 펄쩍 뛰었다.

"권 기자님. 어디서 그런 정보를 들으셨는지 모르겠지만 저는 금시초문입니다. 그런 가짜 정보에 현혹되지 마세요."

박 지사는 딱 잡아떼었다.

"그럼, 두목회를 모른단 말씀입니까?"

"두목회가 뭡니까?"

"전형진 지사의 사조직을 모른단 말씀이죠?"

"이러지 마세요. 전 처음 듣는 말입니다."

용찬은 그 짧은 순간 박 지사가 정말 모를 수 있겠다고 생각했다. 두목회라는 것이 공식 명칭도 아니고 전 지사가 운영하는 '제주경제문화연구소'라는 사조직이고 그들이 비밀리에 조직적으로 움직이니 모를 수도 있다. 설령 안다고 해도 그렇게 말할 처지가 아니라는 것으로 판단했다. 용찬은 순리적으로 풀어가야겠다고 생각했다.

"그럼 하나도 주민들이 중국 사람들에게 땅을 팔고 뭍으로 이주한다는 사실도 모릅니까?"

"아. 그 소식은 보고를 들어 알고 있습니다. 저도 그 문제에 대해선 심각하게 고민하고 있지만 사유 재산 처리를 지사가 간여할 수 있는 사안은 아니잖습니까?"

"그럼 중앙에서 하나도 프로젝트 제안이 오면 거부할 생각은 있습니까?"

"그건 그때 가서 제주도의 미래와 제주도민의 입장에서 판단하겠습니다."

예상했던 원론적인 답변이었다.

이튿날 전형진 전 지사가 자신의 사무실에서 차 한잔하고 싶다는 여직원의 전화가 왔다. 박 지사가 곧바로 일러바친 게 분명했다. 용찬은 하나도 프로젝트에 대해 자신의 입을 막으려고 모종의 압력을 넣을 것을 예상하며 일어섰다.

전 지사의 사무실은 신제주 한 오피스텔 5층에 있었다.

'제주경제문화연구소'라는 팻말이 달린 사무실 문을 열자 기다리고 있었다는 듯 여직원이 일어서며 응대를 했다.

"권 기자님이시죠? 이리 오세요."

넓은 사무실에는 세 명의 직원이 근무하고 있었다. 사무실 임대료에 이들에게 월급을 주려면 운영비도 만만치 않을 텐데 든든한 후원자가 있나보다고 생각했다.

여직원의 안내를 받고 따라가니 표찰도 달리지 않은 문 앞에서 노크를 하고 문을 열었다.

"손님 오셨습니다."

"들어와요."

용찬이 안으로 들어서니 소파에서 신문을 읽던 전 지사가 일어서며 악수를 청했다.

"어서 오세요. 제주 출신이라고 이야기 들었소. 나 전형진이오."

그는 커다란 손으로 용찬의 손을 움켜쥐었다. 손아귀의 힘이 어찌센지 통증을 느낄 정도였다. 일부러 기선을 제압하려는 것이라고 생각했다. 그는 웃는 표정이었으나 눈꼬리가 올라간 것이 음흉스런 승냥이를 연상시켰다.

용찬이 명함을 꺼내 인사를 하고 소파에 앉자 전형진이 대뜸 책상 맞은편 벽에 걸려 있는 액자를 가리키며 물었다.

"권 기자, 저 글자의 뜻을 아는가?"

편액 속엔 요상한 모양의 4개의 글자가 있었지만, 그것이 청나라의 유명한 서예가 판교 정섭이 쓴 난득호도(難得糊塗)라는 것을 용찬은 금방 알아냈다.

연초가 되면 각 신문사에서 신년 휘호로 자주 쓰는 글귀였다. 흘휴시복(吃虧是福, 손해 보는 것이 복 받는 것이다)이라는 대구와 함께 속마음을 잘 드러내지 않는 중국인들이 좋아하는 성어다. 그 밑에는 잔잔한 글씨로 난득호도에 대한 설명이 이어졌다.

총명하기는 어렵고, 어리석기도 어렵다(聰明難, 糊塗難)
총명한 사람이 어리석은 척하기는 더욱 어렵다(由聰明轉入糊塗更難)
마음을 놓고 한 걸음 물러서는 순간 마음이 편해지며(放一著, 退一步, 當下心安)
뜻하지 않고 있노라면 후에 복으로써 보답이 올 것이다(非圖後來福報也)

전형진은 매일 아침, 이 글자를 보면서 무슨 생각을 할까? 마음 놓고 한 걸음 물러서는 순간 마음이 편해지며 뜻하지 않고 있노라면 복 받을 것이라는 문구는 전형진의 행동과는 전혀 반대되는 것 아닌가? 하기야 좌우명이라는 것이 평시에 이루지 못하니 그걸 목표라도 삼아야 위로받는 것이리라. 마치 조폭들이 팔뚝에 '차카게 살자' 새기고 다니는 것처럼. 난 그렇게 못하니 너희들은 그렇게 하라는 상대를 위한 엄포라고 용찬은 짧은 순간에 생각했다.

"예. 압니다."
"난 정말 편안히 살고 싶은데 말이야. 세상이 날 그렇게 놔두지 않는단 말이지. 한편으로 생각하면 내가 잘 할 수 있는 일을 모른 척하는 것도 그간 받은 은혜에 대한 도리가 아닌 것도 같고 말이야."

말을 하면서 그는 용찬의 표정을 읽으려는 듯 날카롭게 바라봤다. 마땅한 대구를 찾지 못해 우물쭈물하는데, 마침 여직원이 커피를 가져와 탁자 위에 놓고 나갔다.

용찬은 전 지사가 무슨 의도로 말을 하는지 간파했다. 자기는 죽을 때까지 도정에 간여해야겠으니 너희들은 그리 알라. 내가 아니면 돌아가던 세상은 멈춰 설 것이고, 나보다 더 잘난 놈은 없으며, 남 잘되는 것을 보지 못한다. 전형적인 제주도 엘리트들의 모습이라는 걸 용찬은 제주 사람들을 만나면서 여러 번 느꼈다.

제주인들은 육지와의 교류가 많지 않을 때는 도둑 없고 거지 없으니 대문이 필요치 않았다. 가난했지만 정겨운 삶을 살았다. 척박한 땅을 일구면서도 어려운 일은 수눌며 (품앗이하며) 도왔고, 이웃에 제사가 있으면 보리쌀로 부조를 했고 돌담 너머 차롱으로 식게 퇴물(제사 음식)을 나누며 살았다.

그러던 것이 육지에서 사람들 왕래가 잦아지면서 일 년 농사지은 것을 도둑맞고, 돈 빌려 가면 갚지 않고, 온정을 베풀면 사기를 당했다. 순진한 섬사람들은 이런 일을 여러 번 당하게 되자 남을 믿지 않게 됐고, 결국 혈연, 지연, 학연 등으로 뭉친 괸당이라는 울타리를 치면서 자신들을 보호했다.

제주민들은 고려 시대 삼별초가 패망한 1273년부터 목호의 난이 평정된 1374년까지 백 년 간 원나라(몽골) 다루가치(達魯花赤)의 직접

적 통치를 받으면서, 순진무구한 혈통에 기마족의 유전자가 섞이게 되었다.

조선 시대에는 영특한 유배인들의 피와 섞이면서 권력 지향의 반골 기질까지 물려받았다. 이러니 이웃이 잘 되면 배가 아파 훼방을 놓았고, 남존여비의 유교사상에 부인을 구박하기 일쑤였다.

그런 선인들의 피를 물려받은 때문인지 부끄럽게도 제주인의 이혼율이 전국 최고이고 중앙 부처에 투서하는 사람도 제일 많다.

제주에선 이당 저당해도 괸당이 최고란 말이 생겼다. 선거에서도 당과 정책보다 자신과 엮어진 인물이 우선이니 무소속이 많이 배출되기도 했다. 이런 괸당 문화가 한물간 정치인에게는 영향력을 발휘할 자산이 됐다.

용찬은 그런 전 지사가 측은하게 생각됐다. 연예인이 팬들에게서 잊혀지는 것에 대한 두려움 때문에 우울증에 걸려 극단적인 선택을 하는 사람도 있다는 것을 잘 알기 때문이다.

"저를 보자는 이유가 뭡니까?"

단도직입적인 용찬의 태도에 전 지사의 얼굴이 경직됐다. 그런 표정을 숨기기라도 하듯 그는 탁자에 가져다 놓은 커피잔을 들었다.

"커피 들게."

용찬은 커피잔을 들며 슬며시 전 지사의 얼굴을 살폈다. 전 지사는 한 모금 마시고 잔을 내려놓더니 일어섰다. 그리고는 책상 위에서 서류를 집어 들고 와서 탁자 위에 놓았다. 신문에 나지 않은 용찬이 쓴 기사 사본이었다. 전 지사의 표정은 사뭇 진지했으나 용찬은 자신의 쓴 기사가 전 지사에게 흘러든 것에 분노가 치밀었다.

"자네가 쓴 기사 봤네. 어떻게 해서 이런 정보를 입수했는지 파악 중이지만 이건 불법 아닌가? 도대체 이런 엉터리 정보를 준 사람이 누구야?"

"그게 왜 엉터리입니까? 신문에 실리지도 않은 내 원고가 왜 여기 있습니까? 이걸 가로채 전해준 사람이 누군지부터 밝히십시오."

용찬은 초장에 기를 잡히면 안 된다는 생각에 버럭 소리를 질렀다. 그러나 전형진은 노회한 정치인답게 차분한 어조로 대꾸했다.

"자네 의도가 뭔가? 아직 공식적으로 제안된 것도 아닌데 하나도 프로젝트를 사전에 발설해서 얻으려는 게 뭐야?"

"기사는 공익을 우선으로 합니다. 하나도 프로젝트가 진정으로 제주도에 이득이 된다고 보십니까?"

"암. 큰 이득이지. 앞으로 제주도를 먹여 살릴 귀중한 블루오션 프로젝트야. 하나도 개발로 건설경기가 살아날 거고, 젊은이들 일자리가 생겨나고 관광객이 몰려들면 제주도 경제가 활성화되지. 거기다 연간 지방세로 벌어들이는 수입이 얼마나 되는지 생각해봤어?"

"하지만 그 전에 그 땅에서 조상 대대로 살아온 지역주민들의 생활터전이 무너지고 가족이 해체되는 건 생각해보셨나요?"

"개발이냐 보존이냐의 논리는 전근대적인 사고방식이야. 자원이나 자본이 취약한 이 땅에서 관광산업을 마냥 경관에 의존하던 시대는 지났어. 지금은 글로벌 세상이고 사람들을 끌어모아야 제주가 살 수 있어."

"도대체 얼마나 끌어모아야 제주민이 행복하게 살 수 있습니까? 지금 몰려드는 관광객만으로도 제주는 포화지경입니다. 좁은 도로에 차는 막히고 오수와 쓰레기는 넘치는데, 더 많은 관광객을 불러들이면 청량과 쾌적함을 사랑하는 제주민들은 어디 가서 숨을 쉬란 말입니까?"

용찬의 말에 전형진은 미간을 찡그렸다.

"기자들은 원래 다 그렇게 삐딱한가? 자네가 쓴 기사를 다 찾아 읽었어. 그런데 하나같이 부정적인 것들뿐이야. 중국 자본을 유치해서 제주경제가 얼마나 성장했는지 아나? 지난달 말 기준으로 한 해 중국에서 제주도로 유입된 돈이 6천억이야. 헌데 전국적으로 유입된 중국 자본 18조 원에 비하면 5%로 안 되는 규모야. 그런데도 마치 제주도를 중국에 팔아먹는 것처럼 호들갑을 떨고 있다고. 중국인이 매입한 5억 원 콘도 1채당 취득세, 재산세로 연간 2400만 원이 걷혀. 그로 인해 지방세수가 엄청나게 불어나고 관광진흥기금도 큰 폭으로 증가하고 있어. 그것도 모르면서 무조건 반대만 하고 있으니, 나 원 참."

개발론자의 입장에서 보면 용찬의 태도가 답답한 것은 당연했다.

"그것이 제주민의 삶의 질을 담보하고 있기 때문에 문제 아닙니까? 이 좁은 땅덩어리에 연간 4천만 명이 들어온다고 생각해보십시오. 아름다움으로 각광 받던 세계 유명 관광지가 몰려드는 관광객들로 인해 교통과 소음과 쓰레기 문제로 몸살을 앓고 있다는 건 아시죠? 우리도 10여 년 안에 곧 그렇게 된다는 논문도 나왔습니다."

"그건 대책을 세워야겠지. 헌데 두목회는 뭐야? 우리 경제문화연구소 회원의 정기적인 친목 모임을 마치 조폭 집단처럼 매도해서야 되겠어? 자네 앞으로 조심하게. 우리 모임이 그렇게 만만한 조직이 아니야. 나름대로 다 한가닥 하는 사람들이고 중앙 주요기관과도 맥이 연결되어 있다는 걸 명심해."

주요기관이라는 정체가 각종 수사기관을 말하는 것으로 판단했다. 은근한 협박이었으나, 기자로서의 용찬의 소신과 의지는 더 강했다.

"그럼 한 가지만 묻겠습니다. 랴오닝 그룹과는 어떤 관계입니까?"

그 순간 정면으로 응시하던 전형진의 얼굴이 굳어지는 것을 느꼈다. 그러나 그는 곧 태연함을 가장하며 어색한 미소까지 보였다.

"랴오닝? 중국 신흥재벌 말이지? 유치하려는 중국 자본 중 하나지. 오라 그러고 보니 우리 하나도에서 얼굴 봤지? 왕금산이 친구라고 하더군. 중국에서 투자를 하겠다기에 예의상 따라가서 하나도의 부가가치를 설명해 줬지. 왜 그게 잘못됐나?"

"하나도가 어떤 곳인지 압니까? 중국인들이 하나도를 그들의 섬으로 만들려는 이유를 아냐구요? 하나도 서쪽은 북한과 중국으로 드나드는 배의 해상통로입니다. 그리고 강정해군기지를 견제할 수 있는 곳이죠. 그들이 하나도 어딘가에 레이다를 설치해놓고 감시할 수 있는 해상 요지란 말입니다."

"그걸 우리 정보 당국에서 가만두고 볼 거라 생각하나? 그건 지나친 억측이야."

"어디 두고 보면 알겠죠. 저는 하나도 주민, 아니 당신들이 사랑하는 제주도민의 입장에서 취재하고 기사를 쓸 겁니다."

"그럴 각오면 신문사 사표 내는 게 나을걸. 어디 마음대로 해봐. 하나도에 관해서 기사 한 줄 실리나. 스스로 무덤 파고 있다는 걸 모르는 모양이군. 허허허."

전형진은 자신 있다는 듯이 조롱하는 웃음을 날렸다.

입안이 텁텁했다. 돌아오면서 아무리 생각해봐도 치밀어 오르는 분노를 삭일 수 없었다. 이런 상황에선 술과 담배가 묘약이다. 용찬은 기어코 담배 가게의 문을 열었다.

감당하기 힘든 상황의 무게에 용찬의 의지가 무너졌다. 해연 때문에 끊었던 담배였는데 한 모금 빨아들이니 예전의 감미롭던 맛이 되살아났다.

단골 식당에 들러 시켜놓은 밥엔 숟갈도 대지 않고 담배 안주에 연거푸 소주만 마셨다.

그러는 중에 식탁 위에서 휴대 전화가 울렸다. 왕금산이었다. 용찬이 응대를 하기 전에 금산의 다급한 목소리가 먼저 튀어나왔다.

"너 어디야? 당장 좀 만나. 베이징으로 와."

대답도 하기 전에 전화는 끊겼다. 전형진에게서 소식을 전해 듣고 단단히 화가 난 모양이다.

비즈니스 룸 베이징으로 갔으나 한참을 기다려도 왕금산은 나타나지 않았다.

"왕 회장님, 조금 늦는다고 전해 달래요."

정소영은 이미 취한 듯 혀가 꼬부라졌다.

"초저녁부터 이러고 애들 관리하겠어?"

"좀 안 좋은 일이 있어서 혼자 한잔했어요. 헌데 그날 이후로 어쩜 전화 한 통 없어요?"

용찬은 '그날'이라는 말을 생각해봤다.

소영을 마지막 본 것이 금산을 만났던 날이다. 금산이 고꾸라져 업혀나간 다음에 코가 삐뚤어지도록 마시고 아침에 일어난 곳은 예의 그 호텔이었다. 그런데 샤워를 하고 옷을 입는데 바닥에 앙증맞게 도사리고 있는 자그마하고 야한 여자 팬티를 발견했다.

'이거 왜 여기 있지?' 생각해 내려 했으나 어디서부터 필름이 끊겼는지 도무지 기억해 낼 수 없었다.

"우리 호텔 같이 갔었나?"

"어머 첫사랑을 닮았다느니 어쩌니 하면서 날 꼬실 땐 언제고. 이젠 싹 잡아뗄 거예요?"

용찬은 머리를 긁으며 멋쩍게 웃었다.

"그날 왕 회장 호출이 없었다면 해장국도 같이 먹었을 텐데."

소영은 술을 따르며 용찬에게 눈을 곱게 흘겼다.

"헌데 이 집에 제주도 출신 아가씨 있지?"

"제주 출신? 그런 애 없는데."

"서른두어 살 됐을 거고. 잘 생각해봐."

"서른 살 넘으면 룸 못 넣어요. 아! 있다. 주방 보조 언니. 그런데 왜요?"

"우리 후배 어릴 적 친구가 있다고 해서."

"그 예쁜 미란 언니? 그 언니 젊은 나이에 참 안 됐어요."

소영은 위스키 잔을 입에 털어놓고 다시 잔을 채웠다.

"왜?"

"남편 잘못 만나서 빚만 덤탱이로 떠안고 혼자되었대요."

"그래? 아직 젊잖아. 젊음보다 좋은 재산이 어디 있어?"

"빚쟁이들 때문에 수배 내려 육지도 못 나가고 숨어 지낸대요."

"아니 어쩌다 그 지경까지 되었나?"

"사업하는 사람 잘못되면 보증 선 일가친척들이 전부 떠안게 되잖아요?"

소영이 다시 잔을 입에 가져가려 하자 용찬이 술잔을 빼앗으며 제지했다.

"무슨 술에 원수라도 졌어?"

"그 왕 돼지 새끼. 아 아니에요."

급하게 주워 담는 것으로 봐서 금산에게 맺힌 것이 있는 모양이었다. 소영은 어색해진 분위기를 바꾸려고 얼른 화두를 돌렸다.

"헌데 왜요?"

"응?"

"갑자기 미란 언니 얘긴 왜 묻느냐고요?"

"응, 지난번 같이 왔던 그 후배 있잖아. 연락이 안 돼서."

"어머! 그럼 같이 잠수탔구나. 미란 언니 그만둔 지 며칠 되었어요."

"그래?"

용찬은 일이 잘못 꼬여 간다는 생각을 했다.

"전 이다음에 사업하는 사람하곤 결혼 안 할 거예요. 큰돈 못 만져도 봉급쟁이가 좋아요."

말을 하며 소영이 슬며시 돌아다 봤을 때, 용찬은 소영의 말을 곱

씹으며 기자라는 직업에 대해 생각했다. 현장을 뛰어다니며 사람들과 부딪히고, 기사 잘못됐다고 쌍욕 듣기 일쑤고, 언론중재위에 불려가고 명예훼손으로 고발당하고, 툭하면 협박당하고. 참 어려운 직업이다.

"사람 옆에 앉혀놓고 무슨 생각해요?"

"응? 무슨 말 했지?"

"전 존경 받으면서 봉급 많이 받는 사람이랑 결혼할 거라구요. 망할 일은 없잖아요? 남한테 피해도 안 주고. 그래서 전 대학교수 같은 사람이 좋아요."

"헌데 나랑은 왜 같이 잤어?"

"연애는 이상이고 결혼은 현실이잖아요. 좌우간 오빠가 좋아요."

소영은 정말 취했는지 용찬의 무릎 위로 몸을 옮기더니 목을 껴안고 진한 키스를 했다. 짙은 향수 냄새에 버무려진 술 냄새가 달콤하다는 생각을 했다.

그런 찰나에 문이 열리며 금산이 들어왔다. 둘이 엉켜 있는 상황을 목도한 금산은 눈이 휘둥그레지며 잠시 멈칫하더니 버럭 소리를 질렀다.

"지금 뭐 하는 짓들이야?"

용찬은 놀라서 소영을 뿌리치려 했지만, 소영은 용찬의 목을 놓지 않았다.

"보면 몰라요? 손님 접대하고 있잖아요."

그 소리에 금산이 참을 수 없었던지 다급하게 다가서더니 소영의 뺨을 후려쳤다.

"이 갈보 같은 조선족 년이. 예뻐해 줬더니 보이는 게 없구나."

"왜 때려. 이 새끼야."

소영이 벌떡 일어서며 금산의 뺨을 갈기려 했으나, 금산은 손을 낚아채고 주먹으로 얼굴을 가격했다. 소영은 소파에 쓰러지며 악을 썼다. 소영의 소리가 방음벽을 뚫고 밖으로 새 나갔던지 지배인과 웨이터가 달려왔다.

"야. 넌 오늘부로 해고야. 이년 밖으로 끌어내!"

"왜 한족은 괜찮고 조선족은 돈 벌면 안 돼냐? 이 돼지 새꺄?"

소영은 입과 코에서 피를 흘리며 끌려가면서도 악을 썼다.

순식간에 벌어진 사태에 용찬은 어안이 벙벙했다.

"나약한 여자에게 어떻게…."

용찬의 말이 끝나기도 전에 금산은 미간을 찡그리며 소리쳤다.

"개소리 말고 거기 앉아 있어. xx놈아."

금산은 눈에서 살기를 뿜으며 곧바로 밖으로 나갔다.

용찬은 기세에 눌려 고개를 떨구면서 자리에 앉았다. 이런 일이 벌어질 줄 각오는 하고 있었다. 심장이 심하게 뛰었다. 진정하려고 술한 잔 목으로 넘기고 안주를 집는데 문이 열렸다. 금산의 손에는 골프채가 들려 있었다. 시선이 마주치는 순간 용찬이 어정쩡하게 일어서는데 금산이 골프채를 휘둘러 갈겼다. 머리를 정통으로 맞은 용찬은 무릎이 꺾이며 통증과 함께 끈적한 액체가 흘러내리는 것을 느꼈다.

"이 배신자 새끼. 친구란 놈이 내 앞길 망가뜨릴 작정이었어? 이 개새끼야?"

분을 참지 못한 금산이 휘두르는 골프채는 용찬의 몸을 향해 사정없이 날아들었다. 용찬은 머리와 배를 부여잡으며 비명도 지르지 못하고 땅바닥에 널브러졌다.

"너와 함께 왔던 그 새끼 짓이지? 그놈이 몰카를 설치한 거지? 그 x같은 새끼 잡으면 아주 아작을 내버릴 거야. 알아? 이 x새끼들아."

금산의 잔인한 폭행이 계속되다가 골프채가 휘었다. 용찬의 머리와 얼굴은 피범벅이 되었다. 금산은 골프채를 내던지고 웨이터를 바라보며 명령했다.

"야! 5번 아이언 가져와."

"알겠습니다. 형님"

구경하던 웨이터가 허리를 접었다 펴더니 잽싸게 뛰어나갔다.

"이 개새끼야. 널 얼마나 생각했는데 날 배신 때려? 넌 친구도 아니야. xx 놈아."

금산의 씩씩거리는 모습을 보기만 하던 지배인이 말렸다.

"형님, 참으십시오. 이러다 사고 칩니다."

"옛날 목포에서 다구리 붙을 때부터 알아봤어. 비겁한 새끼야. 너 내 밑에서 일하는 제주도민이 몇 명인 줄 알아? 수백 명을 내가 먹여 살리는데 감히 내 앞길을 막아? 네가 제주도를 위해 하는 게 뭐야? 오늘 배신의 맛을 제대로 보여줄 거야. x새꺄."

금산은 분이 풀리지 않는 듯 쓰러진 용찬의 복부를 발로 걷어찼다. 웨이터가 골프채를 가져오자 지배인이 말렸다.

"어디 신문에 나기만 해봐. 아주 죽여 버릴 거야."

용찬은 고통을 느낄 겨를 없이 숨조차 제대로 쉬지 못하며 의식이 몽롱해져 갔다.

밝은 햇살이 눈을 간지럽혔다. 온몸이 욱신거림을 느끼며 간신히 눈을 떴다. 머리와 복부는 붕대로 칭칭 감겼고 얼굴은 퉁퉁 부어 입술조차 움직이기 힘들었다. 팔을 들어보는데 누군가 다가왔다. 눈앞에 희미하게 아롱거리는 물체에 초점을 맞출 수 없었다.

"이제야 정신이 드세요?"

낯익은 목소리가 들리는 곳에 시선을 집중하니 왕리화가 보였다.

"죄송해요. 소식 듣고 얼마나 놀랐는지."

리화는 말을 끝맺기도 전에 굵은 눈물을 뚝뚝 흘렸다.

"그렇게 다정하던 오빠였는데, 사업을 크게 벌이고부터는 괴물로 변했어요. 어떻게 친구를 이 지경으로 만들 수 있어요? 죄송해요."

리화는 하염없이 눈물을 흘렸다. 용찬의 눈에 고인 눈물이 길을 열며 떨어졌다. 리화는 울면서 핸드백에서 손수건을 꺼내 용찬의 눈물을 먼저 닦고서 자신의 콧물과 눈물도 닦았다.

"이제 곧 할머니와 어머니가 오실 거예요."

용찬은 걱정할 사람들을 생각하니 다시 눈물이 나왔다. 리화는 손수건을 뒤집어 용찬의 눈가를 닦았다.

"오빠. 울지 마세요. 그리고 저 일본으로 아주 떠나요. 도쿄에 지사를 오픈해서 내가 책임 맡게 됐어요. 하지만 오빠 회복되는 거 보고 떠날 거예요. 저를 못 가게 하려고 마냥 누워 있으면 안 돼요. 오빠 알았죠?"

리화는 여유를 찾았는지 농담까지 했다.

"오빠 퇴원하면 꼭 한번 데이트하고 갈 거예요. 그러니 빨리 일어나셔요. 알았죠?"

리화는 용찬의 눈물을 닦으면서도 정작 자신은 연신 눈물을 흘렸다.

14. 가을비는 낭만에 젖고

소문은 태풍과 같다. 처음에는 자그맣게 몰려다니다가 주변의 세력들을 모으면 점차 괴물처럼 그 정체를 드러내며 피해를 남기기도 하지만, 그렇지 못하면 슬그머니 뒤꽁무니 치며 사라져 버리기도 한다.

하나도 프로젝트는 매머드급 태풍이 되어 제주도 전역을 강타했다.

하나도 섬 전체를 관광공원으로 하는 '하나도 프로젝트 시행계획'이 1면 광고문으로 전격적으로 공고되었다. 이는 국가전략사업으로 확정되어 법에 따라 토지를 강제 수용하게 되었고 주민들은 쫓겨나게 생겼다. 당국에서는 이에 대한 타당성 용역조사 결과 제주도 경제와 일자리 창출에 많은 도움이 된다는 내용을 그래픽과 수치를 곁들이며 연일 언론을 통해 홍보했다.

도민들은 또 분열되었다.

주민들을 상대로 설명회가 마련되었지만 반대 측의 저지로 무산되었고, 방송에서는 하루가 멀다고 찬반토론회가 계속되었다. 관광업 단체들과 관변 단체들의 지지 광고와 이를 반대하는 주민들, 시민단체들의 언론 광고를 통한 다툼이 치열하게 전개되었다.

도청 앞에서는 생업을 제쳐 둔 하나도 주민들과 출향한 향우회원들이 연일 반대 시위가 벌어졌고, 시청 앞 광장에서는 밤마다 시민, 학생들이 모여 반대 촛불 집회를 열었다.

하나도에서는 마을 청년회를 중심으로 선착장에 모여 도항선이 도착할 때마다 '중국놈 물러가라, 도지사 자폭하라' '하나도 프로젝트 철회하라'는 격렬한 구호를 외치며 시위를 벌였다. 급기야 주민과의 대화를 위해서 도지사가 하나도를 방문한 날, 청년회장이 도항선에서 내린 도지사가 보는 앞에서 몸에 휘발유를 뿌리고 분신하는 소동이 벌어졌다.

리화는 거의 매일 문병을 왔다. 그녀는 할머니나 어머니가 곁에 있어도 자원해서 용찬에게 음식을 먹여주고, 잔심부름도 스스럼없이 하면서 한 가족처럼 지냈다. 용찬은 숨 쉴 때마다 옆구리가 쑤셔서 고통스러웠지만, 얼굴과 머리 상처가 아물고 팔의 깁스를 풀면서 조금씩 여유를 찾았다.

어느 날 병원 뜰을 함께 걷던 어머니가 용찬에게 물었다.

"얘, 용찬아!"

좀처럼 말이 없으신 어머니가 뒤에서 부르자 용찬이 돌아다보았다.

"그 중국 애 말이다."

"어머니도 참. 중국 애가 뭐예요? 리화 이름 몰라요?"

"그래 리화. 너 그 아이 어떵(어떻게) 생각햄시?"

용찬은 그러잖아도 오늘따라 늦는 리화를 기다리는 중이었다. 그녀는 성실한 간병인처럼 젖은 수건으로 용찬의 몸 이곳저곳을 스스럼없이 만지며 닦아냈다. 용찬은 그것이 부끄럽기도 했지만 그걸 아무렇지도 않게 수행하는 리화가 고맙기도 했다.

하지만 그것을 바라보는 어머니는 다른 생각을 했다.

처음엔 리화가 매일 문병을 오는 것이 제 오빠의 잘못에 대한 회개의 의미로 생각했지만, 날이 갈수록 그녀의 정성스런 간호는 부부의 도타운 정을 느끼게 할 정도였다. 이성에 대한 극진한 사랑 없이는 할 수 없는 행동이었기 때문이다.

"어떻게 생각하다니요? 리화는 애가 있는 이혼녀에요."

"그건 안다만 나가 보기에는 마누라도 경(그렇게) 못한다. 늘 하영 좋아하는 거 고뜬디?(너를 많이 좋아하는 것 같은데?)"

"에이 어머니도. 옛날 가정교사 할 때부터 오빠라 부르며 잘 따랐잖아요? 나 없을 때도 집에 자주 놀러 왔다면서요?"

"느네 할망이 좋아했지. 맛있는 중국 과자도 가져오고."

"중국 애라고 아무도 상대 안 해주니 외로워서 그런 거예요."

"헌디 다 늙은 할망신디 땅문서 줄 때는 무슨 의도가 이신 거 아니가?"

용찬은 뜬금없는 땅문서라는 말에 놀랐다.

"무슨 땅문서요?"

"할망이 그치록(그렇게) 입버릇처럼 말하던 그 조상 묻힌 땅 말이다. 그 문서를 할망 이름으로 등기허연 주어시네."

"기꽈?(그래요?)"

"그거 아무나 할 수 이신 일이가?"

용찬은 리화가 대단한 여자라 생각했다. 할머니는 입버릇처럼 할아버지와 아버지가 찾고자 했던 땅에 대한 넋두리를 리화에게도 풀어놓았을 것이다. 리화는 잊어버리지 않고 여유가 생기자 나이 든 친구의 소원을 풀어주었다. 중산간에 있는 자그만 임야는 있는 사람들 돈 푼으로 따지면 하찮은 것이지만, 그건 어머니 말처럼 있어도 아무나 할 수 있는 일이 아니었다.

"할망은 이제 죽어도 여한이 없다고 지꺼정(기뻐) 허는디…"

"뭐가 걱정이우꽈? 그냥 할머니가 좋으면 된 거지. 고맙다고 인사는 해수과?"

"인사야 했주만, 마음이 짠한 게 여러 생각이 들더라."

"어머니도 참. 그냥 선의로 받아들이면 돼요. 그 집안 그런 능력 있고, 그 애 붙잡아도 여기 없어요. 일본 가서 살 거래요."

용찬은 어머니가 애 딸린 중국 여자가 며느리로 들어앉을까 봐 지레 걱정하는 건지, 돈 많은 리화를 며느리로 삼았으면 좋겠다는 것인지 판단이 서질 않았다.

집 밖을 나섰을 때 용찬의 머리 위로 바싹 마른 플라타너스 잎이 떨어져 내렸다.

위를 올려다보니 구름 한 점 없이 시리게 푸른 하늘이 용찬을 빨아들일 듯했다.

오랜만에 출근하니 사무실 오 양이 환하게 웃으며 반가워했다. 사무실 창가에는 쾌유를 비는 리본이 달린 화분들이 햇살을 받고 빛났고, 소국은 제법 향기까지 날리며 상긋한 자태를 뽐내고 있었다.

퇴원 무렵이 되자 리화는 병원 출입을 거의 하지 않았다. 어머니가 눈치를 주는 것이 섭섭해서 인사도 없이 출국해 버린 건 아닌가 했지만, 어머니는 결코 그런 일 없었다고 했다.

오히려 무슨 사고라도 난 거 아닌지 전화를 해보라고 했으나 부담을 주고 싶지 않아 기다렸다. 그러나 리화는 퇴원할 때까지 끝내 나타나지 않았다.

그래도 퇴원 인사를 제일 먼저 해야 할 사람이 리화라는 어머니의 말이 생각나 전화를 걸었다. 발신음이 두어 번 가기도 전에 리화의 목소리가 반겼다.

"어머, 오빠 퇴원했어요?"

쾌활한 목소리가 들리자 용찬은 마음이 놓였다.

"그래. 난 또 기별도 없이 출국해버린 줄 알았지."

"어머, 미안해요. 사업이 바쁘기도 했지만, 우리 아빠가 쓰러졌어요."

"아 그랬구나? 어디 많이 아프셔?"

"간이 안 좋다는데, 서울에 입원해서 정밀 진단 중이에요."

"그랬구나. 그간 고마웠어. 헌데 병원비 계산됐던데 리화가 했어?"

"아니에요. 당연히 금산 오빠가 해야죠. 내가 으름장 좀 놓았어요. 어쨌든 내일 출국해야 해서 지금 제주 내려가려고 공항이에요. 오늘 저녁 시간 돼요?"

"시간은 만들어야지. 리화의 정성으로 쾌유했는데 빚은 갚아야 할 것 아냐?"

"어머 오빠. 어떻게 갚는지 기대되는데요?"

화분에 적힌 리본들을 확인하다가 입원했다는 소식을 들었을 텐데 문병 한번 오지 않은 대호가 야속하게 느껴졌다. 전화를 했으나 없는 번호라는 대답이 들려왔다. 직감적으로 대호에게 무슨 일이 일어났다는 생각이 들었다. 용찬은 친구인 자신에게 그 정도의 상해를 입혔으면 대호에게 자비를 베풀 리 없다고 생각했다.

그의 사무실로 전화를 했더니 김 간사는 뜻밖의 얘기를 했다.

"권 기자님. 아직 소식 못 들었어요? 신문, 방송에 다 났는데."

"무슨 일 있어요? 다쳐서 입원해 있느라 아무것도 몰라요."

"어머, 그랬군요. 문 처장님 공금 가지고 사라졌어요."

죽었다는 말이 아니라서 용찬은 안도했다. 그러면서 첫사랑 미란이라는 여자의 이름이 떠올랐다.

"아무런 흔적 없어요?"

"공항과 부두에 알아봤는데 아직 제주도를 빠져나가진 않았나 봐요."

용찬은 의심이 갔다. 이 좁은 섬에서 얼마 버티지 못하고 붙잡힐 텐데 어느 산속에 숨어 있단 말인가? 하지만 미란이란 여자가 경찰의 검색을 피하지 못할 상황이라면 그럴 수밖에 없을 것이란 생각도 들었다.

그리고 또 한 사람 떠오르는 얼굴이 있었다. 정소영이었다. 그녀가 현장에 있었으므로 용찬이 구급차로 실려 간 사실은 누구보다도 일찍 알고 있을 터인데 병문안도 오지 않았다. 전화도 없었다면 무슨 일이 생긴 건가?

갑자기 불안한 생각이 머릿속을 스쳐 갔다.

그녀에게 전화를 걸었으나 전원이 꺼져있다는 목소리만 들려왔다. 룸 비즈니스 베이징에 전화를 걸어도 그날 이후 그녀는 출근하지 않았다고 했다. 그녀의 행방을 금산은 알고 있을 텐데 그에게 전화한다는 것은 자존심이 허락하지 않았다.

용찬은 본사 데스크에 전화를 걸어 복귀를 알리고 컴퓨터 앞에 앉아 인터넷으로 지방신문을 검색했다. 지방선거에 대한 뉴스가 많았다. 각 당의 도의원 선거 후보자 공천 기사에 시선이 멈췄다. 그런데 여당의 공천자를 살폈으나 장석규의 이름은 보이지 않았다. 혹시 다른 당에 있나 하고 살폈지만, 거기도 명단에 없었다.

용찬은 문병을 왔던 장종필이 자신만만하게 했던 말이 생각났다.

"분명 될 거야. 전 지사가 현직에 있을 때 얼마나 잘 모셨는데. 외국에 출장 갈 때마다 묵직한 달러 봉투를 챙겨 건네며 기름칠해 두었거든. 내가 심부름해서 잘 알아. 헌데 그 전 지사가 공천 심사위원장이니 공천은 떼놓은 당상이지. 안 그래?"

그런데 명단에 없는 것은 필시 상황이 바뀐 것일 것이다.

'무슨 일이지?'

용찬은 장종필에게 전화를 걸었다. 아침인데 혀 꼬부라진 소리가 들려왔다.

"으응 권 기자. 퇴원했어? 나 그러지 않아도 상의할 일도 있고 좀 보려고 했어."

전화를 끊고 얼마 안 돼서 종필이 사무실로 찾아 왔다. 얼굴은 붉고 술 냄새가 풍겼으나 행동은 취한 사람 같지 않았다.

"뭘 술을 아침부터 마셔요?"

"아침이 아니라 새벽까지 마셨지. 하지만 너무 분해서 술도 안 취해."

종필은 의자에 앉으려고 걸어오다가 탁자 모서리에 턱 하는 소리가 나게 부딪치더니 무릎 언저리를 만지며 미간을 찡그렸다.

"하이고 아파라. 이젠 하찮은 것들마저 날 무시하네."

"다치지 않았어요?"

그는 의자에 앉아 바짓가랑이를 걷어 올리고 무릎을 확인하면서 연신 손바닥으로 문질러 댔다. 정말 아픈 듯 얼굴 찡그리고 후후 불면서 엄살을 떨었다.

"피는 안 나는데 무지 아프네."

"조심하시지. 그렇게 새벽까지 마시도록 무슨 일 있어요?"

"그 전형진 새끼가 배신했어. 우리 아버지가 꼬붕 노릇 얼마나 했는데, 장석규 씨를 탈락시키고 결국 자기 외조카를 공천했지 뭐야. 그 개새끼 나 가만 안 놔둬."

종필은 끓어오르는 분노에 속이 타는지, 컴퓨터 앞에 앉아 있는 오양에게 냉수를 부탁했다.

"부친 속도 말이 아니겠네요?"

"아버지도 분해서 술에 살아. 헌데 조금 있으면 재미있는 일이 벌어질 거야. 지금 증거 찾아서 전 지사뿐 아니라 두목회 놈들 싹 다 까발릴 거야."

용찬은 두목회를 까발린다는 말에 오금이 당겼다. 그러나 당장 생각나는 사람이 왕금산이었다. 이 거사는 왕금산과 연결되어 있고 그가 그냥 앉아서 당할 인물이 아니라는 것을 용찬은 익히 당해봐서 안다. 그러나 어떻게든 그가 당하는 꼴을 보고 싶었다.

"왕금산이 가만있지 않을 텐데요?"

"그 새끼 삼미동 분양 사업에서 우릴 팽 시켰어. 나도 복수할 거야. 그놈 사업도 끝장내버릴 거라구. 친구라는 널 그렇게 두들겨 패는 새끼가 인간이야? 돈독 오른 괴물이야. 중국놈이 주제도 모르고 어디서 깝쳐? 짱궤놈의 새끼가."

"형도 조심해. 그놈 뒤에 중국 조폭들 있어."

"누군 없는 줄 알아? 만일의 경우를 대비해서 똘만이들 대기시켜 놓았어. 어디 한번 붙어보자 그래."

종필은 이미 모종의 계획을 마련해 놓아서 기대가 된다는 듯이 어금니를 악물며 오른손 주먹을 불끈 쥐고 왼 손바닥을 쳤다.

용찬도 전개될 일들을 상상하니 몸이 떨렸다. 종필은 오 양이 떠온 물 컵을 받아들고 벌컥대며 단숨에 비웠다.

"무슨 방법 있는 거예요?"

"전형진이 랴오닝 뒤를 봐주고 있다는 거 알고 있지?"

"정황상 그렇다고 봐야죠?"

"본인은 잡아떼겠지만, 증거 찾으면 그 새끼 아웃이야. 랴오닝이 물탱크라면 전형진은 수도꼭지란 말이야. 꼭지만 파기해 버리면 하나도고 나발통이고 다 9회말 게임 아웃이야. 이거 극비야. 알겠지?"

"그럼요. 헌데, 증거를 어떻게 찾는다는 거예요?"

"꼼짝 못 할 확실한 증거 있어. 이미 확인했고 수집 중이야. 찾으면 맨 먼저 너한테 알려 줄게. 나 아직도 랴오닝에 연줄 있거든."

종필이 랴오닝 그룹 임원 딸과 연애를 했다는 생각이 떠오르자 성공에 대한 어떤 확신 같은 감을 느꼈다. 그러면서 일부러 태연한 것처럼 화두를 바꿨다.

"해연은 잘 있어요?"

"우리도 몰라. 누군가 충청도 여승들 많은 어느 절에서 봤다는 사람도 있지만, 다 큰 계집이 택한 인생을 누가 어쩌겠어?"

저녁에 부슬부슬 비가 내렸다. 비가 오는 날은 술이 당겼다.

리화는 대룡반점을 놔두고 신제주 어느 일식집에서 보자고 했다. 은산이 부친 간호 때문에 식당을 임시 닫았을 거라고 짐작했는데 그 생각은 틀렸다. 대룡반점 앞을 지나는 택시 속에서 환히 불 켜놓고 영업하고 있는 것을 보았다. 혹시나 모를 금산과의 조우를 염려한 것인지, 아니면 아무래도 대룡반점에 대한 안 좋은 기억을 잊게 하려고 피한 것인지, 아무튼 그 모든 상황이 자신을 배려한 선택이라고 생각했다.

우중충한 거리의 풍경과 대비되게 리화는 노란색 계통의 화사한 꽃

무늬가 있는 원피스를 입고 나타났다.

그간 서로의 근황에 대한 얘기를 화제로 하다가 용찬이 슬며시 할머니 땅문서 얘기로 화두를 돌렸다.

"너무 고마워, 할머니가 잃어버린 자식 찾은 것처럼 얼마나 기뻐하는지."

"그거 내 돈 준 거 아니에요. 죽으면 조상 볼 면목 없다는 할머니 얘기 듣고 보니 안 됐더라구요. 마침 장 씨네 땅 인수한 것 중에 끼어 있어서 아버지한테 졸랐죠. 얼마 안 되는 거였어요."

"리화에겐 하찮은 것이지만 할머니한테는 자신이 묻힐 땅이야."

"어려서부터 할머니가 날 얼마나 귀여워해 주셨다구요. 옛날이야기도 많이 해주시고. 보답이죠 뭐."

"어머니 말씀이 친구처럼 지냈다면서?"

"그래 친구죠. 이제 걱정 없이 오래 사셨으면 좋겠어요."

리화의 얼굴이 잠깐 어두워졌다.

"막상 리화가 아주 떠난다니 할머니가 많이 섭섭해 하겠는걸?"

"오빠는 안 섭섭해요?"

"많이 섭섭하지. 그거 리화 책임이야. 매일 시키지도 않은 문병 와서 정들게 만들었으니 말이야?"

"오빠 가지 말라면 안 갈게요."

용찬은 리화의 당돌한 발언에 잠시 할 말을 잃었다. 그러자 리화가 까르르 웃었다.

"에고, 오빠 얼굴 변하는 것 좀 봐. 농담이에요. 나같이 대륙의 유전자를 타고난 여자가 그냥 살림하면서 살 수 있을 것 같아요? 시집도 한 번 갔다 왔으니 된 거고. 그냥 좋아하는 사람과 연애하면서 평생 살았으면 좋겠어요."

용찬은 리화의 숨김없고 발랄한 성격이 오늘따라 마음에 꽂혔다.

주문한 음식이 다 나오기도 전에 리화는 배부르다며 젓가락을 놓더니, 소화에는 노래가 최고라며 노래방 가자고 졸랐다. 복분자 3병을 나눠 마셨을 뿐인데 분위기에 취한 건지 용찬은 일어서다가 기우뚱했다.

"그까짓 술에 취했어요? 우리 성인이 되어 처음 같이 마시는 거잖아요? 호호호."

리화가 신을 신으며 까르르 웃었다.

"왜. 웃는데?"

"옛날 생각나서요. 내가 과외받을 때 오빠 고등학교 1학년이었죠. 우리 가게에서 술 몰래 훔쳐다 먹은 거 기억나요? 어른들은 이런 걸 왜 먹느냐고. 그래 어른처럼 흉내 내며 간빠이 외치고 물처럼 벌컥 마시더니 목에 걸려서 캑캑거리고, 가슴 탄다고 물 달라고 난리 치고. 호호호. 아이 재밌어라. 아이고 배야."

리화는 우스워 죽겠다는 듯 배를 잡고 파안대소했다.

"그래 그런 일 있었지. 그때 초등학생인데 같이 먹고도 리화는 아무렇지도 않았잖아? 그래서 중국 사람은 아이들도 독한 술을 잘 마신다고 생각했어."

"호호호. 정말 몰랐어요? 그거 오빠 골려주려고 내 잔에는 물을 따랐거든요. 오빠는 빼갈 마시고 난 물을 마셨으니. 아이고 순진하기도 해라. 호호호."

용찬은 약이 올라서 붙잡으려 했으나 리화는 심리적인 거리만큼이나 저만치 앞서 나가고 있었다.

'서태지와 아이들'을 좋아했던 어린 시절의 리화가 아니었다. 인생의 쓴맛과 달콤함을 맛본 그런 노래들을 열창했다. 리화는 물 만난 고기처럼 댄스곡에서 블루스, 발라드까지 대여섯 곡을 한꺼번에 신청해 놓고 리사이틀 하듯 노래를 불렀다.

특히 '총 맞은 것처럼'을 부를 때는 눈물을 글썽이며 실감 나게 불러서 술기운에 겨운 용찬의 마음을 흔들기에 충분했다. 용찬은 사양했지만 리화의 거듭된 부탁에 노래 한 곡을 열창하자 리화가 격하게 좋아했다. 노래가 끝나자 리화가 같이 부르자며 노래를 화면에 띄웠다. '사랑했나봐'란 노래의 전주가 나오자 리화는 용찬과 손가락을 마주 잡아 깍지 끼었다.

이별은 만남보다 참 쉬운 건가 봐/ 차갑기만 한 사람
내 맘 다 가져간 걸 왜 알지 못하나/ 보고 싶은 그 사람
사랑했나 봐 잊을 수 없나 봐/ 자꾸 생각나 견딜 수가 없어

여기까지 불렀을 때 리화는 깍지 꼈던 손을 빼고, 뒤로 가서 용찬의 허리를 껴안고 등에 얼굴을 기댔다.

노래를 끝냈을 때 용찬은 등이 축축함을 느꼈다. 리화가 흘린 눈물이 와이셔츠를 적시고 살갗에 와 닿았다. 용찬은 돌아서서 말없이 리

화의 얼굴을 손으로 받쳐 들었다. 리화의 얼굴은 화장이 번져 엉망이었으나 너무 예뻤다. 리화는 용찬의 눈을 지그시 바라보며 나직하게 말했다.

"아직도 오빠 사랑해요."

용찬은 가만히 그녀의 입술을 덮으며 끌어안았다.

가을비는 낙엽들을 조상하듯 추적추적 며칠을 두고 내렸다.

리화를 떠나보냈지만, 용찬은 문득문득 떠오르는 리화의 잔상을 지울 수 없었다. 비어있는 가슴 속으로 해연이 찾아들었다. 해연이 보고 싶어 견딜 수 없었다.

그렇게 가슴 시린 며칠이 지난날 도청 기자실을 막 떠나려는데 핸드폰이 울렸다.

화면에 장종필이라는 이름이 떴다. 드디어 해냈구나 하는 예감이 들었다.

기자실에 배포된 자료에 의하면 오후 2시에 장석규의 기자회견이 도의회 도민의 방에서 있다는 통지도 있었다.

휴대 전화를 개방하자마자 종필의 들떠 있는 목소리가 들렸다.

"용찬아. 됐어. 증거물들 확보했다고. 지금 어디야?"

"형, 나 지금 사무실 들어가는데 거기서 만나요."

15. 화려한 불꽃 뒤, 어둠

　종필은 서류 봉투를 가슴에 껴안고 사무실로 들어왔다. 그리고 숨 돌릴 여유도 없이 의자에 앉자마자 봉투에서 서류를 꺼내 하나씩 설명했다.

　"자, 이거 봐. 이게 전형진이 랴오닝 그룹에서 매달 받았던 월급 서류야. 이건 전형진 이름으로 된 중국 은행의 계좌 송금 영수증이고, 이건 랴오닝 해외개발운용업체인 랴오닝 AD&F의 임원 명단이야. 봐. 여기 사진도 있지?"

　용찬은 서류를 하나하나 확인했다. 전형진이 랴오닝 그룹의 월급을 받는 자문위원으로 제주도의 부동산을 판매하는 데 관여해 왔음을 부인할 수 없는 자료였다. 그리고 그의 부인 이름으로 되어 있는 북경의 고급 아파트 사진과 등기 서류까지 있었다.

　"나쁜 놈. 헌데 형, 이걸 어떻게 구했지?"

　"임마, 그건 일급비밀이지. 취재원 보호해야 하는 거 잘 알잖아?"

　목숨 걸고 이런 서류를 빼낼 수 있는 것으로 봐서 아직도 종필이 중국 애인과의 관계가 지속되고 있음을 알 수 있었다. 세상을 뒤엎을 수 있는 특종 감이었다.

"헌데, 이거 한꺼번에 까발리기엔 사건이 방대하니까 단계별로 합시다."

"뭘 어떻게 하자는 건데?"

"우선 일차적으로 하나도 프로젝트의 실체를 알리는 거예요. 예전에 기사 써놓은 것 있으니까 터트리면 꼼짝 못 해요. 내일 조간에 기사 뜨면 거기에 맞춰 두목회의 농단에 대해 폭로하는 기자회견 하고. 그다음에 전형진이 꼼짝 못 할 이 서류들을 공개하는 거죠."

용찬의 말에 종필은 시계를 보며 당황스런 표정을 보였다.

"이거 어쩌지? 2시에 기자회견 하기로 했는데?"

"회견 연기는 기자실에 전화 한 통이면 돼요. 내가 내일로 변경해놓을 테니까, 형은 아버지 만나서 양해 구해요. 두목회의 실체 규명에 초점 맞추고 그들이 어떻게 도정을 농단했는지 사례별로 하나하나 정리해서 기자회견 자료를 만들어요. 그사이에 난 이 자료들 들고 서울 가서 신문사 데스크를 만날게요."

"한꺼번에 하지 않으면 그놈들 저항이 만만치 않을 텐데?"

"발뺌하려고 무슨 수든 쓰겠죠? 지방신문은 차단할 게 뻔하고, 중앙 신문사에 제공하는 게 제일 좋은 방법이에요. 우리 신문사는 싹수가 노래서 안 되고 진보 언론계에 아는 선배가 많으니 알아볼게요."

그제야 안심이 되는 듯 종필의 얼굴이 환해졌다.

"그래. 왕금산이 새끼 악에 받쳐 길길이 날뛰는 모습 선하다. 흐흐흐"

이튿날, 한민족신문에 '제주 하나도 프로젝트의 음모'라는 제목으로 특종 기사가 떴다. 권용찬이 한민족신문 기자와 인터뷰 형식으로 폭로한 기사였다. 제주 사회뿐만이 아니라 경향 각지가 발칵 뒤집혔고 중앙의 언론계로부터도 많은 문의 전화가 걸려왔다.

계획대로 장석규는 도의회 도민의 방에서 기자회견을 열고 두목회의 실체와 그 멤버들이 어떻게 도정을 농단했는지 사안별로 자료를 내보이며 폭로를 했다.

그날 오후부터 제주 언론에서는 속보가 터지기 시작했고, 급기야 중앙의 메이저 언론에서까지 '삼미동 차이나타운의 검은 뒷거래' '두목회의 도정 농단 실체 드러나다' '전형진 전 지사, 중국 자본에 취했나?' 등의 제목으로 신문, 방송사마다 연일 이슈를 재생산해냈다.

그러나 그냥 앉아서 당할 두목회 멤버들이 아니었다. 그들의 조직적인 반격도 만만치 않았다.

"나, 자네 모친의 고모 아들이야. 삼촌뻘이지."

기사가 나간 다음 날 오후, 신문을 보고 알았다며 정장을 한 중년의 사내가 용찬의 사무실로 찾아왔다. 명함에는 탐라기업사 계장 김시헌이란 이름 밑에 전화번호만 적혀 있었다. 초면인데도 대뜸 반말로 자기소개를 하고는 이미 뒷조사를 한 듯 용찬을 치켜세우더니 훈계를 하기 시작했다.

"자네가 육지 물만 먹어서 여기 사정 잘 모르는 모양인데 제주는 한 집 건너면 다 친족이고 사돈이야. 그걸 모르고 함부로 기사 쓰다가 애먼 사람 다칠까 봐서 노파심에서 조언 좀 해주려고 찾아온 거니까 고깝게 생각 말고 새겨듣게."

용찬은 이 자가 정보계통에 있으면서 두목회의 누군가와 연관 있다는 것을 직감적으로 알았다. 친척이라고는 했지만, 말을 듣지 않으면 당장 잡아다 혼을 내겠다는 협박으로 들렸다.

좁은 지역사회에서는 사돈의 팔촌이 다 겹 끈으로 연결되었다는 것이 용찬에게는 사건을 취재하면서 늘 느끼는 멍에였다.

"말씀은 고맙지만 저는 이것저것 재면서 기사 쓰지 않습니다."

"정론직필 다 좋지만, 괜당 간에 피해 끼치지 말라는 말이네. 생각해보게 자네 동생 병찬이 공무원 아닌가? 자네 때문에 미운털 박히면 승진에도 지장 있단 말야. 여긴 좁은 동네야. 고구마 줄기 하나 잡아올리면 작고 큰 알갱이들이 우수수 딸려 나오는 조직사회야."

"제 기사와 무슨 관련 있습니까?"

용찬이 마뜩잖은 않은 표정으로 대답을 하자 그는 요즘 시국과 젊은이들의 사고방식에 대해 한참 불만을 털어놓고는 식은 커피잔을 비우고 일어났다.

중앙 언론에 하나도 기사가 보도된 다음 날 아침. 전형진은 '장석규 회견에 대한 입장문'을 도청 기자실로 보내 장석규의 발언은 명백한 허위이며 명예훼손으로 고소하겠다고 했다.

'저는 지금까지 살아오면서 불의의 삶을 살아본 적이 없습니다. 제가 지사로 일할 때도 저는 도민만을 바라보았고 제주도의 발전만을 생각하며 불철주야 노심초사로 도정에 임했습니다. 중국 자본을 유치한 것도 제 개인의 뜻이 아니라 당시 국제적인 경제 흐름이나 도내 상황으로 볼 때 외국 자본의 유입이 절실한 시기였고, 정부의 전략 정책을 성실히 이행했을 뿐입니다.

그리고 그것은 제주의 경제에 활력을 불어넣는 마중물 역할을 했고, 각종 경제지표에서도 나타나듯이 지금도 제주의 수익 창출에 큰 몫을 하고 있습니다. 저보고 땅을 팔아먹었다고 하는데 땅을 중국으로 가져갈 수 있는 겁니까? 그렇다고 제가 중국 자본을 유치하면서 사익을 편취한 적이 있습니까? 다 제주의 미래를 위해 한 일입니다.

두목회라는 말은 저도 처음 듣습니다. 제가 지사 시절 저를 도왔던 사람들끼리 제주경제문화연구소를 만들어 제주의 현안들에 대한 의견을 나누고 발전을 위한 좋은 방안을 마련했습니다. 이를 도정에 건의한 것을 농단이라고 하는 것은 협치를 부르짖는 현 도정을 불신하고 부정하는 일입니다. 선거 공천과 관련하여 앙심을 품고 사실을 왜곡한 장석규와 가짜 뉴스를 제작한 권용찬을 명예훼손으로 검찰에 고소하겠습니다.'

그러나 전형진의 입장문이 무색하게도 그다음날 한민족신문에 '하나도 프로젝트 배후 드러나다'란 제목으로 후속 기사가 터졌다. 전형진과 두목회의 발언 녹취록, 전형진이 중국 랴오닝 그룹의 자문위원으로 월급 받은 각종 서류와 북경의 고급 아파트 사진까지 또 하나의 특종이 떴다.

제주시청 앞 광장에서는 '도정 농단 전형진과 두목회 똘만이들 구속하라' '하나도 프로젝트 취소하라' '삼미동 강제수용 원천무효' 등의 피켓을 든 시민들이 분노의 소리를 쏟아냈다. 시민단체들은 공동전선을 구축하면서 조직적인 시위를 벌였고 도정을 농단한 두목회 멤버들을 검찰에 고발했다.

SNS에서는 나오룡 교수의 인사 전횡으로 인해 불이익을 당한 사람들의 글들이 올라왔다.

특채 과정에 뇌물이 오갔다는 얘기, 누구는 전 지사 친척으로 고속 승진했다는 고발성 글들, 그리고 공무원 사회에 전형진 라인을 구체적인 실명으로 고발하는 글들도 떠돌아다녔다. 그 과정에 동명이인으로 엉뚱한 피해를 받는 사람들, 자신은 전 지사 라인이 아니라고 항변하는 아이러니도 있었다.

그러나 두목회는 그대로 물러서지 않았다. 그들은 견고한 네트워크를 통해서 반격을 시도했다. 댓글을 통해서 글을 올린 자들을 원색적으로 비방하기 시작했고 권용찬과 해당 신문사 기자, 장석규를 명예훼손으로 고소했다.

권용찬의 사무실에는 사실을 확인하는 전화에서부터 협박하는 전화까지 쉴 틈 없이 벨이 울렸다. 용찬을 찾는 웬만한 전화는 부재중이라며 오 양이 차단했다. 그러는 중에 국장이 휴대 전화로 용찬을 불러냈다. 부지런히 울리는 벨소리가 사라지자 대뜸 화부터 냈다.

"자네 어쩌자고 이렇게 일을 벌인 거야? 지금 위에서 자네 잡아 오라고 난리야. 여하튼 당장 올라와서 해명해. 난 더 이상 실드 치지 못

하겠어."

전화를 끊고 나니 허탈감이 몰려들어 맨정신으로는 견딜 수가 없었다. 생각해 보니 점심을 먹은 기억이 없었다.

용찬은 사무실 뒤편에 있는 단골 식당으로 가 늦은 점심 대신 소주를 시켰다. 웬만해서는 낮술은 피하던 용찬이었다. 퇴원하면서 의사가 했던 말이 생각났다.

"입원 초기보다 수치가 많이 좋아지긴 했습니다만 아직도 높은 편입니다. 간염이 완전히 치료된 건 아니니 약 먹는 거 게을리 마시고 술은 끊으셔야 합니다."

용찬은 의사의 말에 반항하듯 중얼거렸다.

"빌어먹을. 술을 안 먹으면 돌아버릴 것 같은데 어쩌라구?"

빈속에 소주 몇 잔을 털어 넣으니 정신이 알딸딸했다. 술이 많이 약해졌다고 생각하며 두 병째 뚜껑을 따고 술잔을 채우고 있을 때 문이 열리는 소리가 들리더니 누군가 용찬을 불렀다.

"형!"

돌아다보니 집안의 경조사 때 아니면 좀처럼 만나기 힘든 동생 병찬이었다. 그는 앞자리에 앉으며 대뜸 용찬을 걱정했다.

"형. 괜찮아? 무슨 안 좋은 일이라도 있어?"

"아니. 어떻게 아고?"

용찬은 혀가 좀 꼬인다는 생각을 했다.

"응, 출장 왔다가 오랜만에 형 얼굴도 보고 싶어서. 사무실에 들렀는데 여기 있을 거라고 알려줬어."

말은 그렇게 하면서도 병찬의 얼굴은 속이 안 좋은 사람처럼 구겨져 있었다.

"형. 웬 낮술이야? 지난번 입원했을 때 어머니가 간 안 좋다고 걱정을 하시던데."

"괜찮아. 내 몸 내가 알아서 하니까. 헌데 진짜 여기 온 목적이 뭐야?"

용찬이 다그치자 병찬은 머뭇거리다가 용찬이 따라 놓은 술잔을 가져다 입안으로 털어 넣었다. 그리고는 용기 내어 말했다.

"형은 능력이 되니까 서울 가서 공부도 하고 신문사 취직도 했잖아. 헌데 난 지방 대학 졸업하고 몇 수를 해서 겨우 공무원이 된 거야."

병찬은 충분히 육지서 대학에 붙을 정도의 실력은 되었지만, 어머니가 벌어오는 물질 수입으로는 육지로 유학 가기 어려운 처지라는 것을 알고 제주에서 대학을 다녔다. '굽은 나무가 산(산소)을 지킨다'는 속담처럼 병찬은 어머니 곁에서 집안의 궂은일을 도맡아서 해왔다. 그런 사정을 알면서도 그간 용돈도 변변히 주지 못한 형의 입장이고 보니 미안한 생각이 들었다.

그러나 용찬은 그런 생각을 떨쳐내기라도 하듯 술잔을 채우고 목을 젖혀 단숨에 비워냈다. 그리고는 눈을 부릅뜨고 술잔이 부서져라 탁자를 치며 큰소리를 질렀다.

"그래서?"

잠시 움찔하던 병찬이 시선을 내리깔며 담담하게 말했다.

"형이 쓴 기사 읽었어. 한편으론 시원하기도 하고 누군가 해야 하는 걸 형이 해냈다는 것이 자랑스럽기도 해. 하지만 공무원 사회는 너무 좁아."

용찬은 병찬이 말하려는 의도를 알았다. 지난번 친척이라며 사무실로 찾아왔던 작자가 병찬을 찾아간 게 분명했다. 그렇지 않아도 평생직장이라고 생각한 신문사에서 쫓겨날지도 모른 상황인데 자신을 탓하러 온 동생이 미련스러웠다. 용찬은 다시 버럭 소리쳤다.

"그래서 어쩌란 말이냐?"

서슬에 놀란 병찬이 눈을 동그랗게 뜨고 멀뚱하게 용찬을 바라보기만 했다.

"누가 시켰어? 내 입 막으라고 누가 시켰냐고?"

"형. 시키긴 누가 시켜. 내 밥줄이 달린 문제야."

병찬은 억울함에 반항이라도 하듯 대들었다.

"이런 못난 새끼. 그래서 어쩌라고?"

용찬은 분노를 참지 못하고 일어서며 탁자를 엎어버렸다.

핸드폰이 울리는 소리에 잠이 깼다. 눈을 떠보니 주변은 어두웠지만, 창을 통해 들어온 불빛에 낯익은 천정의 형광등이 보였다. 자신의 침실이었다. 어떻게 해서 병찬과 헤어졌는지 생각이 나지 않았다.

'아, 이놈의 술'하며 일어나서 벽의 스위치를 켜고, 계속해서 징징대는 핸드폰을 집어 드니 앞번호가 국제 전화였다. 직감적으로 왕금산일 거라는 생각은 맞았다. 그런데 분노해야 할 금산은 핸드폰 너머에서 웃고 있었다. 순간 소름이 돋았다.

"여. 권용찬, 오랜만이군. 소문 들으니 크게 한 건 하셨더구만, 어떻게 몸은 다 나았나? 그땐 미안했어. 자네 불같은 내 성질 잘 알잖는가?"

용찬은 대답할 말을 잃고 듣고만 있었다.

"내 예고 기억하고 있지? 각오는 하고 있을 테지만 우선 서류 도둑질한 놈들부터 모조리 찾아내서 응징할 거야."

용찬은 자신을 사정없이 폭행하던 금산의 모습이 떠오르자 몸이 떨렸다. 피 맛에 걸신들린 괴물이라고 생각했다.

"그렇다고 말이야. 중국 자본 못 막아. 하나도는 잔챙이야. 한국 곳곳에 그보다 더 넓고 좋은 땅 많거든. 서울에 우리 인적 네트워크가 얼마나 단단한지 넌 모를걸. 편 나누고 모함하고 고자질하다가 망한 게 너희 조선 나라야. 절대 우리 중국 이길 수 없어. 난 언제든 돌아간다. 기다려라."

용찬은 치밀어 오르는 부아를 꾹 누르며 빈정댔다.

"금산아, 넌 옛날 삼총사의 왕금산이 아냐. 혼자 밥통이 커졌다고 착각하고 세상을 우습게 보는데, 네가 좋아하는 맹자님이 한 말 기억하나? 부끄러움을 모르면 인간이 아니라는 말 말이야."

"하하하. 인간이 아니면? 원숭이? 누가 이렇게 만들었는데? 난 한국사람 정말 좋아서 한국 여자와 결혼하려고 했어. 그런데 무슨 소리 들었는지 아냐? '이 냄새 나는 뙤국 놈이 어디서 한국 여잘 넘봐?' 흥, 이건 인간에 대한 예의가 아니지. x도 잘 난 것도 없는 것들이 인간을 무시했으면 벌을 받아야지. 꼭 복수하고 말 거야."

"그래서? 그렇게 살아서 너한테 남는 게 뭔데? 인생 그렇게 패악질만 하다가 종 칠 거야? 그게 네가 찾던 행복이야?"

"너 우리 대룡반점에 걸린 액자 봤지? 커쿠나이라오, 고통을 이기고 힘써 일하라. 조상님은 늘 옳은 말씀만 남기시지. 너한테 이렇게 전화하는 것도 고통이야. 그걸 이겨내려고 무진 애쓰는 중이고. 인생이 뭐냐고 묻는 건 나한텐 사치야. 개같이 벌어서 정승처럼 즐기는 거지. 그러니 제발 태클 좀 걸지 말라구."

"금산아, 이러지 말고 우리 얼굴 좀 보자."

"흐흐흐. 날 잡을 수 있을 거 같아? 헌데 자네 좀 섭섭하더라. 친구라면서 대룡반점에 불 싸지른 놈 알면서 숨기고 있었다니 말이 돼? 그게 우정이냐? 그것 때문에 우리 아버지 얼마나 고통을 받았는지 알아? 그래서 병환도 도진 거구. 나 장석규 그 새끼 가만 안 놔둘 거야. 부자가 똑같아. 남에게 눈물 흘리게 하는 놈은 제 눈에 피눈물 나는 법이라는 걸 보여줄 거야."

대룡반점 방화 이야긴 대호한테 밖에 한 적 없었다. 순간 대호가 위태롭다는 생각이 들었다.

"야 너, 문대호 어쨌어?"

"문대호? 어쩌긴 잘살고 있겠지?"

"정소영인 어디 있는 거야?"

"그런 쓰레기 같은 조선족 년. 네가 좋아했으니 어디 찾아봐. 하하하."

"왕금산. 야 이 괴물 같은 새끼야! 넌 나쁜 놈보다 더 악질, 암 덩어리야 임마."

금산은 기괴한 웃음을 날리며 전화를 끊었다.

기사를 쓰는데 속이 뒤틀리더니 헛구역질이 나왔다. 약이 다 떨어졌지만 병원에 가지 않았다. 판결을 기다리는 죄인처럼 오랜 시간 로비에서 기다리는 것도 지루하고, 수치가 오른 혈액 검사서를 보고 야단치는 의사의 잔소리가 귀찮아 차일피일 미루었다.

그러다 오늘은 병원엘 가려고 작정했는데 저녁에 송별회가 있다는 연락을 받고는 또 하루를 미뤘다. 제주 파견을 마치고 서울 본사로 승진하여 귀임하는 송 기자는 그래도 소통이 되었던 몇 안 되는 기자 중 한 사람이었다.

용찬은 과음해서는 안 된다는 강박관념 때문에 몇 차례의 건배와 옆자리 동료 기자들의 권주를 마지못해 몇 잔을 마시고는 안주로 배를 채웠다. 그런데도 거리로 나서니 다리가 후들거렸다. 도시의 네온은 취객들의 감각을 테스트하듯 휙휙 바뀌며 명멸했다.

식당에서 집까지 택시를 타기에는 애매한 거리여서 소화도 시킬 겸 인도를 따라 걸었다. 그런데 누군가 뒤를 따라오는 낌새가 느껴졌다. 돌아보니 밤중인데도 선글라스를 낀 고수머리 사내였다. 용찬이 발걸음을 빨리하면 그도 걸음을 재촉했고, 멈추어 서면 그 사내는 딴짓하며 능청을 부렸다.

집 근처에 다다르자 뛰다시피 골목길에 들어섰는데, 거기엔 용찬을 기다리는 또 다른 두 사람이 있었다. 가로등에 드러난 그들은 생김새로 보아 중국인임이 분명했다. 털북숭이와 대머리였다. 순간 왕

금산이 생각났다. 용찬은 위험을 느끼고 걸음을 멈췄다.

그들은 주머니에서 사진을 꺼내 용찬을 마주 보며 확인했다. 그리고 중국말로 이야기하더니 고개를 끄덕인 털북숭이 사내가 허리춤에서 칼을 꺼냈다. 순간 용찬의 머리카락이 곤두섰다.

"당신들 누구야?"

대답 대신 칼을 든 털북숭이 사내가 달려들었다. 용찬이 움찔하며 피하는 순간 뒤에서 한 사내가 날아오르더니 그를 쓰러뜨렸다. 뒤따라오던 검은 선글라스의 사내였다. 털북숭이가 나동그라지자 지켜보던 대머리 사내가 덤볐다. 그는 쿵푸를 하듯 여러 동작으로 위협하며 달려들었으나 선글라스는 요리저리 피하며 그를 제압했다. 털북숭이가 일어서고 두 명이 공격했지만, 선글라스는 그들을 간단하게 처리했다. 상대가 되지 않는다고 생각한 그들은 줄행랑을 쳤다. 사태를 진압한 선글라스는 용찬에게 손을 들어 인사를 하고는 사라졌다.

'누구지? 누군데 나를 지켜줬을까?'

중국인 조폭들과 맞장뜰 준비가 되어 있다는 종필이 생각났다. 그의 배려일 거라 판단하고는 전화를 걸었다.

"내 그럴 줄 알고 보디가드 붙였지. 그러게 밤에는 걸어 다니지 말고 택시를 타. 뭔 일이 있으면 즉시 전화하고."

금산이 골프채로 대호를 무지막지하게 폭행하는 꿈을 꾸다가 벌떡 일어났다. 핸드폰이 울리고 있었다. 새벽 2시가 넘은 시간이었다. 또 금산의 전화인가 생각하며 휴대폰을 열었는데 다른 번호였다.

"여보세요?"

용찬이 응대를 했으나 아무런 응답이 없었다. 잘못 걸렸겠지 했는데 잠시 후 다시 벨이 울리고 받으면 끊었다. 처음엔 누가 장난을 치나보다 생각했는데 세 번째 전화벨이 울렸을 때 용찬은 의도적인 위협이라는 생각이 들었다.

"여보세요. 전화를 걸었으면 용건을 말 하세요."

그러자 기분 나쁜 웃음소리가 들렸다.

"흐흐흐. 이 개새끼야. 일 벌여 놓고 잠이 오냐? 목 따러 갈 테니 자지 마."

용찬이 응답을 하려는데 끊겼다.

발신지로 전화를 걸었으나 없는 전화라는 메시지가 돌아왔다.

"이 자식들이 정말?"

혹시나 해서 컴퓨터의 전원을 켜고 자신이 인터뷰한 신문 기사를 찾았다. 역시 예상한 대로 많은 댓글이 달렸는데 두목회를 욕하는 내용, 용기를 격려하는 글보다는 용찬을 비방하고 헐뜯는 악플이 더 많았다.

'애비가 빨갱이라 남 모함하는 건 유전이군.'

'육지서 굴러먹던 놈이 어디 와서 지적질이야.'

'제주도 이만큼 잘살게 된 게 누구 덕인 줄도 모르면서. 쯧쯧.'

'개쉐끼 기레기 배때기는 칼 안 들어가나.' 등등 원색적 비방 글이었다.

이메일을 열었더니 거기에도 발신자가 분명치 않은 메일이 여럿 있었다.

'똑바로 해. 한 방에 보내 버린다.'

'너 이렇게 분탕질해놓고 이 바닥에서 만수무강할 수 있겠냐?'는 등 직설적인 단문성 협박 글도 있었다.

용찬은 이들이 자신의 뒷조사를 하면서 조직적으로 집요하게 움직이고 있다는 것을 다음 날 출근하면서 확인했다.

사무실 문을 열고 책상 위를 보니 소포가 놓여 있었다. 발신자를 보니 시골에 있는 어머니 이름이었는데 택배 딱지도 없었다.

'어머니가 무슨 소포를?' 고개를 갸웃거리며 포장을 뜯어보니 엷은 종이에 싼 해골바가지와 함께 회칼이 나왔다. 어머니를 음해하겠다는 암시였다. 용찬은 화가 났다.

"오 양, 이 소포 어떻게 된 거야?"

"아침에 출근하고 보니 문 앞에 놓여 있었어요. 왜요?"

오 양이 들어오다 용찬이 들고 있는 해골바가지를 보고 깜짝 놀라 차반이 기우는 바람에 커피잔이 땅바닥에 떨어져 깨졌다.

"놀라지 마. 이거 모조품이야."

생전 마주한 적 없는 아버지를 만났다. 그는 아무 말이 없었지만 그렇게 마음속에 그리던 초상화 속 인자한 얼굴이 분명했다. 용찬은 나직이 중얼거렸으나 불러본 적 없는 아버지란 말은 입 밖으로 나오지 않았다. 아버지는 온화한 미소를 보이더니 차츰 얼굴을 일그러뜨리면서 눈물을 흘렸다. 잠에서 깨어서도 아버지의 우는 모습이 선명하게 남아 개운하지 못했다.

용찬이 도청 브리핑 룸에 들어서는데 기자들이 보도 자료를 보며 웅성대고 있었다. 자리에 앉아 테이블 위에 놓인 자료를 들었는데 첫눈에 '삼미동 차이나타운 사업 제동'이라는 제목이 눈에 들어왔다.

삼미동 차이나타운 조성 사업은 사업 목적에 위배 되므로 원인행위 무효라는 대법원판결이 났다. 일부 토지주들이 제기한 토지반환 소송이 승소를 거둔 것이다. 주민들에게 헐값에 사들여 비싼 값으로 중국에 판매한 것은 토지를 수용할 때 휴양형 타운을 조성해서 주민들의 복지향상에 기여한다는 목적에 부합하지 않으며, 이 또한 순수한 휴양형 콘도 분양이 아니라 대규모 카지노 시설을 유치해서 돈벌이를 위한 사업으로 변질되었으므로 이는 주민의 복지향상에 반하는 것으로 원인행위 및 사업시행계획 인가도 무효라는 최종 판결이었다.

토지주들은 원래의 토지를 반환받게 되었고 중국 자본이 개입하면서 엄청나게 오른 땅값으로 부자가 되게 생겼다. 하지만 삼미동에 투자한 중국 자본들은 손해배상청구 재판을 할 것이라 공언했으므로, 결과에 따라서는 기하학적인 배상금으로 국민의 혈세가 날아갈 형국이 됐다.

용찬은 순간 울분을 토하던 삼미동에서 만난 노인의 얼굴이 떠올랐다. 거리에서 시위를 하던 문대호도 이 소식을 들었을까? 그러면서 불안한 기운이 머릿속을 스치고 지나갔다.

'그가 이 소식을 제일 먼저 알았을 테고 그랬으면 전화라도 왔을 텐데, 혹시 영원히 듣지 못하는 상황이 된 건 아닐까?'

바지 주머니에 둔 핸드폰이 진동했다. 문대호를 생각했는데 장종필이었다.

전화를 받자마자 종필이 울음을 터트렸다.

"으흐흐흐흐."

"형, 무슨 일이야? 울지 말고 말을 해야 알지?"

"요 용찬아, 우리 아부지가…."

"부친에게 무슨 일이 생겼어요?"

종필은 징징 울면서 기어코 충격적인 사실을 털어놓았다.

"죽었어. 어젯밤에. 칼을 맞고…."

말을 채 마치지도 못하고 종필은 오열했다. 용찬은 장석규를 가만 놔두지 않겠다던 금산의 말이 떠올랐다.

"지금 어디예요?"

장석규의 부음을 접한 용찬의 마음은 착잡했다. 자신의 발설로 인해 죽었다는 죄책감이 무겁게 가슴을 짓눌렀다. 한편으론 그의 죽음은 그에게 고통받거나 한이 맺힌 사람들의 마음을 후련하게 해줄 것이라는 점에서 위안을 얻었다.

방화를 하고 대문 앞에 섰을 때 가로등에 비친 얼굴, 동행해서 중국 갔을 때의 모습, 자신을 빨갱이 자식이라고 박대했던 일 등 고인과 마주했던 여러 장면이 파노라마처럼 지나갔다. 그리고 해연의 얼굴이 떠오르면서 그에 대한 증오의 그림자는 사라지는 듯했다.

장례식장에 갔을 땐 친족들이 모여 분향실을 꾸미고 있었다. 실신한 듯 벽에 기대어 있는 모친을 위로하던 종필이 용찬을 발견하고 곧바로 나왔다. 그는 밤새 술을 마신 듯 붉은 얼굴에 술 냄새가 진하게 풍겼다.

종필은 조문객들을 모시는 식탁으로 가서 앉더니 담배를 꺼내 불을 붙이고 한 모금 길게 빨았다.

"도대체 어떻게 된 일이에요?"

"목격자 말로는 술에 취해 밤늦게 귀가하는데 몇 놈이 시비를 걸더니 칼을 꺼내 난자했다는 거야."

"범인은?"

"현장을 지나가던 시민들이 붙잡았어. 쌍놈의 새끼들 불법체류 중국인들이야."

종필은 숨겨 뒀던 분노를 드러내듯 깊게 담배를 빨아들이더니 코로 두 줄기 담배 연기를 뿜어냈다.

"부친에게 무슨 원한 있어요?"

종필은 고개를 가로저으며 담배꽁초를 바닥으로 떨구고는 발로 짓이겼다.

"그 새끼들 우리 건설 현장에서 일하던 놈들이야."

"임금 체불이라도 했어요?"

"체불이라니? 계약대로 제때 다 줬는데 인력회사 놈들이 떼어먹은 거지. 헌데 아무래도 이상해. 그놈들이 사장인 날 놔두고 왜 아버질 해코지했을까? 이거 분명 배후에 뭔가 있는 거야."

용찬은 사건의 단초가 두목회를 폭로한 데 대한 보복이라는 것을 알면서도 금산과의 통화 사실은 차마 말하지 못했다. 흥분한 종필이 억측만으로도 분명히 사고를 저지를 수 있다고 생각했기 때문이었다.

출입구 쪽이 소란스러워지더니 한 젊은 여인이 울면서 들어서는 모습이 보였다. 갑자기 종필이 일어서며 그를 마중했다.

"해연아"

해연이란 이름에 용찬의 가슴이 철렁 내려앉았다. 앞을 스쳐 지나가는 그녀는 몰라볼 정도로 많이 변했지만, 그녀의 출현은 여전히 용찬의 숨을 멎게 하고 감각을 마비시키기에 충분했다.

사무실에 와서도 마음이 혼란스러워 용찬은 아무 일도 할 수 없었다. 그런 용찬을 깨우기라도 하듯 휴대폰 벨이 울렸다.

대호의 사무실 김 간사였다. 그녀의 들뜬 목소리는 다급했다.

"권 기자님. 방금 텔레비전에서 문 처장님 봤어요?"

"예? 어디서요?"

"뉴스에 홍대 앞 소식에 관한 게 나왔는데 지나가는 행인들 속에 분명 처장님이 있었어요."

"분명 문대호 맞아요?"

"처장님이 즐겨 쓰고 다니는 뉴욕 양키스 빨간 모자, 그 모자 때문에 유심히 살폈어요. 분명해요."

"혼자였어요?"

"아뇨, 옆에 여자와 팔짱을 끼고 있었어요. 그런데요 카메라 앞에 손가락으로 브이자를 만들어 보이더라구요."

용찬의 머릿속이 다시 혼란스러워졌다. 공항과 부두에 출입기록이 없는데 어떻게 섬을 빠져나갔을까?

"경찰에 신고했어요?"

"아뇨, 지금 하려구요."

"이따 들를게요."

전화를 끊으면서 용찬은 중얼거렸다.

"이게 도대체 어떻게 된 거지?"

용찬의 머릿속이 분주하게 돌아가기 시작했다.

자신에게 대한 폭행을 생각하면 대호가 살아있는 것만도 다행이다. 그런데 어떻게 서울 거리를 활보하고 있지? 분명 금산과 무슨 거래가 있었던 모양인데 그 내용이 뭘까? 도피해 다니는 사람이 카메라에 '나 잡아봐라'하고 액션까지 취할 만큼 대호는 간이 크지 못하다. 오히려 모든 일에 계획적이고 치밀한 성격이라는 것을 용찬은 알고 있다. 그런데도 방송 카메라를 피하지 않고 포즈까지 취한 의도는 또 뭐지? 자신이 살아있다는 걸 확인시키는 것? 차이나타운 반대 운동이 성공했다는 것에 대한 성취감? 그러다가 용찬은 '아!' 하는 짧은 탄성과 함께 무릎을 쳤다.

'그래, 이건 암시야. 어떻게 제주를 빠져나왔는지 루트를 찾아보라는 과제를 준 거로구나.' 용찬은 그것이 의리를 배신한 미안함에 대한 보상이라고 생각했다.

이튿날, 박윤홍 지사는 기자회견을 자청하여 도민들에게 사과하고 하나도 프로젝트를 취소한다고 발표했다. 그러면서 두목회와의 유착은 사실무근이며 도정을 농단한 사람들을 엄정하게 조사해 처벌해 달라고 검찰에 고발했다고 말했다.

지사가 브리핑 룸을 나가자 옆자리에 앉은 중앙 일간지 정 기자가 물었다.

"권 형, 전 지사 어디 있는지 알아?"

"집에서 검찰 호출만 기다리고 있겠지."

"아냐, 여러 방법으로 확인했는데 집에는 없어."

"그럼 벌써 밖으로 튀었나?"

"공항과 부두에 알아봤더니 이미 출국 금지된 상황이야. 하 이거 데스크에서는 확인 인터뷰 따라는데 입장문 하나 던져 놓은 이후로 전화도 불통이고 그를 본 사람이 없대요."

용찬은 다시 문대호를 생각했다. 그가 기록을 남기지 않고도 섬을 빠져나가 서울에서 활보하고 있다면 전형진도 이미 제주에는 없을 것이란 생각이 들었다.

용찬은 틈이 나면 장례식장에 들렀다. 종필을 위로한다는 명분이었지만 해연의 얼굴을 볼 수 있다는 게 큰 낙이었다. 분향실 입구에서 해연과 마주쳤을 때 그녀는 편안한 모습으로 허리를 굽혀 인사하며 억지로 웃음까지 지었다. 그러나 용찬의 마음은 편치 못했다. 자책감과 연민, 애틋한 감정이 초상집 분위기에 뒤섞여 혼란스러웠다. 용찬은 오래 참았던 술을 기어코 입속으로 털어 넣었다.

제주에서는 보통 삼일장을 치르는데 첫날은 친척들이 모여들어 장례 절차 논의와 문상객 맞을 준비하고, 둘째 날은 일포(日晡)라 해서 영결식을 치르기 전날 조문객들이 찾아온다.

입구에서부터 분향실까지 양쪽엔 고인이나 상주와 관련 있는 단체나 거래업체에서 보낸 조화들이 즐비하게 늘어섰다. 일포 날은 아침부터 단체조문객들이 몰려들었고 밤늦은 시간까지 북적거렸다. 용찬은 혹시나 하고 살폈지만 두목회와 연관된 사람들은 얼씬도 하지 않았다.

밤이 깊어지자 화투를 치며 밤샘을 하는 사람들을 남겨놓고 친족들도 다음날 이른 출상에 대비한다며 모두 분향실을 떠났다.

종필은 하루 종일 조문객들과 마신 술 때문에 일찍 상주방에서 잠이 들었다. 용찬이 눈치를 살피며 막 분향실을 나서는데 뒤에서 낯익은 여인의 목소리가 들렸다.

"저 좀 봐요."

16. 욕망의 종말

    용찬이 뒤돌아섰을 때 평상복으로 갈아입은 해연이 은근한 시선으로 바라보고 있었다.

    "밤이 이슥하지만, 괜찮으시다면 얘기 좀 해요."

    절주를 실천하느라고 무진 애를 썼으나, 권하는 술을 마다하지 못해 마신 술에 몽롱하던 정신이 확 깨지는 순간이었다.

    그들은 택시를 잡아타고 어영 바닷가로 갔다. 인적 끊긴 어두운 도시를 빠져나가니 환하게 불을 밝혀 불야성을 이룬 카페촌이 나타났다. 한밤중인데도 카페에는 젊은이들로 가득했다. 해연을 위층으로 올려보내고 아래층에서 커피 주문을 하고 기다릴 때 벽에 붙은 포스터가 유난히 용찬의 눈길을 끌었다. 멋진 유람선을 타고 제주의 해안선을 관광하자는 것이었는데 눈길이 멈춘 것은 대룡관광유람선이었기 때문이었다. 왕금산이 유람선 사업을 하고 있다는 사실이 새삼스레 생각났다. 그러나 왕금산의 얼굴이 떠오르자 용찬은 재빨리 포스터에서 시선을 거두었다.

　용찬이 커피를 들고 2층으로 올라갔을 때 늦은 밤바다를 즐기려는 쌍쌍의 연인들이 창가를 점령하고 있었다. 해연은 바닷가로 트인 창가에 시선을 꽂은 채 꼼짝도 안 했다. 가까이 보이는 수평선에는 집열등을 밝힌 배들이 일렬로 늘어서서 점호를 받고 있는 것처럼 부동자세로 반짝였다.

　"제주 바다는 언제 보아도 위안을 줘요."

　해연이 편안한 표정으로 커피 컵을 잡으며 침묵을 깼다.

　"유년 시절에는 동경과 갈망을 키우던 바다였는데."

　"이렇게 한 번씩 마음속에 바다를 담고 가면 모든 일이 편안하게 잘 풀려요."

　해연의 얼굴은 너무도 편안해서 아버지를 잃은 상주의 그늘진 슬픔 같은 것은 찾을 수 없었다. 인생의 씁쓸한 맛을 본 성숙함에서 오는 잔잔한 우수 같은 것이 그의 표정에서 느껴졌다. 산사의 생활에서 터득했을 초연함 때문이라고 용찬은 미루어 짐작했다.

　"한창인 연세신데 정말 안됐어."

　용찬의 말에 해연은 컵을 들어 커피를 한 모금 마시고 나서 대꾸를 했다.

　"아버지에 대해선 할 말 없어요. 말하고 싶지도 않고. 제게 피와 살을 주신 숙명적인 고마움이 있긴 하지만, 그분이 살아오신 삶에 대해선 연민을 느낀 지 오래됐어요. 특히 권 기자님을 생각하면 마음이 저려 와요."

오빠라는 호칭이 권 기자님으로 바뀐 것에 용찬은 서운함을 느꼈다.

"사람은 누구나 왔던 길로 돌아가는 거지만….."

용찬은 말끝을 흐리며 커피잔으로 입을 막았다.

"업보죠 뭐. 권 기자님은 운명을 믿어요?"

"운명은 개척하는 거 아닌가?"

한심스러운 철부지 같은 대답이라 생각했는지 해연의 얼굴에 엷은 미소가 번졌다.

"역시 권 기자님다워요. 젊은이여 야망을 가져라."

우수에 찼던 해연의 얼굴이 한순간 밝아졌다.

"사람을 미워하고 사랑하는 것도 죽음이라는 상황에서 보면 덧없는 일이야. 태어나기 전부터 미워해야 할 운명이었지만 난 그런 거 믿지 않았어. 그건 선대의 일이고 난 아무 문제 없다고 생각했지만 현실은 그걸 인정해 주지 않더군."

"저 때문이죠? 저도 그때 많이 방황했어요. 이제야 이렇게 웃으면서 말할 수 있지만 정말 심각했어요."

해연은 다시 마음의 평정을 잡은 듯 느긋해 보였다. 그런 해연의 모습을 뿌듯하게 바라보며 용찬이 말했다.

"이젠 회한의 당사자가 돌아가셨으니 증오의 꺼풀도 벗겨진 셈이지."

해연은 찻잔을 응시하며 옛 기억을 더듬어 냈다.

"절에 있을 때 저를 찾아오셨다는 소리 나중에 들었어요."

용찬은 종필에게서 소식을 들은 뒤 수소문 끝에 해연이 있는 절을 알아냈다. 리화를 떠나보낸 후, 허전한 마음속으로 찾아드는 해연이 보고 싶어 아무 일도 할 수 없었다. 만사를 제쳐두고 먼 산길을 돌고 돌아 절을 찾아갔다.

산사 사무실에 도착했으나 가열한 노력도 허망하게 절벽을 만났다.

"수행 중에 있는 불자는 면회 할 수 없습니다."

"스님, 멀리서라도 한 번만 볼 수 없을까요?"

부처처럼 유난히 귀가 크고 인자하게 생긴 여승은 용찬이 딱하게 보였는지 잠시 기다리라 하고는 안으로 들어가더니, 잠시 후 한 권의 책을 손에 들고나왔다.

"먼 길을 오셨는데 못 만나는 것도 다 부처님의 섭리지요. 이왕 오셨으니 부처님 말씀을 간직하고 가십시오."

용찬은 허탈감에서 시작된 무기력증에 빠져 일손을 잠시 놓았던 기억이 떠올랐다. 그때 여승이 준 책은 법구경이었는데 절실하게 마음에 와닿는 구절이 있었다.

'사랑하는 사람은 가지지 마라. 미운 사람도 가지지 마라

사랑하는 사람은 못 만나 괴롭고 미운 사람은 만나서 괴롭다.'

"그땐 간절했지. 절망의 나락도 맛보았고."

"사람의 인연이란 게 인간 마음대로 되는 게 아니죠. 이런 말을 해도 될지 모르겠지만 권 기자님 이전에 어떤 사람으로부터 청혼을 받은 적이 있어요. 난 눈길 한번 안 주었는데 참 열심히 쫓아다니다 아버지한테 걸려 혼났죠. 그때는 보잘것없었는데, 지금은 성공한 사업가가 됐어요."

용찬은 순간 생각나는 사람이 있었다.

"내가 아는 사람이지?"

해연은 어떻게 알았냐는 듯 눈이 휘둥그레지더니 입가에 미소를 담으며 눈길을 피했다.

"그건 노코멘트죠."

용찬은 그가 왕금산이라는 것을 단박에 알았다. 언젠가 금산을 만났을 때 지나가는 말로 해연의 안부를 물은 장면이 생각났다. 그때 그의 표정이 왜 그리 쓸쓸했는지를 용찬은 이제야 알았다. 그 후 여러 번 만나면서도 내색도 안 했다. 속마음을 드러내지 않는 중국인의 유전자 때문이었을까?

"그래서 붙잡지 못한 게 후회스럽단 말인가?"

"그럴 리가요. 인연은 따로 있다는 말이죠."

해연은 갑자기 상체를 용찬에게로 숙이더니 얼굴 가까이에서 킁킁 냄새를 맡았다.

"담배 안 끊었어요. 냄새나는 것 같은데…?"

용찬은 화장실에 가서 입을 행구고 나오지 못한 게 후회됐다.

"아냐, 그때 끊었지. 조문객들 틈에 있다 보니 몸에 배었나 봐."

용찬은 어쩌면 이리 말이 자연스럽게 나오는지, 임기응변에 스스로 감탄했다.

그러자 해연의 얼굴에 다시 미소가 감돌았다.

"생각나요? 우리 첫 키스 했을 때. 난 눈을 감고 달콤한 맛을 기대했었는데 웬걸 훅 달려드는 담배 냄새 때문에 얼마나 실망했는지."

용찬은 밀레니엄이 시작되던 날, 초조해서 화장실을 들락거리며 담배만 피워댔던 일이 기억났다. 갑자기 머리가 간지러워 손을 올려 뒤통수를 긁었다.

"내가 환상을 여지없이 깨버렸지. 그때부터 난 금연하기로 맹세했지."

"그래도 나 때문에 달라진 게 있었다니 다행이네요."

"건강을 챙겨줬으니 내가 고맙지 뭐."

용찬은 속이 따끔했으나 시치미 떼고 주변을 살피는 척하며 해연의 시선을 피했다.

해연이 핸드백에서 자그만 사각봉투를 꺼내더니 용찬에게 내밀었다.

"저 교향악단에 들어갔어요. 첫 연주회 티켓인데 시간 되시면 오세요."

원래 어영 카페촌은 랜터카의 천국이지만 외진 곳이고 늦은 시간이라 택시들의 교통은 많지 않은 곳이었다. 한참을 길가에서 기다려서야 콜택시가 왔다. 해연을 먼저 태워 보내고 용찬은 해안가를 따라 걸었다. 너무 오랜만에 마주한 해연과의 데이트에 엷은 흥분 같은 것이 남아 있어 쉽게 잠이 올 것 같지 않기도 했지만 그런 감정을 오래 즐기고 싶어서였다.

평화로운 밤바다를 바라보며 걷다가 용찬은 이상한 느낌을 받았다. 전조등만 켠 채 유유히 바다 위를 떠가는 검은 물체가 눈에 띄었기 때문이었다.

이 늦은 시간에 선실의 불도 켜지 않고 바다를 항해한다는 것이 수

상했다. 걸음을 멈추고 시선을 집중시키니 그 배가 아까 포스터에서 보았던 유람선임을 알았다. 순간 용찬의 뇌리에 번뜩이며 스쳐 가는 게 있었다.

용찬은 얼른 스마트폰을 꺼내어 네이버 주소창에 '대룡관광유람선'을 치고 검색을 했다. 유람선은 두 시간마다 해안선을 따라 비양도를 거쳐 오는 코스였고 마지막 시간은 6시였다. 그런데 한밤중에 유람선이 움직이다니?

용찬은 무릎을 치며 탄성을 질렀다.

"아, 대호의 암시가 저것이었구나."

용찬은 얼른 해양경찰에 전화를 걸었다.

용찬을 태운 택시는 해경 경비정이 있는 부두로 달렸다. 상황이 예사롭지 않음을 판단한 해경은 용찬을 경비정에 태우고 유람선의 뒤를 쫓았다.

유람선은 고깃배들이 어로작업을 하는 해역을 벗어나 제주해협에 들어서고 있었다. 제주해협은 원래 물살이 센 지역인데 물때를 맞춰 택일한 것인지 바다는 잔잔했다.

해경 경비정이 다가서는 것을 눈치챈 유람선이 속력을 높였다. 그러나 물길에 익숙한 경비정은 더 빨랐고 사이렌을 울리며 곧 따라 붙었다.

"대룡유람선 정선하시기 바랍니다. 대룡유람선 운행코스 이탈했습니다. 정선 하세요."

경고를 무시하고 유람선은 오히려 최고의 속력으로 달아났다. 한동안 해상에서 추격전이 벌어졌다. 앞서 달리던 유람선에서 별안간 검은 물체를 바다에 내던졌다. 용찬은 그것이 해경의 시선을 빼앗고 추격을 지체시키기 위한 수법이라고 단순하게 생각했다.

경비정은 물체가 투척된 지점에 원을 그리며 선회하더니 곧바로 잠수복을 입은 해경 두 명이 바다에 뛰어들었다. 입수한 해경들은 그리 오래지 않아 유람선에서 투척한 물체를 찾아내어 경비정에 올렸다. 물체는 검은 비닐로 단단히 묶여 있는 상자 같았다.

다시 유람선을 뒤쫓는 사이 연락을 받고 달려온 커다란 순시함 한 척이 유람선을 가로지르며 나타났다. 순시함은 조명탄을 쏘아 바다를 환하게 밝히면서 사이렌을 울린 후 경고 메시지를 날렸다.

"정선 하세요. 정선 하지 않으면 발포합니다. 정선 하세요."

갑자기 커다란 함정이 나타나 앞을 막자 유람선은 놀랐는지 급하게 항로를 바꿔 회전하려 했으나 순시함이 이미 코앞에 닥친 터라, 회전의 공간을 확보하지 못한 유람선은 순시함의 옆구리를 치고 나서야 멈춰 섰다.

그때 유람선 안에 있던 몇 사람이 허둥대며 밖으로 나오는 모습이 보였다.

경비정을 밀착시키고 무장한 경찰들이 유람선으로 옮겨 탔으나 별다른 저항은 없었다. 경찰들은 유람선의 조명등을 모두 켜고 선내 곳곳을 뒤지며 수색을 시작했다.

경비정과 교신을 끝낸 순시함은 뱃고동을 울리더니 유유히 바다를 가로질러 사라졌다. 파도에 잔잔히 흔들리는 경비정에 있던 지휘부 사람들은 긴장하며 유람선을 지켜봤다. 용찬도 입에 고인 침을 목으로 넘기며 상황의 추이를 살폈다.

잠시 후, 유람선에 숨어 있던 사람들이 손을 머리에 올리고 줄줄이 밖으로 끌려 나왔다. 불빛에 나타난 그들의 모습은 노동자 복장이었다.

그들은 경비정으로 옮겨 탔고 경찰의 지시에 따라 질서 있게 갑판 바닥에 앉았다. 통역관이 그중 한 명에게 중국어로 묻자 고개를 끄덕였다. 통역관이 경비정장에게 보고했다.

"중국인들인데 선장까지 남녀 모두 16명입니다."

"하. 드디어 꽁무니를 잡았네. 어떻게 육지로 도주하나 했더니."

무비자로 제주에 들어와서 돌아가지 않은 장기불법체류자가 2만 명이나 되는데, 탈출 경로 중 하나가 드러난 셈이다.

"자 고개를 들어요."

카메라를 든 경찰이 자리를 옮겨가며 그들을 촬영했다.

용찬은 혹시나 하여 일행을 찬찬히 살펴보았으나 아는 얼굴은 없었다.

정장이 '시작해'라고 명령하자 조사관이 일행들을 주목시켰다.

"여기 선장 누굽니까?"

맨 뒤에 앉은 옷차림이 비교적 깨끗한 사람이 손을 들었다.

"선장, 어디로 가는 중이었나요?"

"……"

선장은 고개를 숙인 채 입을 꾹 다물었다.

"말 안 해요? 몇 번 쩹니까?"

"……"

"좋아. 언제까지 버티나 봅시다. 여기 인솔책임자는 누굽니까?"

조사관이 말하는 내용을 통역관이 일행들에게 중국어로 설명했다.

누구도 입을 열지 않았지만 일행의 시선이 한곳으로 모였다. 둘째 줄에서 눈치를 보던 인솔자가 손을 들었다. 그는 한국어에 능숙한 조선족이었다.

"저는 그냥 시키는 대로 한 것뿐입니다."

"누가 시켰습니까?"

"일을 기획한 사람은 따로 있어요. 전 그냥 서울까지 데려다주는 것뿐이에요."

조사관이 맨 앞쪽에 앉은 사람에게 물었다.

"진짭니까?"

"예. 계약한 사람 따로 있어요."

"얼마 주고 이 배 탔나요?"

"선금 2백 물었구요. 육지 도착하면 3백 주기로 했어요."

조사관이 다시 인솔책임자에게 물었다.

"그럼 애초에 당신을 고용한 사람은 누굽니까?"

이러는 사이에 유람선에서 옥신각신하는 소리가 들렸다. 모두의 시선이 그쪽으로 쏠렸다. 모자를 눌러 쓴 사내가 경찰과 실랑이를 벌이다가 갑자기 바다로 뛰어들었다.

정장이 달려가며 소리쳤다.

"무슨 일이야?"

"한 놈이 화장실에 숨어서 절대 문을 열지 말지 말입니다. 그래서 공구로 문짝을 떼내고 보니 저 사람이."

"그럼 선장 빼고 중국인이 16명이야?"

"불법체류자 아니지 말입니다."

"뭐라고? 어서 끌어 올려"

바다 위를 헤엄치는 사람에게 서치라이트가 비춰졌다. 모자가 벗겨진 채 열심히 헤엄쳐 나가던 사람이 겁먹은 표정으로 고개를 쳐들자 정체가 드러났다. 놀랍게도 그는 지명수배가 내려진 전형진이었다.

유람선이 완전히 접수되자 끌어 올린 물체의 정체에 관심이 집중됐다.

"저건 뭐야? 해체해 봐."

정장의 명령에 대기하고 있던 경찰이 커터칼을 꺼내 들고 물체에 다가섰다.

김장용 비닐을 이용하여 여러 겹으로 묶어진 포장을 풀어헤치기 시작하자 역한 냄새가 났다. 커다란 여행용 캐리어가 나왔는데 가방을 열자 농산물 마대에 담긴 물체가 나왔다. 가방 속에는 물속 깊이 가라앉히기 위해 큼지막한 돌멩이가 들어 있었다. 냄새나 마대에 스며 거무튀튀하게 변색된 핏물의 흔적으로 보아 시신이 분명했다.

"시신 같은데요?"

"확인해 봐."

마대를 예리한 칼날로 조심스럽게 절개해 나가자 지독한 악취가 났다. 주변 사람들은 고개를 돌리거나 코를 막았다. 시신은 부패해서 형체를 알아볼 수 없는 지경이었지만 피로 범벅이 된 여자 옷을 입고 있었다. 코를 막고 상황을 목도하던 용찬은 시신을 보자마자 경악

했다. 마지막으로 본 그날 정소영의 옷차림이 분명했다.

"이런 개 같은 자식."

용찬이 분노를 드러내자 정장이 물었다.

"아는 사람입니까?"

용찬은 고개를 끄덕였다.

"정소영입니다. 베이징이라는 룸살롱에 근무하던 여잡니다."

용찬은 두 주먹을 불끈 쥐고 부들부들 떨었다. 그날 성난 짐승처럼 난동을 부렸던 금산의 얼굴이 떠올랐다. 용찬은 기어코 눈물을 쏟아냈다.

"이 나쁜 새끼."

용찬은 사건이 있던 이틀 후 아침 일찍 검찰에 출두하여 조사를 받았다. 룸 베이징에서 금산에게 폭행당한 날 업자에게 접대받은 것은 김영란법 위반이라는 걸 알았고, 불법촬영 공모 등의 혐의로 땅거미가 내릴 때까지 강도 높은 조사를 받은 후에야 풀려났다.

전형진은 하선하자마자 기다리던 검찰에 인계되었다. 그러나 전형진은 자신은 제주도를 위해 헌신했을 뿐이고, 모함이라며 끝까지 법정에서 투정할 것을 변호사를 통하여 기자들에게 밝혔다.

두목회 회원들은 소환 조사하는 과정에서 각자도생의 길을 선택했다. 전형진에게 불리한 증언들이 나오면서 전형진은 구속되었고 농단에 참여했던 회원들도 불구속 입건되었다.

전형진의 구속은 제주뿐 아니라, 온 나라를 발칵 뒤집어 놓았다.

두목회 회원들의 전횡이 드러나자 서울의 기자들이 제주로 몰려들었다. 그들에게 불이익을 당한 사람들이 벌떼처럼 달려들어 익명으로 그들의 숨겨진 악행과 여죄들을 고발하기 시작했다.

룸 베이징 지배인과 직원들을 불러다가 조사한 결과 정소영에 대한 살인 및 시신 유기 교사자가 왕금산이란 것이 밝혀졌다. 룸 베이징은 마약 투약과 성매매, 탈세의 온상지임이 밝혀져 영업정지를 당하고 세무조사를 받았다.

수사는 대룡관광과 랴오닝 그룹으로 확대되었다. 그 결과 왕금산에게는 살인 및 살인교사, 외국환거래법 위반, 출입국관리법 위반 등의 혐의로 지명수배가 내려졌다. 하지만 왕금산의 거처를 아는 사람은 아무도 없었다.

제주를 탈출하다 붙잡힌 불법체류자들의 인적사항을 조회한 결과 성폭행 사범, 폭력사건 혐의자, 사기사건 연루자, 주거침입 절도 등 수배자가 7명이나 되었다.

'불법체류자 탈출 루트 드러나다'란 제목으로 권용찬이 쓴 대룡관광유람선 사건 기사는 또다시 특종이 되면서 전국적인 이슈가 되었다. 그것이 반가웠는지 한동안 냉랭했던 데스크에서 전화가 왔다.

"권 기자. 특종 축하해. 위에서도 대단히 기뻐하고 있어. 그리고 말야, 이참에 지방토호들의 비리 실태를 사례별로 취재해서 시리즈로 가자고…."

용찬은 전화를 끊으면서 데스크의 신임을 되찾았다는데 안도의 한숨을 내쉬었다.

17. 출구전략

　박근혜 정부 막바지에 승인한 미국의 고고도미사일 방어체계(THAAD,사드) 배치를 중국은 강력하게 반대했다. 미국은 북한의 미사일 발사로부터 자국의 국민과 군대를 보호한다는 명분이었지만, 사드를 배치하면 중국의 대륙간 탄도탄 미사일(ICBM)을 감시레이더의 영향권에 놓을 수 있어 이를 무력화시키기 위한 대비였다.

　중국 인민해방군은 지린성(吉林省), 산둥성(山東省), 랴오닝성(遼東省)에 중국 전략지원군 예하 3개 유도탄 여단의 둥펑(東風·DF) 계열 미사일 600여 기를 배치해 한국군과 주한미군 기지 등을 조준하고 있다.

　그러나 사드가 배치되면 유사시 한국과 일본 타격용으로 쓸 미사일들이 무용지물이 된다. 이런 속내를 감추고 중국은 자국의 전략 안보 이익이 훼손된다는 논리를 내세워 반대했다. 국내 진보론자들의 반대 여론을 무릅쓰고 경상북도 성주에 사드가 배치되자 중국은 이에 대한 보복으로 자국 단체관광객(유커, 遊客)에 대해 금한령(禁韓令)을 내렸다. 한국관광객을 모집하지 않도록 여행업체를 통제했다.

이뿐만 아니라 한류 열풍을 잠재우기 위한 부당한 간섭을 시작했고, 사드 배치 장소를 제공한 롯데그룹에 대한 불매운동과 95%에 달하는 한국의 화학제품, IT제품의 원자재 수입금지 등 경제적인 보복을 감행했다.

사드 여파로 중국인 단체관광객이 뚝 그치자 시끄럽던 제주 시내도 조용하고 한산해졌다. 가는 곳마다 유커들로 인해 소란스럽고 혼잡해서 제주를 기피 했던 국내 관광객들이 다시 모여들기 시작했다. 그러나 금한령으로 인해 국내 관광업계가 막대한 타격을 입었지만, 더 큰 손해와 고통을 감수해야 하는 것은 정작 중국인을 상대로 사업을 하던 화교들이었다.

"왕금산 당장 오라고 해. 감사 내려간다고 통보까지 했는데 회장도, 사장도 없고 이 무슨 경우 없는 짓이야?"

불룩 나온 배를 쓰다듬으며 대표 사무실 소파에 깊숙이 기대앉은 감사반장은 단호한 어조로 왕은산의 혼줄을 빼놓았다. 랴오닝 그룹에서는 대롱여행사의 자금 해외유출 의혹의 진상 파악을 위해 3명으로 감사반을 구성하고 제주에 내려보냈다.

감사반은 삼미동 차이나타운의 계획 차질, 하나도 프로젝트의 취소 과정도 철저히 조사하라는 본사 해외전략본부의 특명을 받았다.

"사정이 있어서 왕 회장님은 한국에 올 수 없는 형편입니다."

"사정이란 게 뭐요?"

"일을 열심히 하다가 실수를 저질러서 수배가 내려진 상황입니다. 대신 제가 대표 대행을 맡고 있으니까 성실히 수용하겠습니다."

"좋아요. 그럼 물어봅시다. 도대체 해외자금 도피 건은 어찌 된 거요?"

"그건 오해십니다. 문제는 차이나타운의 공사 중단과 사드 여파로 유커들이 오지 못하게 된 게 근본 원인입니다. 거기서 건설업자들에게 줘야 할 공사비와 임금이 몇 달째 밀리는 형편에서 일단 구조조정을 통해 직원들을 해고했어요. 그 과정에서 누군가 왕 회장이 자금을 해외로 도피시켰다고 해코지한 것입니다."

그러자 깡마르고 머리가 벗겨진 감사반원이 다시 물었다.

"그럼 자금을 해외로 도피시킨 게 아니란 말씀이오?"

"도피가 아니라 투자입니다. 사드 문제가 일어나기 전부터 왕 회장님은 사업 확장을 위해 일본과 동남아시아 쪽으로 눈을 돌렸습니다. 그래서 우선 도쿄에 지사를 만들었어요. 거기에 운영자금을 보낸 걸 오해한 겁니다."

"아니 우리의 승인도 없이 500만 달러를 송금했다는 게 말이 된다고 생각해요?"

"그 돈이 없어진 건 아니잖습니까?"

감사반원들은 집요하게 따졌다.

"그럼 사후에라도 보고했어야지. 왜 안 했소? 우리 모르게 빼돌리려다 들키니까 궁색한 변명하는 거 아니오?"

"그건 절대 아닙니다. 오해십니다."

은산이 해명을 믿지 못하겠다는 듯 반장이 쐐기를 박듯이 말했다.

"변명해도 소용없소. 위에선 배신이라며 제주에서 사업 철수 수순을 밟고 있어."

마른하늘에 날벼락 같은 소리였다. 은산은 새파래진 얼굴로 물었다.

"사업 철수라면 어느 선까지?"

그들은 이미 위에서 결정한 사항을 통보했다

"카지노는 우리가 직접 운영할 거고 나머지, 호텔, 식당, 전세 버스는 매도 처분하기로 결정됐소."

은산은 현기증을 느끼더니 다리 힘이 풀리며 주저앉고 말았다.

"그러면 우린…."

"조직에서 사람은 부속품 아니오? 수명이 다하거나 쓸모없어지면 폐기처분은 당연한 귀결이지."

그러자 감사반장이 말을 이었다.

"어디서 족보도 없이 굴러먹다가 감히 박치기하려고. 한족이라고 다 같은 한족인 줄 알어?"

금한령으로 인한 피해는 대룽만이 아니었다. 유커들을 위해 매입했던 호텔과 대규모 식당들, 면세점, 전세 버스 업체들이 직격탄을 맞았다. 중국 관광객을 전문으로 하는 여행사들이 부도를 내기 시작했고, 불법으로 장기체류하며 관광업에 종사했던 가이드들과 호텔, 식당 종업원들이 자진 신고하며 출국했다.

코리아 드림을 안고 제주에 왔던 중국인들과 조선족 동포들은 금한령이 오랜 기간 풀리기 어렵다고 판단하고 비싼 가격으로 마련한 부동산을 처분하고 고향으로 돌아가야 했다.

랴오닝 그룹이 입은 손해도 이만저만이 아니었다. 랴오닝 그룹의 철수로 인해 대룡관광과 대룡반점의 폐업으로 인한 직원들의 밀린 월급과 대출금을 갚기 위해 유람선을 포함한 버스, 호텔, 식당 등 부동산들을 매입가격의 절반도 안 되는 가격으로 처분할 수밖에 없었다.

그러한 일련의 사태에 충격을 받아 투병하던 왕강롱 씨가 60 중반의 아까운 나이에 숙환으로 하늘의 부름을 받았다.

병원 장례식장에는 미망인, 리화와 은산의 가족들, 부산 사는 망인의 여동생 부부 자녀까지 내려와 분주하게 문상객들을 맞이했다. 조문객들은 화교들이 대부분이었지만 왕강롱 씨와 생전 인간관계를 맺은 제주 사람들도 더러 있었다.

왕강롱 씨의 죽음은 단순한 화교 2세 종언 이상의 파문을 남겼다. 그는 모든 난관을 극복하고 불굴의 커쿠나이라오(克苦耐勞) 정신으로 성공한 코리아 드림의 산증인이기 때문이었다.

장례가 5일 장으로 결정된 것은 주상(主喪)인 금산을 위한 배려였다. 그사이 일본에서 리화도 오고 사업과 연관된 사람들이 다녀갔지만, 정작 큰아들인 금산은 출상일을 하루 앞두고도 연락이 없었다.

밖에서 조문객들을 맞이하던 은산이 분향실로 들어와 상주석에 앉아 있는 리화에게 물었다.

"아직도 연락 없어?"

리화가 시무룩한 표정으로 끄덕이며 말했다.

"오빠 알만한 곳에 부고는 다 전했으니 어디서건 소식은 들었을 거야."

"이러다 맏상주 없이 장례 치르는 거 아냐?"

"오빠 저기 봐. 저 사람들 형사 맞지?"

리화가 식당 한쪽 구석에 앉아 날카로운 시선으로 드나드는 사람들을 감시하고 있는 가죽점퍼 입은 사내 둘을 가리켰다. 은산이 고개를 끄덕이고는 한숨을 푹 내쉬며 자리에 앉았다.

"아버지 투병 사실을 알면서 코빼기도 안 비친 형이 '나 잡아 가슈' 하고 나타날까?"

"아직 시간이 있으니 좀 더 기다려 보자구. 설마 아버지 마지막 가는 길에 기별이…."

밖으로 시선을 두며 말을 하던 리화의 동공이 커지며 갑자기 안색이 밝아졌다.

"어머 저기 용찬 오빠 아냐?"

말쑥한 검은색 정장 차림의 권용찬이 분향실에 들어서자 꺼져있던 풍선 인형에 바람이 들어간 듯 리화가 벌떡 일어서서 다가서며 맞이했다. 영정을 한번 슬쩍 바라본 용찬은 향을 꼽고 절을 했다. 은산에게 악수를 청하며 리화에게 다가서는데 리화가 와락 안기며 울먹였다.

"와 줘서 고마워요."

"금산은?"

리화는 대답 대신 고개를 흔들었다. 용찬은 리화를 살며시 안으며 위로했다.

"그놈 성질에 무슨 수를 써서라도 나타날 거야. 한참 나이신데 참

안되셨어."

은산이 자리를 피하며 밖으로 나가는데 상주석 방석 사이에서 경쾌한 음악 소리가 들렸다. 리화의 휴대 전화였다. 리화는 용찬의 포옹에서 벗어나 황급히 전화기를 주워들고 전화를 받았다. 금산의 목소리가 흘러나왔다.

"리화냐?"

"오빠야? 오빠 어디야 지금? 어디라고? 알았어. 빨리 와."

리화가 휴대폰 뚜껑을 닫으며 밝은 표정으로 은산에게 말했다.

"오빠 왔어. 지금 막 공항에 도착했대."

그 말은 곧 밖으로까지 전해졌다. 맏상주 없이 어떻게 장례를 치를까 걱정하던 친족들이 안도의 한숨을 쉬었다. 형사들이 급히 밖으로 나갔다.

"하이고 이제야 망인이 안심하고 눈을 감을 수 있게 되었구만."

그의 출현이 얼마나 기뻤던지 박수를 치는 사람도 있었다.

왕금산의 출현 예고는 침울했던 장내 분위기에 활기를 불러 놓는 계기가 됐다. 잔잔하던 용찬의 마음에도 잠시 파문이 일었다. 리화는 얘기를 나누고 싶어 하는 눈치였지만 용찬은 일부러 딴전을 부리며 그녀의 시선을 피해 분향실 밖으로 나갔다.

용찬의 눈치를 살피던 리화는 체념한 듯 어두운 표정으로 상주석으로 돌아가 털썩 주저앉았다. 그러자 또 다른 불안한 기운이 그녀를 감쌌다. 용찬과 금산이 마주칠 때의 상황이 걱정되어서였다. 용찬도 같은 생각을 하고 있었다. 복도에 나와 서성이던 용찬은 어차피 부딪

혀야 한다고 작심하고 식당으로 들어가 앉아 커피를 주문했다.

장내가 다시 평정을 되찾고 조문객들이 몰려들 때쯤 출입구가 시끄러워지더니 왕금산이 모습을 드러냈다. 두 명의 형사가 뒤따르고 있었다.

그의 출현으로 장례식장 분위기는 마치 결혼식장처럼 활기가 넘쳤다. 왕금산의 차림새는 도피자의 모습은 아니었다. 여전히 당당하고 밝은 표정으로 친족들의 손을 마주 잡으며 그들을 안심시켰다.

그가 태연하게 조문객들과 인사를 나누는 모습에 부아가 치밀어 올랐다. 용찬은 그와 시선이 마주치는 것을 피하며 슬며시 밖으로 나갔다.

용찬이 사무실에 돌아와 기사를 작성하는데 종필에게서 전화가 왔다. 일이 크게 벌어질 것 같은 불길한 예감에 오싹 소름이 돋았다. 장석규 씨 살인사건 재판과정에서 왕금산이 살인 청부했다는 장면이 떠올랐기 때문이다. 종필은 흥분해서 대뜸 화부터 냈다.

"그 새끼 온 거 알아?"

용찬은 둘 사이에 끼어들기 싫어 그를 보았다는 사실을 숨겼다.

"예. 나도 소식 들었어. 형."

"그 새끼 죽여 버릴 거야. 그 개자식이 우리 부친 죽이라고 교사한 거 너도 알지?"

"응. 알아. 형. 허나 지금은 상중이니 상황이 안 좋아요. 장례 치른

후에 만나세요."

"야 너 내 대가리 돌로 보이냐? 그 새끼 영결식 치르기도 전에 튀어 버릴지도 모르고, 식 끝나면 경찰이 잡아갈 거 아냐? 난 그놈 그대로 못 보내. 용찬아, 너 밤 11시에 용연 팔각정으로 와. 내가 그놈을 어떻게 아작내는지 보여줄게."

용찬이 말리기도 전에 전화는 끊겼다.

용찬은 금산이 꽤씸했지만 일이 크게 벌어지기 전에 이를 막아야 한다고 생각했다. 문상객들이 다 물러가고 한가할 시간을 추산하여 밤늦게 다시 장례식장으로 갔다.

금산은 혼자서 술을 마시고 있었다. 용찬을 목도하자 그는 아무 일도 없었던 것처럼 넉살 좋게 맞이했다.

"금한령, 그거 좀 있으면 풀려, 한국도 관광객이 안 와서 손해지만 중국도 한국에서 원자재 수입하지 못하면 문 닫는 공장이 많거든. 그것보다도 말야, 평생 보리밥 먹던 사람이 쌀밥 맛을 알면 보리밥 먹겠어? 이미 중국 사람들은 한국산에 맛 들여졌어. 이미 유행병처럼 번진 한류를 나라에서 아무리 말리려고 해도 말릴 수가 없거든."

금산의 논리가 일견 타당하게 생각됐다. 개혁 개방을 표방하는 정부가 국민의 요구를 무한정 모른 척할 수만은 없을 것이라고 금산은 말했다.

금산은 술잔을 들어 단숨에 입안에 털어놓고 빈 잔을 내밀었다.

"자 친구야 한잔해."

용찬은 내미는 술잔을 받고 싶었지만, 일주일째 술 한 모금 입에 대지 않았던 의지를 생각하고 꾹 참으며 변명을 했다.

"아니야. 나 간 안 좋아 약 먹고 있어."

"끊은 거야? 이런 세상 돌아가는 꼬라지 보며 맨정신으로 살 수 있을 거 같아?"

금산은 다시 술잔을 채워 단숨에 입안으로 털어놓고는 요상한 웃음을 날렸다.

"흐흐흐. 용찬아 고맙다. 네 덕에 철들었다. 이제야 세상이 뭔지 알게 됐으니. 흐흐흐."

용찬은 금산의 갑작스런 태도 변화가 의아스러웠다.

"무슨 소리야?"

"임마. 홍보대사 끝났고 랴오닝에서도 잘렸다구. 알겠냐? 이용만 당하고 팽 됐어. 허나 두고 봐. 왕금산은 죽지 않아. 반드시 일어선다."

금산은 굳건한 의지를 확신이라도 하듯, 빈 술잔을 탁자에 소리 나게 치며 내려놓았다.

"내가 여기까지 올라오는데 어떤 희생을 치렀는지 너희들은 모른다. 난 진심을 알아주지 않는 세상에 복수하고 싶었다. 원숭이가 아닌 인간으로서 내 능력을 인정받고 싶었지. 난 성공의 에스컬레이터를 탔지만 잃은 것도 너무 많다. 그중에 친구의 배신은 생살 도려내는 것보다 더 아팠다."

용찬은 금산을 열등감에 사로잡힌 욕망의 노예라고 생각했다. 경계인으로서의 자격지심을 방어할 수 있는 무기를 돈이라고 생각했고,

돈으로 행복을 살 수 있다고 생각했을 것이다. 하지만 욕망은 이룰수록 채울 수 없는 결핍을 낳는다는 걸 금산은 몰랐던 것일까? 자신이 저지른 행위에 반성하는 기색은 없고 남 탓하는 금산이 얄미웠다.

"종필이 형은 널 증오하고 있어."

금산은 불쾌한 얼굴로 어이없다는 듯 실소를 날렸다.

"그 새끼. 아직도 철 덜 들었구만. 너도 알다시피 내 피를 거꾸로 솟구치게 만든 게 누군데? 내가 전화했어. 흐흐흐. 용연에서 한 판 붙자고 했지. 그 새끼 얼마나 싸움 실력 늘었는지 한번 보자 그래."

금산은 식당 한쪽 의자에 앉아 졸고 있는 형사를 따돌리고 상복을 벗어둔 채 약속한 장소로 갔다. 용찬은 싸움에 끼어들고 싶지 않았지만, 파국은 막아야 한다는 절박한 심정으로 따라나섰다.

용연(龍淵)은 조선시대 이전부터 사또나 양반들이 뱃놀이를 즐기던 곳이다. 옛날 선비들은 뱃놀이를 즐기며 병풍을 두른 듯한 양쪽 절벽에 절경을 노래한 마애명(磨崖銘)을 남겼다. 이 뱃놀이를 병담범주(屛潭泛舟) 또는 용연야범(龍淵夜帆)이라 했는데 용연은 한라산에서 내린 물이 바닷물을 만나 서로 얼싸안는 곳이다.

시내에서 조금 외진 곳이고 늦은 밤이라 사람들의 모습은 보이지 않았다.

택시에서 내려 팔각정 있는 곳으로 가는 길은 둔덕이어서 용찬은 금산을 따라가면서도 숨이 찼다. 금산도 숨이 찼는지 언덕 위에 서서 한숨을 크게 내쉬고는 뒤돌아 바다 쪽을 보고 있었다.

용찬도 다가가서 크게 숨을 뱉어내었다. 바다에는 집어등을 켠 배들이 손에 닿을 듯 가까이서 조업하고 있었다. 달은 눈썹만큼 남아 사방은 어두웠다.

"언제 정자가 생겼지? 저기는 우리 삼총사 시절 다이빙하며 놀던 곳이잖아? 생각나?"

"생각나지. 누가 제일 멋지게 입수하나 내기했잖아?"

"내가 제일 멋있었지? 수영 실력도 내가 제일이었고."

"힘 좋았던 것은 내가 인정."

용찬의 말이 흡족한 듯 금산의 입꼬리가 찢어졌다. 그러나 그런 여유 있는 태도도 잠시였다. 졸고 있는 듯한 희미한 정자의 불빛에 종필의 모습이 드러나자 금산은 어금니를 악물며 적개심을 드러냈다.

"무기 사용하지 않고 몸으로만 싸운다. 한쪽이 항복하면 싸움 멈추고 화해한다. 알았지?"

용찬은 규칙을 정하고 두 사람에게 다짐을 받으려 했다. 금산은 알았다며 고개를 끄덕였지만, 종필은 시큰둥한 표정으로 금산을 노려볼 뿐 두 손을 불끈 쥐고 싸움 태세에 들어갔다.

"어서. 덤벼."

싸움 초반은 술에 취한 금산이 많이 맞았지만, 코에서 흘린 피를 옷소매로 닦아낸 금산이 금세 종필을 제압했다.

"이 개만도 못한 놈. 은혜를 원수로 갚는 놈은 인간도 아니야. 이 중국놈의 새끼야."

종필의 말이 끝나자 금산이 달려들며 응수했다.

"의리를 배신하는 새끼도 인간이냐?"

둘이 엉겨 붙으며 엎치락뒤치락하더니 종국에 금산이 종필의 목을 조르며 항복할 것을 요구했다. 종필은 허우적대면서 버티더니 어느 순간 주머니에서 칼을 꺼내 금산의 허벅지를 찔렀다.

"헉헉, 항복 좋아하네 개새끼"

"안 돼. 그만둬."

용찬이 말리려고 다가섰으나 사태는 일순간에 걷잡을 수 없는 상황이 되었다.

금산이 단말마의 비명을 지르며 튕겨 나왔다. 종필은 가쁜 숨을 몰아쉬며 상체를 일으켰다. 금산이 상처를 부여잡고 일어서며 용찬에게 따지듯이 말했다.

"심판…이거… 반칙이잖아?"

"칼을 버려. 형 이러지 않기로 했잖아?"

"반칙, 애초에 반칙한 게 누군데. 내 아버지를 죽인 게 누구냐고?"

종필은 벌떡 일어서며 피투성이 일그러진 얼굴로 금산을 노려보았다.

용찬은 다리가 후들거려서 더 이상 움직일 수 없었다. 종필은 악에 받쳐 이를 악물며 금산에게 달려들었다. 다시 엎치락뒤치락하다가 금산이 칼을 빼앗아 종필의 옆구리를 찔렀다.

"이 개x 같은 새끼야 죽어라."

"악."

금산이 휘청거리며 비켜서자, 난간에 기대어 비명을 지르는 종필의 옆구리에서도 선혈이 흘러나왔다.

"안 돼."

용찬은 선뜻 다가서지 못하고 소리만 지르다가 주머니에서 전화기를 꺼내 가까스로 119를 눌렀다. 종필은 옆구리를 부여잡고 휘청이면서 꽂힌 칼을 빼내 들었다.

"그만들 하라고."

용찬이 외쳤지만 다리 난간에 기댄 금산을 찌르려고 종필이 재빠르게 달려들었다. 금산이 잽싸게 몸을 피하며 종필을 붙잡는 순간 둘은 난간 아래 절벽으로 떨어졌다. 잠시 후 둔탁한 물체가 수면에 부딪히는 소리가 요란하게 들렸다.

용찬은 눈 깜짝할 사이에 벌어진 광경에 다리가 풀렸다. 흔들거리는 다리를 이끌고 절벽 아래를 살폈으나 어둠이 그들을 삼켜서 아무것도 보이지 않았다.

용찬은 망연자실한 상태로 울부짖으며 계단을 따라 절벽 아래로 달려갔다.

멀리서 구급차가 경보음을 울리며 다가오는 소리가 들렸다.

종필은 금세 물 위로 떠 올라 구급차에 실려 갔다. 그러나 날이 밝아 경비정이 동원되고 잠수부들이 민물 위쪽과 부근 바다까지 샅샅이 뒤졌으나 끝내 금산의 행방은 찾을 수 없었다.

18. 행복이라는 화두

세월은 속절없이 지나갔다. 꽃이 피었는가 했더니 파랗던 잎새가 어느새 말라 떨어져 바람이 이끄는 대로 정처 없이 굴러다녔다.

사무실에서 신문을 보던 용찬은 한 여행사가 낸 광고에 눈길이 꽂혔다. 잘못 보았나 하고 눈을 의심하며 안경을 고쳐 쓰고 다시 보았으나 틀림없는 대룡관광여행사였다.

문득 10여 년 전 파견 근무할 때의 일이 생각났다.

장종필이 중국으로 진출했다는 소식은 들었지만, 그 일이 있었던 후 누구에게서도 왕금산의 소식은 듣지 못했다. 그때 대룡여행사도 출입국관리법 위반 등 불법 영업으로 면허가 취소되어 문을 닫았고 왕금산은 지명수배 상태였다. 그런데 10여 년 세월이 흐른 후 같은 상호를 사용한다면 왕금산과 필시 관련이 있을 거라는 생각이 들었다.

용찬은 전화기를 꺼내 여행사의 전화번호를 여러 번 확인하며 꾹꾹 눌렀다.

곧 상냥한 여자의 음성이 들렸다.

"예. 대룡관광여행사입니다."

"예, 저 물어볼 게 있어서 그런데요? 그 여행사 언제 개업했나요?"

"왜 그러시죠?"

"사람을 찾고 싶어서요."

"언제부턴진 잘 모르겠고요. 본사는 일본에 있어요."

일본으로 간 왕리화 얼굴이 떠올랐다.

"혹시 사장님 성함 알 수 있을까요?"

"전 잘 모르구요. 잠시만 기다리세요. 점장님 바꿔 드릴게요."

잠시 후, 연결음이 가더니 나이든 남자의 목소리가 들렸다.

"예. 점장입니다. 무엇을 도와드릴까요?"

"혹시, 일본 본사 사장님 성함을 알 수 있을까요?"

"누구시죠?"

"예. 옛날 대룡여행사 사장님을 좀 아는 사람입니다. 혹시나 내가 찾는 사람이 맞는가 해서요."

"그러세요? 사장님 성함은 문대호이십니다."

용찬은 자신의 귀를 의심하며 깜짝 놀랐다. 사라진 문대호가 일본에 있을 줄이야?

"문대호요? 아. 내가 찾는 분 맞군요. 혹시 연락처 좀 알 수 있을까요?"

"사장님. 웬만해선 통화하기 어려워요, 연락처 주시면 시간 되실 때 연결할 수 있도록 도와드리겠습니다."

전화를 끊고 나서도 용찬은 한참 동안 머리가 멍했다. 찬찬히 생각해보니 대호가 금산에게 당하지 않고 제주를 빠져나가게 된 사유의 퍼즐이 맞춰졌다.

그렇게 기다리던 전화는 퇴근하고 거실에서 9시 뉴스를 보고 있을 때 걸려왔다.

전화기 너머 들려온 목소리는 무척 고무되어 있었다. 세월이 지났어도 변함없는 문대호의 목소리였다.

"형! 이게 얼마 만이지? 나 문대호야. 반가워요."

"내가 알던 문대호 맞구나?"

"형은 지금 어디 살아?"

"응 건강이 안 좋아져서 신문사 사표 내고 고향에 돌아와 인터넷 신문 운영하고 있어."

"결혼했다는 소식은 왕 회장한테 들었어요. 장석규 씨 딸이라며?"

"응. 그래."

"형. 행복해?"

"글쎄?"

용찬은 순간 행복한가 자문했지만, 늘 일에 쫓기며 살아온 인생인데 행복하곤 거리가 멀다고 생각했다. 그런데 행복은 왕금산의 화두가 아니었던가?

"난 무지 행복해. 그때 여자 친구와 애 둘 낳고 잘살고 있어. 살고보니 돈이 전부는 아니더라고요. 몸과 마음이 편안하고 삶이 즐거우면 거기가 천국 아닌가요?"

행복 바이러스가 전화기를 타고 들려오는 듯했다.

"그래. 문 사장 목소리에서 행복이 느껴지네. 헌데 왕 회장도 일본에 있어?"

"당연히 있지. 헌데 형. 왕 회장은 왕리화 씨야."

"오 그렇구나. 그럼 왕금산은 지금 어딨는데?"

무엇이 우스운지 문대호는 껄껄 웃었다.

"핫핫핫. 왕금산은 죽었잖아요?"

용찬은 대호의 여유 있는 말투에서 거짓말하고 있다는 걸 알았다.

"아, 공소시효가 남아서 그런 거지?"

"형, 아무튼 왕금산에 대해선 아무도 몰라요. 그리고 그땐 정말 미안했어요. 절박한 사정이라 어쩔 수 없었어요. 그건 그렇고 나 다음 달 제주에 출장 갈 예정인데 그때 한번 만나요. 바빠서 오늘은 이만 끊겠어요."

문대호는 입장이 난처했는지 황급히 통화를 끝냈다.

금산이 하던 말이 떠올랐다.

"왕금산은 죽지 않아. 반드시 일어선다."

용찬은 얼굴에 미소를 지으며 확신했다.

"왕금산, 살아 있구나."

모든 인간은 태어나면서 별이 된다. 그 별은 자라면서 다른 행성들을 만나고 관계를 맺고 인연을 만들면서 우주로 성장한다.

나무가 햇볕과 바람을 만나야 싹을 트고 꽃을 피우듯이, 꽃이 져야 잎이 생기고 열매를 맺듯이 인간은 주어진 시간을 살면서 늘 변화무쌍한 상황과 만나면서 여물어간다.

인생이란 저마다 겪는 시간여행이다.

시간여행을 한다는 것은 별을 만나는 일이고 다른 우주와 교류하는 행위이다.

그 여행 속에서 많은 사람들, 환경들, 상황들을 만나면서 저마다의 역사를 만들어 내고 위대한 문화를 만들어 낸다. 우정과 사랑, 욕망과 죄악, 미움, 슬픔이라는 것도 다 다른 우주와의 교유 속에서 만들어진다. 이것이 인간에게 주어진 크로노스의 시간이다.

지구에서의 여행을 끝낼 즈음 되면 누구에게는 그것이 후회스럽고 고통스럽게 기억되기도 하지만, 카이로스를 붙잡은 사람들에겐 아쉽고, 아름다운 추억으로 되살아나기도 한다.

한 인간이 지상에서 사라진다고 해서 하나의 소우주가 사라지는 것은 아니다. 육신이 지구라는 행성을 떠났을 뿐 그가 남긴 많은 인연과 관계들은 공존하면서 또 다른 분화된 우주를 만들어 낸다.

그러나 아득한 시공간 저편에서 보면 인간 만사가 먼지처럼 부질없는 것이다. 그러니 주어진 시간에 감사하며 인생을 즐기자.

어제 핀 꽃이
오늘은 빈 가지로구나
너희도 보라
인간 적멸(寂滅)이 저러하거늘
부생(浮生)은 하루살이처럼 사라지는 것을.

용찬은 칼럼의 마지막 부분을 사명당의 오도송으로 정리했다.

매달 두 편씩 중앙지에 칼럼을 마감일에 맞추어 보내는 것도 이젠 힘겹다고 생각하며 보내기 버튼을 눌렀다.

문대호와 통화 이후 행복이란 화두가 늘 머리에서 떠나지 않았다.

만나자던 문대호는 한 달이 지나도 연락이 없었다. 일본으로 전화했으나 부재중이라 통화도 안 되었다. 대신 왕리화가 전화를 받았다.

"오빠는 사업을 나한테 넘겨주고 어디론가 떠났어요. 찾지 말라는 것으로 봐서 아마 깊은 산속으로 들어갔나 봐요."

왕리화는 여전히 진취적이었고 활달했으며 말투에선 중년의 원숙미가 묻어나왔다.

"아직도 가끔은 용찬 오빠 생각나요. 젊은 날 좋은 추억 주어서 고마워요. 행복했어요."

자신으로 인하여 누군가 행복을 느꼈다면 그 또한 복 받는 일 아닌가 하는 생각에 용찬은 그날 하루 종일 기분이 좋았다. 진정한 행복은 느끼는 게 아니라 내면으로부터 피어나는 것이라는 걸 알았다.

왕금산은 입산 면벽하여 도를 구하고 있을까? 적지 않은 나이에 인생의 단맛과 쓴맛을 경험한 그가 깨우친다면 큰 스님이 될 것이라는 생각이 들었다. 진아(眞我)를 발견하는 것에서 진정한 평화를 얻고 그게 참 행복의 샘물이 된다는 걸 터득했을까?

인간은 추억을 먹고 사는 동물이기에 언젠가 용찬 앞에 나타날 것이라는 기대가 움텄다. 어떤 모습일까? 그러면서 마주한 상황에 적극적으로 맞서 싸웠던 금산과 늘 쫓기고 피하면서 타협했던 자신을 대비시키자 용찬의 얼굴엔 씁쓸한 미소가 번졌다.

　밖에서 아내의 채근하는 소리가 들렸다.

　"다 안 끝났어요?"

　"다 됐어."

　외출 준비를 끝낸 해연이 서재로 들어왔다. 용찬은 컴퓨터의 전원을 끄고 자리에서 일어나 옷걸이에 있는 윗도리를 꺼내 걸쳤다.

　"그렇게 배고파?"

　"점심 먹고 정기연주회 연습 가야 해요."

　사랑스러운 딸 소연이 머리를 곱게 단장하고 서재로 달려왔다.

　"아빠 나도 점심 먹고 피아노 학원 갈 거야."

　용찬은 바짓가랑이를 잡고 매달리는 딸을 번쩍 안아 올렸다.

　"그래요? 우리 예쁜 공주님 무얼 먹을래?"

　"나 짜장면 먹을래."

　"그래, 아빠도 오랜만에 짜장 생각이 간절했는데. 통했네."

　"참. 신시가지 쪽에 대룡반점이 개업했다는데 가 보았어요?"

　"대룡반점?"

　"젊은 시절의 추억도 되새길 겸 거기로 가요."

　시내 거리는 다시 중국인들로 넘쳐났다. 중국어로 된 도로 간판은 늘어났고 상점가 주변은 소란스러워졌다. 무단횡단으로 인해 교통사고가 빈번해지자 4차 선 도로마다 보행 차단 울타리가 설치되었다.

　승용차가 아파트를 벗어나 6차선 도로에 들어섰는데 갑자기 인도에서 쇼핑한 물건꾸러미를 든 젊은 여인네가 뛰쳐나왔다. 맞은편 버스 있는 쪽으로 가려고 보행 차단 울타리를 넘으려는 바람에 차들이 길게 멈춰 섰다. 클랙슨 소리가 크게 울렸으나 다리가 짧아 포기한 그 여인은 아랑곳없이 유유히 돌아가 떠들며 이동하는 무리 속으로 숨었다.

갑자기 한줄기 바람이 불어오더니 관광객이 앉았다 떠난 자리에서 비닐포장지 여러 개가 공중으로 날아오르며 여행을 떠나고 있었다.